嬌妻至上 3

文創 風 520

東堂桂 ㊢著

目錄

第六十二章

就在玄朗知道綠殳是丫鬟時，榮嬌正在為自己收拾。

腿間沾的血跡乾涸了，巾子擦了幾遍才乾淨，換上新的裡衣，墊上自製的棉巾，洗了臉，拿青鹽擦了牙，總算勉強透了口氣。

這一番忙活，小腹更覺墜痛，身上又冒了一層虛汗。

穿好中衣，披上外袍，顧不上梳髮，又急忙剪了幾塊棉布給自己粗縫了兩、三個用來更換的棉巾。

剛把做好的巾子勉強硬塞進袖袋裡，就聽得外面傳來輕而急促的腳步聲，玄朗的清淺嗓音中透著焦灼。「小樓，大哥進來了……」

不待榮嬌反應，門吱一聲被推開，玄朗的身影飄然而入。

榮嬌坐在床上呆呆地望著他，腦袋傻傻的，她之前明明把門閂插上了，大哥怎麼進來的？

「小樓，你……」推門而入的玄朗見榮嬌嚇呆了似地望著自己，清眸中閃過懊惱，他只顧著急，卻忘了這般風風火火地闖進來，會不會打擾了小樓。

「抱歉，大哥一時情急失了分寸，嚇著你了？」

玄朗心思靈敏又是有心探察，一進門已經聞到了若有若無的血氣，俊臉上隱然透了一絲擔憂，提步向前走進內室。

越接近坐在床邊的人兒，血腥味似乎越濃了些，玄朗按捺擔憂與緊張，嘴角噙著一抹溫潤的微笑，聲音放低放緩。「小樓，可是哪裡不妥？」

小樓坐在床邊，胡亂披著外袍，烏黑的頭髮稍顯凌亂地披散在肩頭，蒼白著一張小臉，那雙如墨玉般的大眼睛愣怔地望過來，彷彿獨自療傷的小獸受到了驚嚇……

玄朗的心就疼了，聲音越發低柔。「我都知道了，大哥給你拿了上好的傷藥。」

你、你知道什麼了？

玄朗突然出現，榮嬌整個人都不好了，雖然已經決定不管不顧了，可他這般猝不及防地現身，她宛如做錯事被抓到的孩子，嚇得傻掉了。

「傷、傷藥？」他在說什麼？不自覺地結結巴巴重複了一遍。

聽在玄朗耳中，以為他還想否認遮掩，不禁又氣又疼，微笑中就多了絲嗔怪。「還要繼續瞞著？傷了哪裡，怎麼不同大哥說？」

啊？「說、說什麼？」她怎麼沒聽懂？誰受傷了？她嗎？

「是誰傷了你？大哥幫你出氣。現在，先讓大哥看看傷處，把藥上了。」不管是誰，敢動小樓，他必百倍還之！

心裡轉著報復的念頭，面上依舊一派溫和，從袖袋裡取出那兩個小瓷瓶放在掌心。「這是獨門特製的金創藥，效果很好。」

到了這會兒，榮嬌終於明白他在說什麼了。

震驚之後緊跟著是狂喜的波濤。哈哈，還以為自己露餡了，沒想到居然還可以這樣，玄朗居然認為她受傷了？這真是個美麗又貼心的誤會。

她應該歡欣鼓舞，還是半推半就地從了呀？

滎嬌的腦子迅速運轉，結合眼前的情勢，順水推舟坐實自己受傷，還是坦白從寬？似乎都不大好……

她決定兩者都不選，避重就輕，含糊其辭，就這樣。

說到底，滎嬌不願意冒險，還是在意玄朗，擔心自己以實相告之後，玄朗與自己一拍兩散，再無結交的可能。

「大哥，我沒事。綠殳怎麼樣了？」確定了方針，滎嬌打起精神，先詢問綠殳的情況。

「她無事，大夫看過了，再服幾副藥定當痊癒。」

自己身上有傷，還惦記著丫鬟，玄朗知曉了綠殳的身分後，以為滎嬌是擔心她一個姑娘家的病在這裡不方便，迅速將綠殳的情況說清楚。「安排了兩個可靠的僕婦在那邊服侍湯藥，廚房也吩咐做了合口味的飯菜，不會有事的，你就放心吧！」

可靠的僕婦服侍……滎嬌立刻聽懂了玄朗的意有所指，確認他的確已經知曉了綠殳是女子。

滎嬌默了默，半垂著頭，目光閃爍，似在沈思。

玄朗著急，無心與他閒聊。「小樓，大哥給你敷藥……」溫和的語氣中不無關心催促之意。

「不用，我沒受傷。」這是實話，她哪裡有傷口呀！

這個倔小子！玄朗又急又氣，偏榮嬌還是那副若無其事的無辜模樣，忍不住就嘆氣。

「乖，聽話……」修長的手掌輕輕撫了撫榮嬌的小腦袋，黑緞似的長髮順滑柔韌，手感極好。

「大哥這藥真的極好，一點藥味也沒有，敷上去還不疼，你試試看？」

對上又開始鬧彆扭的小孩，玄朗表示真心不知道怎麼哄勸。

「不看，都說了沒受傷。」

咦，明明她先提綠殳了，大哥那麼聰明，難道一點懷疑都沒有？怎麼聽不懂暗示，非要揪著敷藥？榮嬌惱他不識趣，語氣中就帶了幾分羞惱。

「還說沒有，大哥明明聞到這裡全是血腥味。」玄朗有些無奈，小傢伙怎麼說惱就惱了？眼中的寵溺與疼惜卻更濃重了幾分。「小樓……」

「沒有就沒有。」榮嬌一聽他說什麼聞到血腥味，小臉瞬間紅成一片。屬狗的嗎？鼻子要那麼靈幹什麼？

她之前把弄污的衫褲換下來，倉促間胡亂捲成一團順手塞到被子裡了；還有被污染的褥子，和她這個散發著血腥味的源頭……

一想到玄朗能聞到她身上的味道，榮嬌就覺得自己不要活了。

「誰說出血就一定是受傷？」語氣十分不爽，小臉上頗有幾分挑釁。

「小樓，不要任性。」玄朗撫額，平常挺乖巧的孩子呀，小脾氣怎麼說來就來？「不受傷怎麼會出血？你當大哥是三歲小童……」

「誰說不會？我說是就是，大哥要不要去問問綠殳，問問外頭的大娘？」

榮嬌的小臉脹得通紅，萬分地尷尬，水汪汪的大眼睛狠狠瞪了玄朗一眼。就是你！全怪你！這麼明顯的暗示都聽不懂，非要她說得更明白。

問綠殳？問外頭的僕婦？玄朗一愣。問她們做什麼？難道她們還會有不同的答案……陡然間，一個念頭竄上他的心頭。

什麼情況下，不受傷也會出血？等等，綠殳是丫鬟……僕婦……

玄朗的腦子給出了答案，的確是存在小樓所說的情況，那就是……

意識到那種可能，一瞬間，他整個人都僵住了，彷彿忘記了呼吸，呆呆地看著眼前這張脹紅精緻的小臉，腦中浮現出相處的種種片段。

原來，原來如此……難怪，難怪，那些他以為是使小孩性子、鬧彆扭，有個人怪癖的奇怪舉動，皆是因為……

玄朗的心頭巨浪翻滾，他認下的弟弟，居然是……妹妹？

一瞬間，他看似平靜的面孔下，心緒波瀾起伏，百般滋味、千種疑惑，饒是他見慣了大風大浪，也因為這個發現大吃一驚。

最終，他卻按捺心底的波瀾，重歸於風平浪靜。

「嗯，小樓說得是……」

看那張緊繃的小臉，明明是躲閃慌亂的眼神，卻偏要裝出一副理直氣壯，像極了陷入困境的小獸，明明已慌不擇路，還要張牙舞爪做最後的頑抗。

他卻瞬間懂了她，體會到她的心情，按下自己所有的問題，微微笑著。「大哥也不是什麼都懂的。」

咦？榮嬌大大的眼睛中充滿了驚詫與意外，他、他這是什麼意思？

若不是她多少了解玄朗，一定以為他到現在也沒明白自己的意有所指，但，儘管他看上去神色自若，那染了一層紅暈的耳根卻洩漏了心思——

他不但明白了，也完全確認了她是個姑娘。

這是榮嬌意料不到的反應，卻也是她最想要的，有些事攤開講明太尷尬，心照不宣才是更好。

「我……」

玄朗的反應如自己所願，但榮嬌張張小嘴巴，忽然不知該說什麼。

「妳……是大哥疏忽了……有沒有哪裡不舒服？」

臉色蒼白、眼底發青，玄朗仔細察看著她的臉色，想起醫書上關於女子天癸的段落；但畢竟過於私密，饒是他素來泰然自若，眼角、眉梢也難掩尷尬，但若是不管不顧，他又難以放心。

確定要繼續這個尷尬的話題嗎？榮嬌不滿地哼了一聲，果斷搖頭。

「把手給我。」

若是可以，玄朗也不想繼續這話題，可是看她的臉色，明明是有事。女子在這幾日是不能受寒涼勞累的，她昨日還坐了大半天的馬車，在冰天雪地間趕路。

「幹麼？」榮嬌語氣很衝，不是對玄朗有意見，可除了色厲內荏外，找不到更能掩飾難堪的方法。

「把脈，這幾日身體既然不舒服，自然馬虎不得。」受寒、受涼是一輩子的事，她現在年紀小，若是不注意而落下什麼毛病，以後再調理，少不得要更麻煩許多。

「不要，又不是生病。」榮嬌臉上燙得很。他明明向來最是善解人意，怎麼這麼不識趣，非要揪著這事不放？而且，他一個大男人怎麼能把這些話說得好像是吃飯喝水一樣平常？

「信不過大哥的醫術？還是，想讓春大夫給妳看？」

玄朗篤定，她一定是不願意聲張，更不情願找別的大夫來看的。

「你——」

羞惱積累，面紅耳赤的榮嬌賭氣撩起袖子，將自己白嫩嫩的手臂往玄朗面前一遞。「神醫，請吧！」

見她氣鼓鼓的模樣，玄朗搖頭失笑，待要習慣地伸手去摸她的頭頂，又忽然意識到「她」不是「他」了，頭也不能說揉就揉了。

抬到半空的手又放回原處，看著伸在自己面前如嫩藕一樣的手臂，他佯裝鎮定，側身坐在床邊，修長的手指搭在玉腕間，定下心神把脈。

玄朗的手指如竹節般修長，指甲修剪得圓潤整齊，手腕傳來指腹的觸感，溫暖而厚實。

兩人挨得太近，縈嬌能清晰地聞到他身上清冷草香，腦中忽然跳出他說過聞到血腥味的話，眼下挨得這麼近，不是更能聞到……

意識到這，縈嬌從頭到腳，連髮絲都尷尬了，嗅覺似乎靈敏了許多，除了玄朗身上似遠還近的氣息之外，鼻間更多的是自己身上散發著的難聞血腥味……

恨不能地上裂出條縫讓自己鑽進去，縈嬌只好板著小臉，低頭不語，盯著他的手不放，彷彿要看出朵花來。

還好沒事，有些體虛，氣血不足；初次來癸水會有些不適，應該用些溫補的方子調理一番，玄朗暗忖，收回了手。「這兩日注意保暖，一會兒讓人熬些補氣血的湯藥……」

「別，我不喝藥。」她最討厭喝藥了，生病了是沒辦法，現在又不是有病，喝什麼藥？

「是溫補調理的，對身體大有益處。」玄朗好脾氣地解釋，小樓是弟弟時，就拿他沒辦法，換成了妹妹更不知所措了。

妹妹，這兩個字滾動在心口、舌尖，忽然有一種極其微妙的滋味，心中明明是起伏激盪，偏又沒有詞語可以形容。

就好像讀了一首詩，文字之外的意境張力，那一層層的微妙滋味，縈繞在心，難以言喻。

「妳年紀小，不懂這些，聽大哥的沒錯。」

雖然已經接受了現實，且患者不忌醫，但要他與小樓討論這些女子私密事，淡定如玄朗也難以接受，只好拿出大哥的派頭。

走。」

「說得自己很懂似的……」榮嬌小聲嘀咕著。「不用熬藥那麼麻煩了，我用了早飯就走。」

「不行，妳這幾天都要待在這裡，哪兒也不能去。」玄朗一口回絕。「我會派人到芙蓉街報信，妳不用擔心家裡。妳的婢女，是綠殳對吧？她現在也不適合外出，若病情反覆就難好了。」

「我……」

榮嬌從來沒見過如此霸道強硬的玄朗，他向來溫和無害，即便有不同意見，也都是以情動人、以理服人，從未這般直截了當地替她做決定。

對上他認真沈斂的眸光，榮嬌忽然沒了反抗的勇氣。好吧，綠殳病了，不適合趕路；其實她也難受，全身發冷，小腹墜痛，全身都不舒服。

反正大哥現在也知曉內情了，而且也知情識趣地心照不宣。

榮嬌轉了轉眼珠，厚著臉皮閉上眼，一鼓作氣說道：「以前從來沒有，我也不懂，弄髒了被褥和衣服，找可靠的人收拾一下吧！」

不管了，就是她不說，紙也包不住火，一會兒僕婦進來收拾也能看到。

第六十三章

玄朗的俊臉染上一抹微不可察的紅暈，目光微頓，掃過鋪得平平整整的被子……所以，這是欲蓋彌彰？

他飛快地瞟了榮嬌一眼。自相識以來，他見過小樓不同的面孔，眼下這全身帶刺的作風卻是頭一回……說來他還搞不懂小樓的腦袋是怎麼長的，若是換成其他人出了這種意外，都不會是她這種反應吧？

玄朗眼裡的笑意更深了幾分。說實話，弟弟驟然變妹妹，還要若無其事地與她談論，他的心裡並不好像表面上這般淡定。

他神色淡然，榮嬌有些拿不準他是否明白自己的意思，不禁又此地無銀三百兩地強調。

「是受傷。」

「嗯。」玄朗見她蹙著眉頭，神情中似乎有些不確定。小丫頭其實佯裝強勢，心是亂的吧？「放心，大哥會處理的。」

放心，大哥會處理的。類似的話，他說過很多，從沒有哪一次令榮嬌感動又五味雜陳，黑黝黝的大眼睛緊盯著玄朗，臉上現出疑色。「你……就沒有要問的？」

「沒有。妳有想說的？」

玄朗清楚，若是小樓想說，自然會告訴他，若是不想說，自己開口追問反倒讓她為難。

被反問的縈嬌迅速搖頭。沒有，什麼想說的也沒有。

她的反應在意料之中，玄朗勾起唇角笑了。「該用早膳了，陪我一起還是讓人送進來？」

「一起好了。」

雖然小腹還是有些難受，但用早膳又不用走多遠，她離開了，正好讓人進來整理收拾。

「外面冷，我讓人給妳取件厚些的衣服換上，慢慢整理，不急，我先出去等妳。」

說著，轉身出去向外頭的僕婦吩咐了幾句，然後安靜地在簷下等候。

等縈嬌收拾索利，裹了厚暖的毛披風出來時，玄朗回頭看去，眼中還是那個熟悉的俊俏少年郎……

「大哥，這衣服很合身，給我準備的？」縈嬌沒話找話說。

她剛才看到屋子裡滿滿一箱新衣服，服侍的僕婦說是玄朗事前吩咐的，難怪昨晚她們拿來的裡、外衣物都是全新的。

「嗯。」

「為什麼？」若不是那些衣服無一不是男款，她都要以為他早就識破了自己的身分，昨天晚上的留宿是有預謀的。

「小小年紀哪那麼多為什麼？幾件衣服而已，等走的時候帶回去。」

玄朗不以為意，他才不會告訴她，年前她答應來拜年時，他想到這裡離京城遠，一天往返不如留他在此多住幾日，便不能沒有更換的衣物，就吩咐人照著他的尺寸提前準備。

用了早膳，縈嬌去看綠殳，見她果然還昏沈沈的，知道今天要走確實勉強，只好聽從玄朗的安排，讓人去芙蓉街報信，自己繼續留宿。

回到房間，屋子已經收拾整潔，開過窗，案几上的白玉香盤裡燃著暖甜的沉丁香，屋角與暖榻旁都放了炭盆，僕婦上前幫她解了披風，屈膝告退。

枕頭旁放了個小包袱，縈嬌打開一看，裡面是全套的女性用品，想來是玄朗吩咐的。她看著裡面的東西，抿了抿嘴角，已經這樣了，好像也沒什麼好害羞的了，便從裡面拿了一條新的起身去淨房。

於是，縈嬌在玄朗的別院住到初五才離開，按玄朗的意思，最好能再晚兩日，可縈嬌一見綠殳已無大礙，歸心似箭，再也坐不住了。

其實玄朗這幾日待她一如以往，自然隨意，與待原來的小樓無甚區別，若不是縈嬌對自己的記性沒有絲毫的懷疑，她幾乎要以為玄朗並不知情。

只是每日兩碗溫補的湯藥，餐桌上多出的滋補湯品，體貼而隱晦地提醒著玄朗的知情識趣。仔細體察他的言行，還是有所區別，以往那些親近的肢體動作，從未出現過了。

他以一種不易察覺的克制，在縈嬌面前表現恰好的分寸，好得讓縈嬌生起一股負疚感。好幾次她想和盤托出，將自己的情況原原本本地告訴他，可又下不了最後的決心。雖然她確定玄朗知道自己的真實身分是池縈嬌也不會有任何問題，可是欲言又止，總覺得有這層心照不宣的紗，哪怕是掩耳盜鈴，似乎更從容自然些。

他還是大哥，至於她，是弟弟或妹妹，不必分得太清啦……若真要說破，彷彿現在的融洽就會被打破，不知道怎麼繼續相處下去。

不知玄朗是否也抱有相同的想法，總之，下人們依舊是小樓公子長、小樓公子短，並沒有人懷疑她的身分，就連那兩個服侍的僕婦，不知玄朗怎麼講的，也沒有流露過半分異色。

恍惚間，榮嬌也認為自己與玄朗之間並無改變。

所以從來不瞞著欒嬤嬤任何事的她，卻把玄朗知曉自己身分的事瞞下了，連她初潮已至的事也沒有與任何人講。

這似乎是她與玄朗共同擁有的秘密，她忽然有種同謀共犯的激動。

包括欒嬤嬤在內的所有人，都以為是綠殳的病誤了回程，甚至連綠殳自己也對此深信不疑；唯一令欒嬤嬤疑惑的是，玄朗公子這次的回禮很奇怪，衣物就罷了，怎麼送了這麼多阿膠、紅參等補氣血的藥材？

年節期間，池府諸人喜憂皆有。池榮興納妾，鄒氏知曉自己遭人暗算導致宮寒不孕，震驚悲慟之餘，幾經調查，鎖定康氏。

鄒氏對婆婆下手的理由百思不得其解，可即便找不到動機，如此深仇大恨她自不會咬牙認了；既然她不想要嫡孫，那就成全她，嫡、庶都別想要了。

是以鄒氏對池榮興夜夜宿在新納的肖姨娘處，並無妒意，每日湯水不斷，親自盯著他喝下滋補的燉品，或含羞帶怯或通情達理地表明希望自己香火有繼的迫切。

春風得意的池大少爺不曾想過鄒氏會有害己之心，自然不會懷疑湯水裡會加料。他這幾日確實需要進補，幾個小妖精纏得緊，子嗣也要緊，所有服侍的，都停了避子湯藥，誰能一舉得男就是誰的造化；池家曾孫的生母，肯定不會是卑賤的丫鬟，該給的名分都會給的。

池榮興常年在軍營，雖說以他的身分吃不到苦頭，但軍紀還是要守，在大營中於女色上的確不方便。這回沒了拘束，長輩們支持，妻子贊成，嬌俏的丫鬟紅著小臉主動靠上來，他雖不好色，畢竟血氣方剛，這一開閘，如魚得水，來者不拒。

陷在溫柔鄉裡的荒唐日子總是過得快，轉眼間池大少爺歸營的時刻到了，遺憾的是他這番賣力耕耘的時日尚短，有沒有種子落下還無法得知。

康氏也盼著兒子有後，與老夫人不同，她知道鄒氏已經是不會下蛋的雞，自不會盯著她的肚子。

而她，現在也另有愁悶之事……

「夫人，這……還是不要了？」康嬤嬤都要哭了，怎麼又提這檔事？年前不是說要收手，再也不做了嗎？

「做得謹慎些，不會有事的。」康氏瞥了她一眼。「行了，我知道妳的擔心，小心駛得萬年船，謹慎些總歸是對的，還是妳親自去辦，不要假手他人。」

她當然知道放印子錢不光彩，不過還有比這個來錢更快的途徑嗎？她又沒做傷天害理的事情，雖然有人因為借印子錢敗家，可一個願打、一個願挨，沒人逼他去借，明知這不是做善事還去借，自然要想到還不上的後果。

康氏不認為自己有何不對，之所以要私下裡悄悄進行，無非是說出去名聲不好聽，而大將軍最是好名聲的，素來看不上這些行徑。

池萬林不喜歡的事情，康氏自然是能免則免，免不了的就瞞著。

但康嬤嬤一行動，鄒氏就知道了。

自從明白自己無法生育是康氏動的手腳，鄒氏就伺機報復，一直在暗處盯著，凡康氏看重的，她就要毀掉——

「……把消息透露給楊姨娘，順便幫她準備好證據。」

鄒氏勾唇一笑。她畢竟是做兒媳的，怎麼能去揭發這種事呢？這個大人情就白送給楊姨娘了，不過也不是白送的，鷸蚌相爭，得利的當然是漁翁。康氏倒了，攏月居那個不過是個玩意兒；老夫人年紀大了，精力不濟，她這個名副其實的大少奶奶就是當之無愧的當家人選了。

如此在有心人的推波助瀾下，楊姨娘果然偶然地發現了鄒氏需要她發現的事情——康氏居然放印子錢！

妻、妾是天敵，楊姨娘日夜惦記著打壓康氏，如此良機，自然不會放過，確認無誤後，整理了一番說辭，派妥當的心腹給池萬林送去。

也是天要亡康氏，楊姨娘送信的當口，都城裡正鬧人命慘案，有小商人鋪面周轉不靈，借印子錢後無力償還，慘遭毒打，被迫鬻兒賣女，夫婦兩人及老母自盡於家中，其狀甚慘。一時民忿激盪，放印子錢的如過街之鼠，人人喊打。

身在京東大營的池萬林也聽說了此事，正當此時，楊姨娘信至，揭露康氏竟然拿公中銀兩放印子錢！

「好賤人。」池萬林怒火中燒，壓根兒沒想到康氏會背著自己做出這等丟人現眼的事情。

後院女人間的鬥爭他是知曉的，為防止楊姨娘只是捕風捉影，他特地派了心腹根據楊姨娘的線索重新徹查，沒想到順藤摸瓜，方知康氏這些年一直背著自己在做這件事。

池萬林又驚又怒，原以為康氏是個有分寸的，沒想到如此膽大妄為，若在這個節骨眼上爆出池府也放印子錢……池萬林想掐死康氏的心都有了，虧得楊月兒機靈，不然他不知何時才能發現自家後院有火坑。

意識到康氏會給自己惹禍的瞬間，池萬林決定不再縱容，於是在所有人不明所以的情況下，池府內宅的管家權沒有徵兆地從康氏手上轉交到了大少奶奶鄒氏的手裡。

池老夫人對外說是康氏突發重病，不能操勞，要用藥靜養，任何人不得打擾，管家對牌暫時由她保管，待鄒氏上手之後，她再交予鄒氏。

奇怪的是，夫人明明重病，最得力的康嬤嬤沒有在身邊侍疾，卻是沒原因地全家被發配到莊子上，還是那種條件最差的莊子。

心思活泛的下人猜測必是夫人犯了大錯被奪權，生病不過是託辭，但夫人有三位少爺傍身，為了少爺們的臉面，自然不會聲張。

康氏忽然病倒的消息，住在別院的榮嬌知道之後，微蹙了蹙眉頭，擔心起池榮厚來；不管康氏對她如何不好，對小哥哥倒真的很好。

「……也不知得的是什麼病，怎麼忽然病得不能出門了？」欒嬤嬤甚是唏噓，雖然康氏不慈，畢竟還是姑娘的親生母親。

「沒事。」榮嬌勾起唇角，露出一個意味不明的笑意。「肯定是無甚大礙。」

就算突發急病，病情來勢洶洶，就算康氏在一夜之內病得起不了身，也不會前腳病了，後腳就交出管家大權，這不符合她的風格。

她以前又不是沒病過，哪回不是攥著對牌不撒手？再說剛過完年，府裡沒什麼要緊事，就算病了不能理事也不會有影響；況且下頭的管事個個經驗老道，照著舊例也能運作正常。

而且康氏病重，她身邊的康嬤嬤不好生服侍，居然一家子齊齊被貶到莊子上當差？要知道這種地位的管事嬤嬤，除非是犯事發配，否則不可能被主子打發到莊子上。

康氏這是被奪權了。

欒嬤嬤向來對榮嬌的話深信不疑，聽她說康氏不是真病，不由大惑不解。「她可是當家夫人，除了老夫人和大將軍，沒人能罰她吧？」

榮嬌翹了翹嘴角。「是大將軍。」

能處置了康嬤嬤，讓康氏一夕間病重交出管家權，如此雷厲風行的只有做為家主的池萬林。

「不知她又做錯了什麼？」居然惹得大將軍動怒，被奪權不說，所謂養病，實際是禁足吧，如此嚴罰放在主母身上，必定是不可饒恕的錯誤。

「只怕三少爺要擔心了……」

欒嬤嬤的話正戳中縈嬌的心思，康氏如何她不在意，在意的是小哥哥的心情，康氏這一病，最擔心的怕是小哥哥了，他一直跟在莊先生身邊，不知是否得了信？

「嬤嬤，我明天要去芙蓉街住幾天，李掌櫃那邊籌備得差不多了。」

按照計劃，藥鋪現在應該已經裝修好了，上回她過去時，藥櫃都打好了，鋪子裡該弄的已經差不多，想來這幾日應該全都弄好了。

「早去早回。」正事要緊，欒嬤嬤從不會阻攔。

第六十四章

「小樓的藥鋪過幾天要開張，你備份厚禮送過去，多關照些。」玄朗捏了捏眉心，黑眸中有一絲倦意。

「是。」岐伯應下。「公子，太醫院的供藥名額正好有空的，給小樓公子留一個？」開藥鋪的，能給太醫院供藥，利潤豐厚不說，也是實力的彰顯，只這一筆生意，小樓公子的藥鋪就能站穩腳跟。

「……不用。」玄朗微頓了一會兒，還是否決了。「他剛入行，根基不穩，還是穩紮穩打得好，不宜做出頭鳥。進貨價格上適當讓一些，不要太照顧，掌握好分寸，否則小傢伙以後知道了，會不高興。」

那麼要面子的人兒，到底為什麼要改裝易容，玄朗實在想不出原因，總歸有她情非得已的苦衷，小樓不說，他不會強逼，更不會私下裡去查。

想幫她，還不敢太過越俎代庖，他已經見識了她的倔強，她能自己做的，一定是不願意假手於他人的，若是自己在背後關照太多，她不一定高興，沒準還會怪他多事呢！

玄朗有點糾結，他一向以為求人不如靠己，關鍵還是要自身強大，借勢、借力都是審時度勢的手段，不能長久依賴，從這一點來看，他是極其欣賞小樓；可從另一個方面，他又極希望小樓能依賴自己，接受他的幫助，這時小樓身上的自立自強與從容宛如疏離，他不喜歡。

小樓是女子……

每次想到這個事實，玄朗的心情極其微妙。他只知道，自己並不覺得弟弟變成妹妹是麻煩，不管是弟弟還是妹妹，那個無意間撞上的小小人兒，之於他，都是一種特別的存在，彷彿彼此有種莫名又必然的牽絆，他欣然接納，不管小樓是男是女……

哦，也還是有區別的，知道她是妹妹之後，他心底的憐惜愈加濃厚，就像想要呵護春天新發的嫩芽，又像是趴臥在手中初生的幼獸，軟軟萌萌的，越發想寵溺，想將她護於自己的羽翼之下，讓她能肆意地笑。

「有幾樣東西，你今天送到芙蓉街去。」玄朗指了指旁邊矮几上放著的箱子。今早無意中聽下人說過幾天就是花朝節，於是抽空從府庫裡挑選首飾與衣料。

花朝節，是未婚少男、少女們的盛裝節日。

「是。」

岐伯看了那不小的箱子一眼。公子自從年後便沒少往芙蓉街送東西，有些東西送得莫名其妙，上回送了個小匣子，裡面裝了只玉鐲子，他以為公子拿錯了，送玉鐲子給小樓公子是什麼意思？他用不上呀！

好心提醒公子，結果公子那輕描淡寫卻又意味不明的眼神，讓他心神不寧好幾天，回想起來還心有餘悸。「……你想聽我解釋？」

意思是，公子對於他的多嘴多舌甚是不滿。

自那以後，公子無論送什麼，他都不敢再置喙。比如現在，他明知道小樓公子忙著藥鋪開業，沒工夫參加花朝節的花會，但他絕對不會向公子多嘴的。

「還有，告訴小樓忙過這幾天要檢查她的課業。」

現在他總算明白當初小樓為何一口咬定自己不進學、不從軍，只想賺銀子；不過，即便她是小姑娘，既然出來做生意，該讀的書、該有的學識，還是要有的。

還有一件最重要的事情一直縈繞在心，令他耿耿於懷，每每想起都有打破砂鍋問到底的衝動——小樓是如何認識池榮厚的？

原先他覺得池家兄弟乃性情中人，值得結交，為小樓有這樣的好朋友高興，可若是妹妹嘛……

他心裡極不舒服，試想，哪家做大哥的願意妹妹與外男交往？偏偏池家兄弟，特別是池榮厚，與小樓相識在他之前，交情甚篤，一想到小樓為了池榮厚拜師的事，跑前跑後熱心得很，他難以淡定，忽然看池家小子很不順眼。

「……還有，你跟小樓說，上回池榮厚拜師後不是要請客答謝嗎？過幾天我有空，看他何時方便。」

不行，他得會會這個池三，看夠不夠資格做妹妹的朋友。

榮嬌最近的心情甚是愉悅，她覺得自從離開池府後，可謂事事順心，就連在玄朗家發生初潮突至這麼大的糗事，都能毫無聲息地解決，可見康氏將她攆出來，是做了件大好事。

而藥鋪的開業籌備日益完善，原來的米鋪也找到了更好的進貨管道，重新開門營業。李掌櫃頗為能幹，即使她只做甩手東家，他照樣帶著李同幾個把事情辦得妥妥貼貼的，萬事俱備，只待她定下黃道吉日，即可開業大吉。

「忠叔，這個價格是不是低了？」

榮嬌窩在書房裡看進貨帳本。據她所知，這個進貨價是極優惠的，自家藥鋪還沒開張，首次進貨，對方怎麼會照這個價格給貨？別是藥材質量不能過關吧？人命關天，開藥鋪首先得講良心，其次才是賺錢。

「公子有所不知，本來咱們談不到這個價，沒想到裡面有個管事竟是我多年前的舊識，拿到了人情價。」李忠解釋。「這個價格是有條件的，一是不能向同行洩漏，否則要賠償；二是兩年內都要從他那裡進貨，這個倒使得，經年的老字號，藥材質量向來信得過，訂價公道。」

「原來是忠叔舊識，當年與你交情不錯吧？」

像他們這種剛起步的藥鋪，非但有了供貨穩定的供應商，還能拿到老客戶才有的優惠，確實是極好的開端。

「年頭太久，我都不記得了。」李忠也納悶，是對方先認出他的，他當年是有過那樣的經歷，只是令對方難忘的那件舊事卻記不清了，不確定自己曾幫過他。

李忠不知，岐伯與他閒聊，知曉他這段經歷後，就一定會有一個舊識故友出來與他偶遇，不然怎麼合情合理地給他優惠？

萬事俱備讓榮嬌心裡激動，這與開米鋪不同，那是投機，沒花費精力籌辦，而這一次雖不是事事親為，她在幕後也著實參與頗多。有投入，自然期待更多，她小手一拍，定下開業的日子。

希望這次一切順利，不要再惹上無妄之災；不過，即便真有麻煩也不怕，大哥說了，凡事有他在，不用擔心。

想到玄朗，她又想起請客的事情。之前小哥哥非要為他拜師之事擺宴答謝大哥，玄朗謝絕，小哥哥催問過幾次，她以為這事過去了，哪知這兩位居然都還記著。

大哥託岐伯捎信，說了幾個他有空的日子，她本想小哥哥要讀書，定然是沒時間，豈料小哥哥居然選了日子，宴請由她全權負責，總之要盛情款待。

榮嬌實在不明白這兩人，明明都忙，明明她這個牽線搭橋的中間人拒絕了好幾次，為何一個非要請，一個非要來？

榮嬌本想在芙蓉街擺桌家宴，玄朗不同意，那是小樓的住處，怎好讓池三過去？以前不知道就罷了，如今知曉了她的身分，有些事能避當避。

他提出擺在曉陽居後院，不引人注意，大家都方便。榮嬌深以為然，芙蓉街的宅子是她的常駐據點，若小哥哥過來，真怕把池府的人引過來；曉陽居倒不錯，她和玄朗都覺得合適，但池三少並不這樣認為。

想到能與多日不見的妹妹見面，心情甚是愉悅，他興沖沖地與榮嬌會合後，聽說酒席安排在後院，翹起的唇角就有下彎的趨勢。

是他請客，把宴席擺在玄朗的地盤上是什麼意思？到底誰是主、誰是客？他還想趁此機會好好會會這個玄朗，看他憑何做妹妹嘴裡的大哥呢！豈知還沒開場，先失優勢，他還擺什麼鴻門宴呀？這個辦事不牢靠的小丫頭！

忍不住就瞪了身邊著男裝的妹妹一眼。

榮嬌接收到他的目光，知道小哥哥對自己安排的地方不滿，忙討好地笑笑，又扯了扯他的袖子，輕輕搖了搖。

不就是一頓飯嗎？在哪裡吃不一樣？我們付銀子就是了。

少來，哪有上人家家裡請人家吃飯，這是誰掏銀子的事嗎？

玄朗大哥也不算外人……

他不是外人誰是外人？妳等著，回頭看小哥哥怎麼教育妳！

霎時，兄妹倆眉來眼去，已經無聲地交流了幾個來回。不知真相的玄朗在旁看了，心裡升起一股不舒服，這兩人不但眉目傳情，小樓的手還自始至終拽著池榮厚的袖子……

向來淡定的玄朗也不淡定了，看向池榮厚的視線多了幾分不悅，長臂輕伸，將榮嬌的小手從池榮厚的袖子轉到自己的掌中，將她朝自己輕帶過來，薄唇輕啟。「小樓，這位便是池三少爺吧？」

池三少彷彿被侵犯領地的豹子，全身進入戒備狀態。

本來他就對這個不知從哪裡冒出來的男人有戒心，雖然自家妹妹人見人愛沒錯，就算扮成少年公子依舊魅力無敵，可從另一方面來說，無事獻殷勤，非奸即盜。

非親非故，玄朗為何對自己妹妹這麼好？處處以大哥自居，嬌嬌又不是沒有哥哥，用得著他來充大哥？

池榮厚自從知道妹妹認識了這個叫玄朗的男人開始，心裡就不舒服，糾結得千迴百轉，一邊感謝玄朗對妹妹的照顧，一邊又覺得此人無緣無故對妹妹好，一定有企圖！想他池三也是心地善良的好青年，素來尊老愛幼，助人為樂，但也沒像玄朗這樣，對一個人好事做了一件又一件。

每回榮嬌有事，他便像及時雨似的，多了倒像是刻意為之。瞧著倒是正人君子的模樣，不過，這世上道貌岸然之輩不在少數——居然還握他寶貝妹妹的手！

剛一照面，翩然俊雅的玄朗在池榮厚眼裡就沒好印象。「玄朗公子？幸會，從小樓認識你那天起就久聞大名……」

目光瞥向榮嬌，就著話意順勢拉著她的胳膊，將人拉到自己身邊。「對吧，小樓？」

居然占妹妹的便宜?!池三絕對不能容忍這樣的事情在自己眼前發生，回頭一定要給妹妹好好教育一番，她雖著男裝，但諸如拉手、拍肩這樣的動作一定要避開，絕對、絕對不允許。

玄朗黝黑的眸掃過池榮厚放在榮嬌臂上的手，恨不能一巴掌拍開。

這個池三竟是個舉止輕浮的，對小樓毛手毛腳，雖說他不知道小樓是女子，也不能勾肩搭背，忒不知禮了！

榮嬌見玄朗的視線在自己手臂上停留，眸光中似閃動著慍意，以為自己看錯了。大哥怎麼可能不喜歡小哥哥呢？她的小哥哥可是智勇過人、俠骨柔腸的少年俊傑，向來人緣好，通殺男女老幼。

她根本不知道玄朗的不悅是因為池榮厚拉著她的行為，更不知道他們的小舉動，在玄朗眼中是何等的不舒服。

「的確，你們神交已久，從我認識玄朗大哥那天起，池三哥就知道……」

殊不知這番話聽在兩個男人耳中，意思完全不同，池榮厚好像三伏天飲了一大碗冰鎮酸梅湯，從裡到外的舒坦。這個小丫頭，倒能分出裡外親疏。

「說得是，一直想面謝玄朗公子，素昧平生援手相助，實乃高義。」

別以為幫了我們妹妹，就想當大哥！池三話裡話外，無時無刻不是提醒玄朗，自己與小樓的關係非同一般。

這兩句對答讓玄朗心裡有些酸澀。原來小樓與池三的關係這般親厚？不就是早認識了幾天？也不知池三到底為她做過什麼，口風謹慎的她居然會對池三無所不言？小樓與池三關係匪淺，默契早生……

儘管玄朗不想承認，但事實就是，小樓與池三這小子即便沒做交談，只一個眼神、一個動作，便透露出彼此的默契與親暱。

相較之下，他這個大哥真要遜色許多，若不是仗著多年察言觀色的本領，他真不知道這兩人一個眼神就能交流幾層意思。

這頓飯玄朗吃得頗為憋氣，妹妹與外男眉來眼去——好吧，那個男子不知道她是姑娘，以為是同性知己……但這姓池的小子說話就說話，用得著眼神溫柔專注、動作殷勤？

玄朗越看越憋悶，卻不能點明，只好盡可能找話題打斷池榮厚的行為。結果池三彷彿聽不懂任何暗示，照樣我行我素，一口一個他家小樓怎樣、他怎樣，裡裡外外無不顯示他與小樓感情深厚，語氣充滿炫耀，對他這個大哥有隱隱的排斥與敵意……

偏偏小樓好像沒有意識，反而池三說什麼都開心地聽，即便對方調侃，她也眉眼彎彎，全部笑納。

榮嬌是很開心，好久未與小哥哥見面，難得有玄朗一起。玄朗大哥如此出色，是她唯一的好友兼大哥，能介紹他兩人認識，她頗有些小孩子的獻寶心情，殊不知道兩人之間波濤洶湧……

第六十五章

這頓飯，池榮厚表面上對玄朗熱情至極，充分發揮身為主人的熱情，心底卻是千百個不爽。

廢話，誰知道自己的妹妹身邊有個男人在虎視眈眈，心情能好起來？而且這個人還城府極深，極具威脅。

池榮厚自小就深諳見人說人話、見鬼說鬼話的道理，只要他願意，多難纏的人幾乎都能手到擒來，甚少人招架得了他的笑臉與熱情，可這回卻碰上釘子了。

這個玄朗，談吐睿智風趣，態度溫文從容，無論他說什麼，對方都能不動聲色地化解。

這滋味甚是不美，彷彿對方站在雲端俯瞰眾生，大度地縱容他小肚雞腸地蹦躂，偏這樣高高在上的姿態，對方卻表現得自然而不張揚，彷彿他與生俱來就是這般。

相比他的難過，看上去一派風輕雲淡的玄朗心情也是十分不美，只不過人家會裝，面上不露一絲一毫。

在他眼裡，池三聰明，不過那點道行在別人身上夠用，到了自己面前就不夠看了。那些暗藏的機鋒在玄朗看來都是些小聰明而已，他再優秀，也還不夠資格做自己的對手。

但架不住池三有個好朋友。

榮嬌根本不知這兩人面和心不和，不是她太傻，是這兩人有意在她面前掩飾，剛見面時還有心觀察，擔心他們彼此看不順眼，後來見他倆有來有往，話題很多，便徹底放下心來。她也不插話，只是笑咪咪地聽兩人談天，自己埋頭於美食的同時，順便攬下端茶倒酒的差事。

「……嗯？」

玄朗與池榮厚雖然在談笑，卻分了心思在榮嬌身上，眼見她的筷子連續伸向同一盤菜，池三傲嬌地哼了一聲，似乎永遠帶笑的眼睛輕飄飄地掃了她一眼。

在這道含笑的目光注視下，榮嬌的筷子似乎在空中遇到了阻礙似的，又縮了回來，乖巧地停在筷架上。

「來，吃這個。」池三挾了塊乾煸筍塊放到榮嬌的小碟子裡，彷彿是說明又彷彿是炫耀地對玄朗解釋道：「小樓吃不得麻辣的東西，吃了會上火生口瘡。」

榮嬌自幼就不能吃麻辣的東西，吃一口就會有反應，欒嬤嬤和兩個哥哥平時便十分注意。小時候還好，不讓她吃就不吃，近一年來，不知是重生的原因還是口味變了，對於那種麻酥香辣的味道，特別嚮往。

剛好桌上有道香酥兔塊，紅亮誘人，榮嬌忍不住偷嚐了一塊。嗯，好吃，忍不住就又偷嚐了一塊。

「哦，是我疏忽了。」

玄朗與榮嬌相處的時日尚短，儘管他用心了解她的喜好，終究是不能與池榮厚相比。

此話一出，榮嬌忙擺手。「不是的，不關大哥的事。」

池榮厚聽了卻有些不爽。這個玄朗也忒虛偽，聽起來是在自責，可今天明明說好是他的答謝宴，菜式的安排妥不妥當也應該是他這個做主人的事，關客人啥事？

「玄朗公子太客氣了，今天你是貴客，菜品自當以你的口味為準，小樓今日是陪客，不以她為準，她喜歡吃什麼，回頭自然不會短缺。」

「是呀，大哥，今天這些菜式你喜歡就好，我和三哥都沒關係的，我隨時可以讓三哥請客。」

玄朗聽了這番彼此體諒的話，再見他倆一副哥倆好的模樣，更覺鬱悶。自己妹妹對池三的依戀更甚於他，而池榮厚對小樓的了解也遠甚於他，讓做大哥的情何以堪？

小樓她……該不會喜歡上池三了吧？

儘管他不願承認，但以池榮厚的年紀，他算是出色的。

莊先生最先會答應收徒固然是看他的面子，但也與池榮厚的表現有關，尤其是這段時間，先生對這個弟子頗為喜愛，原先說好收徒是還他的人情，但池三資質出眾，深得先生之心，原先說好的人情不算了，欠他的還是欠他的。

但要做小樓的夫婿……他上看下看，不成，配不上他妹妹，還有他背後那個池府，他爹池萬林，還有他家別的長輩，哪個玄朗都看不上，池三再出色，也絕對不是小樓的良配。

忙著招呼妹妹吃東西的池三少被玄朗看得心裡發毛，越想將妹妹護得嚴實。玄朗這男人太神秘、太強大了，他看不透。他待人彬彬有禮，似乎永遠溫雅，內裡卻透著淡淡的尊貴與疏離。

這樣的人，萬一對妹妹有什麼不好的心思，這個傻丫頭根本不會知道。就連他與二哥一起，似乎也不是人家的對手。不行，得跟二哥通通氣，像玄朗這種人，絕對不能放任嬌嬌繼續與他打交道。

一頓飯，各懷心事，只有榮嬌傻呵呵地認為賓主盡歡，大哥和小哥哥彼此欣賞，有結為好友的可能。

宴席結束後，池三少帶著小樓辭行，玄朗心裡有事，本想將小樓留下，何況他也不想讓小樓跟著池榮厚走，但還沒等他開口，就見她揚著小臉，笑咪咪地拱手道再見，水汪汪的大眼睛裡，想要與池榮厚獨處的急切滿溢出來。

玄朗默了默，不好多說，神色如常地將兩人送了出去。

榮嬌是真的想與小哥哥有些獨處的時間，她與小哥哥有一段時日未見，雖然也有信件來往，但小哥哥住在先生家裡，榮嬌怕占用他讀書的時間，信件不似往日那般頻繁，感覺攢了滿肚子的話要與哥哥說。

同時也有些不好意思耽誤玄朗，因此她拉著池榮厚走，也是怕誤了他的時間。

池三少也想與妹妹多說會兒話，他來時是騎馬，可榮嬌捨不得浪費相處的時間，又不想在大街上與他同行，被池府的人看到，於是理所當然地發號施令。「三哥，陪我坐馬車。」

池榮厚聞言笑道：「知道了，給妳面子。」

平素他是最不喜歡坐馬車的，鮮車怒馬、招搖過市才是池三的風格。

「多謝三哥賞臉。」

的求讚美的笑容。

榮嬌知道他的習慣，笑咪咪地道聲謝，上了馬車，回頭伸手要拉池榮厚。「三哥——」

「不用，妳以為我是妳，還要用凳子？」池榮厚一提氣，輕巧地縱上車，臉上是明晃晃的求讚美的笑容。

榮嬌最是懂事，不待他開口，笑咪咪道：「三哥好厲害。」

「那是，也不看我是誰的三哥。」

池榮厚向來這樣，明明是褒獎自己，又轉彎抹角地誇妹妹，榮嬌聽了笑咪咪的，眉眼彎彎。

這一幕落在送客的玄朗眼中，深覺刺眼，看向池榮厚的目光越發晦澀。

小樓與池三的關係，還真是不一般。若小樓真是男子，弟弟能有池三這樣的好友，他甚是欣慰，可現在是他的妹妹與池三交情莫逆……嗯，此事不可等閒視之。

一個小姑娘裝扮成男子，拋頭露面行商賈之事，其中必定有逼不得已的隱情，艱難悲苦在所難免；她北上一路跋涉，吃的苦頭定然不少，這時候有池榮厚這樣好心的公子仗義相助，感激之情可想而知。

即便真有以身相許的想法，也能理解，畢竟池三俊朗熱情，又有逆境中的相助之情，可一想到自己妹妹與這個小子相處的情形，玄朗整個人都不好了。

雖然以池榮厚目前的表現，應該是不知道小樓是女子，自然不用避嫌，可一想到這小子對小樓拉拉扯扯、勾肩搭背的，就心生怒氣，恨不得剁了他的手。

玄朗擔心池榮厚，那廂，池榮厚也怕自己妹妹上當，被玄朗這個老男人給騙了呢！

「嬌嬌，玄朗這個人不簡單，妳要當心。」馬車上，池三少正色地告誡妹妹。

「我知道，我的朋友自然很厲害的。」聽到哥哥稱讚玄朗，榮嬌與有榮焉。

池榮厚撫額，哪隻耳朵聽到這是在誇獎他了？

「我和二哥都查不出他的底細，妳以後離他遠點，沒事別找他。」

池榮厚本就不贊成榮嬌與玄朗接觸，這次見了人，不贊成的感覺越發加深，那個人看似無害，實際上卻高深莫測，一點也看不透……未知的事物一定具有危險。

「管他有什麼底細的，誰沒有秘密？」榮嬌不以為然。「那是人家的私事，幹麼要去打聽？」

虧她還大言不慚地告訴玄朗大家各有隱私，互不探察，結果自己哥哥先跑去查人家的底了。「被他知道了，多不好，玄朗大哥對我只有好意，沒有算計，小哥哥放心好了。」

「哼，誰知道有沒有算計？」池三嘟囔了句，又板了臉正色道：「我妹妹這麼好，誰知道那老男人有沒有別的想法？一把年紀了還沒成家，沒準是個猥瑣變態的——」

「小哥哥，你說什麼呢？」榮嬌嗔怪道：「別胡說八道，那是我的朋友。」

明明見他倆談得甚是親熱，怎麼回頭就說人家的壞話？還這般口無遮攔？

「君子不背後議人短長，小哥哥，你變壞了，而且不尊重我的朋友，我生氣了。」

「別氣了，是小哥哥錯了，不過妳要答應小哥哥一件事。」池榮厚的神色極為認真，黝黑的眼眸專注地盯著妹妹。「絕對不能告訴他妳是姑娘，能做到嗎？」

「這……」

可、可是，他已經知道了呀！榮嬌咬著唇，心裡糾結，是將實情告訴小哥哥呢，還是繼續瞞著？

「妳若是不答應，我就告訴二哥，小樓公子想家，該回南方了。」

榮嬌一聽，還糾結什麼呀，她傻了才會說實話！

「好了，我答應你，我發誓絕對不主動告訴他。」

若是他自己發現，哼哼，那就不干她的事，反正不是她說的……

第六十六章

池榮厚見妹妹應下，心中高興，擔心榮嬌本無意，若自己說多了，引她多想反倒不妙，於是聰明地結束話題。

兄妹倆許久不見，拋開玄朗不提，有的是其他的話題，馬車走得再慢，路也有走完的時候，池榮厚依依不捨。「妳住芙蓉街？等過幾天小哥哥抽空去看妳。」妹妹從府裡出來，不管是芙蓉街還是城南別院，他都沒去過。

「不用，你老是請假，當心先生不喜，我挺好的，有嬤嬤照顧呢！」榮嬌揚著笑臉，不願哥哥擔心。「現在更自由，芙蓉街這邊全是自己人，又有綠殳跟著，放心好啦，你不要過來，別把我的秘密暴露了……」

「好，小哥哥知道了，妳自己多保重。」池榮厚摸摸妹妹的頭，有些不捨。

「放心，小哥哥要照顧好自己，都說寒窗苦讀十年，你這才幾個月，不要太急於求成。」

小哥哥向來是要強的，拜在大儒門下，不用先生督促，他自有要求。可是他雖聰慧，畢竟底子薄，以往讀書全憑興趣，隨心所欲沒有目的，若是要做學問，顯然是不夠的，從小哥哥明顯瘦削的臉頰可以看出這段時間的辛苦。

「呵，嬌嬌長大了，知道說教哥哥了。」

池三少用打趣以掩飾心底的感動。他是急，沒法按部就班苦讀十年，池、王親事存在一日，比頭懸樑、錐刺骨更能逼他發憤圖強。

妹妹從來不提退親的可能，她越是這樣乖巧懂事，做哥哥的心裡越發難過。

「嬌嬌，王家……有哥哥們在，一切都不會有事的。」

雖然現在還沒有解決，但是妳不用擔心，無論如何，哥哥們一定會許妳平安喜樂。

這句話，池榮厚沒有說出來，但榮嬌懂的。

她怎麼能不懂？前世，小哥哥為了阻止親事，付出的代價是生命；二哥浴血沙場，為的也是能給她做後盾，換她平安喜樂。

可是她不要這樣，如果親事避無可避，她寧願與王豐禮再做夫妻，抑或假死遠遁他鄉，也絕對不要哥哥們為她的親事而有任何損傷。

「嗯，我知道，我不急，哥哥們也不要急，還有兩年才及笄，何況即便嫁了，還能和離的。」

前幾天偶遇王豐禮，春闈他要下場，若入了頭三甲，之後還要殿試，聽他的意思，一時半刻應該不會公布親事；他還說未婚妻身體不好，需要好好將養，他要出仕，一、兩年之內不會有成親的打算。

所以，還有時間。

次日天光晴好，日光嫵媚，風裡透著春天的暖意。一大早，喜鵲枝頭鳴叫，果然有貴客來訪。

「大哥。」

沐浴著晨光出現的竟是玄朗，他逆光行來，面龐如同散發著柔光的白玉，微風拂過他的衣帶，他眼裡閃著光亮，比天上最亮的星還要璀璨。

相識之初，榮嬌就知他是謫仙般的人物，但從未如此刻，這般感受到他與生俱來的尊貴之美……榮嬌一時看傻了。

「小樓。」

玄朗見她站在書房門口，喊了聲大哥後就頓住了，視線似看非看，一副魂不守舍的模樣。

怎麼了？玄朗低頭看了看自己周身上下，又轉回頭，身後空無一人。

「啊……大哥快請進。」榮嬌回過神來，精緻的小臉飛上一抹緋紅，忙定神請玄朗進來。

「有何不妥？」玄朗不解，一大早小樓就這般莫名其妙，是怪他來得太早、太冒昧？

「沒、沒不妥。」榮嬌連連擺手，若大哥知道自己是看他看呆了，豈不是太丟臉？

只是不知一大早玄朗過來是為了何事，昨天不是剛見過面嗎？

玄朗遠不如表現出來的那般氣定神閒，他一夜沒睡好，頭次嚐到了失眠的滋味，想來想去，還是覺得有必要與小樓好好談談，於是放下公事，一早就到芙蓉街。

豈知他暗示了半天，小樓根本不懂他的意思，直到他忍不住，直言告誡，她卻眨著大眼睛，露出燦爛的笑容，目光篤定。「放心吧大哥，三哥是好人，我信他，他永遠不會害我的。」

聽了這堅定的回答，玄朗不知是該欣慰她單純無心機，還是該怪她太輕易信人，面對這雙天真純潔的眼眸，他覺得自己再說下去，實在有損形象，自己都有種挑撥離間的小人之感了。

罷了，她年紀小，心思單純，定是沒想到那方面去，自己多說反而不妙，於是淡淡一笑。「嗯，我相信。」頓了頓，還是多加了句解釋。「池家兄弟都是極好，只是他家的長輩，有些……嗯，左右妳也不會同他家裡打交道……」

「他家長輩如何？」

不曾想過會從玄朗的嘴裡聽到關於池家的評價，但以榮嬌對玄朗的了解，已經明白他簡略言語之下的晦澀之意。

玄朗從沒在她面前論過他人是非，今天卻專程上門來說池家……她雖然對池府上下沒好感，但畢竟出身其中，若說一點也不在意也是假話。她兩個最親愛的哥哥身上有池府的烙印，不管他們願不願意，在外人眼裡，便是與池府榮辱與共。

大哥似乎對小哥哥的印象不大好，是因為出身池府的原因嗎？不然昨天他倆看來相處融洽，為何一大早就來告誡自己池府複雜，與小哥哥個人交好便罷，不可過於深入……

榮嬌打死也想不到玄朗一大早跑來講這些話，是為了防止她動了男女心思，因此她完全誤解，甚至還有些鬱鬱不樂；自己滿懷熱情介紹玄朗與小哥哥認識，以為他倆一定能一見如故，結為好友，縱然不能惺惺相惜，至少彼此有不錯的印象吧，結果呢，小哥哥昨天要自己離玄朗遠點，今早玄朗來提醒自己不要與小哥哥有太多接觸。

「大哥是認真的，池家兄弟是可交之人，他家裡亂七八糟的，沒必要接觸。」

小樓應該能明白他的意思吧？交朋友可以，僅僅是朋友，別的便不適合。

表面氣定神閒的玄朗絕對不會承認，自己昨天被小樓與池三的相處方式刺激到了，那份默契與流淌的溫情讓他眼熱又心痛，彷彿自家妹子下一刻就要被池三拐走，總之，各種不舒服。

他既然認了妹妹，就要負起做大哥的責任，沒理由袖手旁觀。

「對，大哥說得是。」榮嬌點著頭，若是有可能，池府那幾個，她是不想打交道的。

見她不問緣由一口應下，全然地認同與信賴，某個吃了定心丸的大哥心情瞬間晴朗，這才放心告辭——近日北境有異動，宮裡那位召他御前商議，軍務耽擱不得。

遙遠北境的戰事，對生活在都城的普通人而言，只是茶餘飯後多了一樁唏噓與感慨的話題，對於有些人，意義卻是全然不同——

京東大營的池榮勇，幾經深思熟慮，做出決定，為了自己，也為了想要守護的人。

「榮勇，你決定了？」池萬林看著面前長身玉立的兒子，眉頭浮現淡淡的不贊同。

「是。」

「榮勇，戰場與平時演練不同，兩軍對陣是真刀實槍，輕則傷，重則死，誰也不知道會發生什麼……你有這樣的想法為父甚慰，不過眼下不比尋常，邊境局勢緊張，大戰或許一觸即發，此時請調，不是歷練的時機。」

池萬林有計劃將他放出去歷練幾年，太平年間，京東大營難有立功的機會，以老二的能耐，調去邊軍，雖然條件苦寒，卻不失為攢軍功的捷徑。

老二這一身本事，生來就應該是領兵打仗的，放到戰場上定能大放異彩，屆時他們池家，大兒子坐鎮京營，護衛天子安危，二兒子征戰在外，戰功赫赫，可謂將帥之家，滿門榮耀，池家的聲勢必將再上層樓。

但，那是將來，眼下的他並無實戰經驗，貿然上戰場，萬一有個差池，豈不毀了池家的未來？

「我意已決，還請父親成全。」

池榮勇安靜地聽完父親的勸導，神色不動。

他要上戰場，此意已決，誰也阻止不了。父親說的那些他都懂，但，他不屑為之。大丈夫要立軍功，就堂堂正正真刀實槍去拚，挑太平時期走過場地歷練一番，然後搶軍功榮耀，踩著袍澤上位，這不是他池榮勇的作風。

池萬林素來與池榮勇不親近，見自己推心置腹、軟硬兼施，偏兒子不領情，初衷不改，若自己硬壓著不准，他直接上書兵部請調，屆時自己的臉就丟盡了。

身為將士，征戰沙場乃本分之舉，雖然不捨得送自家子姪上戰場的勛貴不在少數，做父母的不願兒子上陣搏命是人之常情，但這是心知肚明不能捅破的，可以私下行事，不能講到明面。

心念至此，池萬林也不勸了。隨他去吧，既然攔不下，自然要將此事宣揚開，單是戰時主動請纓北境，就能彰顯池府的家教、家風，子承父業，保家衛國，縱是馬革裹屍，亦欣然赴之。

父親打著何種主意，想用他做何文章，池榮勇不在意也不關心，他最在意的是如何開口告訴妹妹。這一趟前往北境，短則一年，長則兩、三年，何時能回歸都暫無定數。

他從未與妹妹分開如此之久，以往他外出，無非兩、三個月，小丫頭已成哭包，臨到他要走時，眼淚汪汪噘著嘴，拽著袖子不放，這回既是遠離又是上戰場，妹妹會有多生氣，池榮勇可想而知。

猜到妹妹會不高興，卻沒想到她的反應會那麼激烈。

榮嬌聽說二哥來看自己，像隻歡快的小麻雀，圍著他嘰嘰喳喳的，也不管是否在信裡說過了，說自己的同時還不忘問他的事，翻來覆去問個不停。

待得知他會在別院住一晚更是樂不可支，一迭聲地喊欒嬤嬤收拾客房，吩咐廚房準備愛吃的飯菜，準備親自下廚。

「不用麻煩。」看她不停圍著自己打轉，池二既享受妹妹的關懷，又不捨得她勞累，見她情緒頗高，便斟酌著詞語，避重就輕告訴她自己請調北境之事。

「不行，不准去！」

榮嬌一聽他要去北境，整個人懵了，腦子裡一片空白。去北境？不行！不，不准去！

上一世，二哥就是去了北境後失蹤，再無音訊，她絕不允許他去戰場，絕對不允許他重蹈覆轍——

榮嬌白著臉，一把抱住池榮勇的手臂。「二哥，不准去，我不准你去！」

重生以來，她做的所有事情無不是為了守護親人，避免前世慘劇再現，那麼多的努力，全是為了改變命運。

雖然與王豐禮的親事已經存在，可她從沒有真正絕望過，她從未放棄，親事訂了能退，成親了還能再和離，只要哥哥們安好，親事算什麼呢？

很多事情都有了改變，不是嗎？小哥哥拜莊先生為師，這是前世沒有的，有莊大儒指點，小哥哥定會有一個與前世不同的將來；她也拚命變強，做生意賺銀子，想為哥哥們的前程添磚加瓦，以為一切正在好轉時，二哥居然要去北方邊境，時間還比前世提前。

北境正在打仗，二哥去了，前世的一切是不是也會發生？

所謂晴天霹靂，不過如此——

第六十七章

她絕不允許二哥離開。

榮嬌用力抓著池榮勇的手臂，指節發白，即便池榮勇臂肌結實，居然也被掐痛了。

「嬌嬌……先別緊張，聽二哥說……」

見妹妹白著小臉，淚珠成串地落，全身散發濃濃的絕望與恐懼，池榮勇的心裡也不好受，知道榮嬌會不高興，卻沒想到如此嚴重。

「我不聽，我不聽……」

榮嬌拚命搖頭，抓著他不撒手，彷彿一鬆手，二哥就會消失不見……

「不許去！不許去！」她大喊著，什麼都聽不進去，也不想聽，只有一個念頭：必須抓住二哥，不能讓他離開京城，更不能讓他去北境。

「嬌嬌……」

池榮勇撫額。知道妹妹不會同意，可是這般歇斯底里卻出乎意料，他放緩聲音。「北境不如妳想的那般危險，妳要相信二哥的身手……」

「不聽！二哥，你不要去好不好？留下來，好不好？」

榮嬌苦苦哀求。不行，她無論如何也不能放二哥走，她要將二哥好好地守在視線裡，只要不去北方邊境，前世的悲劇就不會重演，二哥的命運就會截然不同！

「榮嬌，還記得二哥畢生所願嗎？金戈鐵馬、沙場禦敵，二哥不願龜縮在京東大營碌碌無為，冷了這腔熱血——」

「我不管！二哥不去好不好？」

二哥說了什麼，榮嬌一概不聽，不管他說什麼，只要二哥沒有打消念頭，她就不放手。

「嬌嬌，乖……二哥不會有事的，北境也沒妳想的那麼凶險，憑二哥的身手，只要想全身而退，就算有千軍萬馬也攔不住我的。」

池二哥試著心平氣和地跟妹妹講道理。榮嬌這一年多已經變了很多，遇事冷靜，已經能獨當一面，怎麼一聽他要去北境，竟又變得這般膽小了？生離死別似的，弄得他心裡也不好受。

「好啦，真的沒事，我保證沒多久就會回來。」

怎麼會沒事?!榮嬌淚如泉湧，心如刀絞，就是因為知道會有事，才不讓二哥去。

「二哥，不能不去嗎？如果你去了，我會死，你還要去嗎？」

別怪她出亂招，她知道二哥素來的行事風格，在小事上，他什麼都會縱容自己，但像這種大事，他一旦決定了是不會接納別的意見的，哪怕出言阻攔的是最疼愛的妹妹，也是沒用。

「胡鬧。」池榮勇臉色一沈，語氣不悅。「什麼死呀活的，以後再讓二哥聽到妳說這個，看我怎麼教訓妳！」

這個小丫頭，簡直口無遮攔，為了讓自己答應，什麼話都敢亂講，小小年紀，能動不動就把死呀、活呀的掛在嘴上嗎？

「二哥知道妳是擔心我。」實在見不得妹妹流淚，何況是哭得這般傷心欲絕？池榮勇放緩神色，輕聲安慰。「二哥不會有事的，妳要相信我，別說還沒真打，就是真的開打了，二哥也有能力保護自己。嬌嬌最懂二哥的，妳知道我對邊境的嚮往不是一天、兩天了，以前是沒機會也下定不了決心，放不下妳，嬌嬌最懂事了，可不能扯二哥的後腿啊……」

「那，可不可以不去北境？西境、南境不都可以嗎？」榮嬌抽抽噎噎道。自己只是一味反對，二哥必然以為她是小孩子心性，捨不得他走才胡攪蠻纏，只好退而求其次，只要不去北境，去別的地方都可以。

池榮勇很頭疼，以前怎麼沒發現妹妹這般能纏？

「調令已下，妳是要我違抗軍令上命？那二哥哪裡也不要去了，直接被軍法處置好了。」

申請批准，調令已下，不容反悔。父親背後做推手，巧妙地將此事在朝中宣揚開來，聖上也給了口頭嘉獎，這個時候自己說不去了，豈不是犯了欺君之罪？

去北境是他的心願，是自己主動申請，即便不是，如今已成定局，軍令如山，斷沒有抗命或改往他處的道理。

「被軍法處置，也不去。」

這是榮嬌的真心話，軍法處置無非是降職、挨軍棍或開除軍籍，那也比在戰場失蹤強得多，至少人還在。

池榮勇聽了這蠻不講理的話，嘴角扯起一抹無奈的苦笑。傻丫頭，在父親的推波助瀾下，連陛下都知道他滿腔熱情要去北境，如果又不去了，是與皇上開玩笑嗎？

「二哥是臨陣脫逃的人嗎？這樣說二哥要生氣了。」

「必須得去嗎？」

哭鬧了一場，眼睛腫了，嗓子啞了，二哥還是要去……榮嬌定了定神，決定改變策略，既然強阻不成，那，軟語相求會不會有效？「可是，我怎麼辦？二哥你一去至少要一、兩年，誰管我？小哥哥說春闈過後，他會跟著先生外出遊學，你們都走了，就剩我一個人孤零零地住在別院裡自生自滅？你們都不要我了？」

她其實是想行哀兵之計來打動二哥的，但是說著說著，前世的那些情景在眼前重現，那些絕望悲慟與悔恨，如潮水般襲來，痛得她難以自持。

「嬌嬌……」池榮勇手忙腳亂地給她擦眼淚，一迭聲地哄著。「沒有，我們沒有不要妳，哥哥們怎麼會丟下嬌嬌呢……」

我們只是為了更有能力守護妳，想讓自己變得更強，所有一切，固然有為自己前途的謀劃，初衷卻是為了想對妳好，想讓妳平安順遂、喜樂一生。

「還說沒有，你們都已經丟下我了，都沒有人管我了……」

榮嬌沈澱了兩世的悲苦化為源源不絕的淚水，不停歇地滑落，藏在身體深處的寒涼與無助，都在這一刻外洩，她像個被遺棄的孩子，哭得傷心又絕望。

「哥哥們沒有不管妳，看看，怎麼哭成小花貓了？不是都長大懂事了，還這麼愛哭？」

人。

都成小樓東家了，這會兒又彷彿變成小姑娘，與以前的嬌嬌無區別，還是一樣的愛哭黏人。

「榮嬌，妳長大了，有照顧自己的能力，我和妳小哥哥只是暫時離開都城，不是不管妳……家裡的情況妳清楚，若是不想妥協，就得有不妥協的能力，我們需要時間與機會，只要忍過這一、兩年，以後就不會了。妳向來懂事，都懂的，對不對？」

她懂！正因為懂，才不能放手讓二哥去；她可以不理會親事，可以不要二哥的前程，只要二哥好好地活著，活在她的眼前。

總之，無論如何，她都要阻止這件事，如果阻止不了，那……

「二哥，如果你一定要去，必須帶著我一起。」

她要寸步不離地跟著二哥，如果要失蹤，就一起失蹤。

跟他去？簡直是匪夷所思，即便池榮勇向來寵妹妹，也不可能答應這個要求。

任榮嬌撒嬌、撒潑、抱大腿，軟硬兼施、尋死覓活，最終說破嘴皮，流乾眼淚，池榮勇就兩個字：不行。

他真捨不得妹妹哭，若是別的事，不用她求，只須一個小眼神，做哥哥的就沒了招架之力，可這不是別的事，女扮男裝跟著他去北境，做他的親兵？

他是去打仗、上戰場，不是去遊山玩水，這次無論說什麼都是不行的。

榮嬌頭一回徹底見識了二哥的堅持，論她萬般手段，永遠都是好脾氣地奉上兩個字：不行；即便她抱著他的手臂不放，讓他什麼也做不了，二哥也只是摸摸她的頭，語氣溫和道：

「妳長大了，不能這樣抱著二哥，男女授受不親……」

最後被纏得沒辦法，池榮勇只好破天荒地使出緩兵之計，佯裝成被她磨纏得無可奈何。

「行、行，二哥被妳打敗了，我可以帶四名隨從，算妳一個。好啦，別哭了，真怕妳了。」

「真的？沒騙我？」榮嬌欣喜若狂，二哥真的同意了？

「我何時騙過妳？」池榮勇義正詞嚴。嗯，之前是從未騙過她，以後也不會，就這一次，下不為例。

的確沒有，榮嬌翻遍自己前世今生、從小到大的記憶，二哥確實不曾騙過她，而且二哥向來光明磊落，別說是對她，對別人，也向來不屑於假意周旋。

「那你什麼時候走？我去哪裡找你？現在跟你回大營行嗎？」

榮嬌一個問題接著一個，最好從這一刻起就跟在二哥身邊，小心預防。

「還要過幾天，等兵部的通知。妳收拾好東西，就在這裡等我，不要亂跑，出發前我會讓小甲過來接妳；千萬不要偷偷溜到大營去，若是被人發現，就有大麻煩了，屆時我也救不了妳。」

「好，我聽二哥的，就在這裡等著……我們需要準備什麼東西？」

榮嬌之前確實有念頭，提前潛入京東大營，聽二哥一說，忙打消了這個念頭。雖然她與池萬林、池榮興沒見過幾面，但萬一露了馬腳呢？只要二哥帶上她，還是別節外生枝的好。

「是妳，不是我。」池二少糾正道：「我的東西都在大營，小甲幾個會打點，妳不用管了，妳要準備的行李嘛……」

池榮勇沈吟著，作戲要作全套，小丫頭鬼靈精的，若讓她知曉自己在敷衍，不知道又要鬧成什麼樣。

「緊著、要緊的、能保命的，馬匹、兵器、盔甲、藥品都要有。玄朗之前送的那匹小馬不錯，妳就騎牠；軍中的制式兵器太沈，不適合妳用，妳帶上自己的，短匕、長弓還有大槍，別落了；明天去找鐵掌櫃，讓他給妳改套合身盔甲……藥品，治外傷、內傷、抗毒防蟲，凡是有成藥的多帶些，至於其他衣物之類的，妳自己看著收拾。記住，行李不能太多，頂多兩、三個包袱……」

嗯，嗯，榮嬌頻頻點頭，就差拿筆記下來了。二哥吩咐得越認真、越繁瑣，她的笑容就越發燦爛，二哥是真的會帶自己去，不是對自己虛與委蛇。

於是榮嬌很痛快地放池榮勇走了，開始準備東西，反覆說服欒嬤嬤，讓她高抬貴手給自己放行。

時間好緊張呀，二哥隨時都會出發，榮嬌恨不得一天當兩天用。她這一去，短期之內回不來，要安排處理的事情當然不僅僅是準備行李而已，生意雖有李忠坐鎮，該交代的事情也不少，關鍵還是她本人。

萬一哪天池府的人忽然要來別院看她呢？或許形勢有變，康氏或池萬林需要接她回府，她卻金蟬脫殼，追究起來，欒嬤嬤、紅纓幾個貼身服侍的，包括別院的所有人，都討不了好。

榮嬌絞盡腦汁，費了好一番口舌，好不容易從徐郎中那裡討了一副奇藥，吃下去後會滿臉紅腫，五官幾近變形，宛如風疹，脈象上看不出半分端倪，但吃了解藥，三、五天之後就會痊癒。

榮嬌想好了，她不在的日子就讓繡春冒充自己，若是池府偶爾來人，她化化妝或戴面紗裝裝病就矇過去了；若是要接她回去，就吃藥，頂著那樣一張臉，榮嬌保證池府裡不會有人能辨出真假。

唯一能看出不同的是小哥哥池榮厚，但他知情，她要跟二哥走的消息，當然不會瞞著他。

結果日復一日，池榮勇始終杳無音信，榮嬌從開始的忙碌，到萬事俱備、待命出發，再到焦灼不安，終於再無等待的耐心。

這麼多天過去了，二哥怎麼還沒出發？不會是形勢有變，他不用去了吧？

那最好不過，只是怎麼不來信通知她呢？

第六十八章

二哥竟然走了！幾日前就撇下她前往北境了。

聽到這個消息，榮嬌腦袋裡一片空白，腿一軟，直接跪坐在了榻上。

二哥竟然騙她！

這消息將她所有的思緒，連同整個人砸成了碎片。榮嬌作夢也沒想到，從小到大從不說假話的二哥，居然言而無信，明明答應帶自己走的，回頭卻自己跑了。

比起二哥居然欺騙自己的震驚，更令她惶恐的是，她不知道該怎麼做，二哥已經在往北境的路上了，難道她要眼睜睜地看著一切都照著前世的軌跡運行嗎？

她以為自己努力就能改變命運，可事情依舊向著她最不希望的方向發展，這一刻，榮嬌無比痛恨自己的無能。

怎麼辦？她應該怎麼辦？

榮嬌的腦中只有一個念頭，她要阻止，她不能讓二哥向著必然的命運走去，自己什麼都不做。

既然二哥先走了，她追上去就是，路上追不到，就追到北境去，直到追上為止。

想要查到二哥的行蹤並不難，有一個人必定是知情的……

「小哥哥，別跟我說你不知道。」榮嬌抿著嘴，小臉一片肅然，緊盯著目光游移的池榮厚。「二哥不可能不告訴你，你不說，我是不會甘休的。」

「嬌嬌……」

池榮厚看著不依不饒的妹妹，知道敷衍是過不了關的，可二哥吩咐了，絕對不能讓妹妹去北境找他。

就算沒有二哥的吩咐，他也不同意。北邊三天兩頭小仗不斷，榮嬌怎能去那般凶險的地方？在這件事上，他與二哥的立場完全一致。

「我每天起早貪黑跟先生讀書，二哥何時走的我不知道，去哪裡知道他的行程？」

「那他在哪裡駐軍？」

北境從東至西分布數十座軍事重鎮，上回二哥沒說會去哪裡，若是沒有目標地找，不知要找到何時。

「我不知道，他沒說。」知道也不說，這一點，池榮厚很是堅定。

「他不說，你會不問？」

二哥性子冷情，有可能不主動說，但以小哥哥的性情怎麼可能不問？不但會問，還一定會把所有該知道、不該知道的，全都不厭其煩地問過才對。

「我問了，他自己也不知道。」池榮厚反應很快，將事情都推到遠在天邊的二哥身上。

「兵部的決定不是他能左右的。」

「是嗎？」榮嬌滿臉不信。小哥哥也要騙她，當她三歲小孩？

「千真萬確，兵部的軍事文件內容，二哥不可能提前知曉，依我看，二哥不是有意騙妳，一定是軍令在，身不由己。」

看著小哥哥替二哥及自己開脫，榮嬌又急又氣，無可奈何。哥哥們什麼都不知道，難道她要告訴二哥上了戰場會失蹤？還是告訴小哥哥自此一別再無見面機會？

「你真不知情就算了，我自己去打聽。」榮嬌出言威脅。

「妳要去哪裡打聽？嬌嬌，妳不是剛開了藥鋪？好好做生意，多賺些銀子，小哥哥還等著妳幫我出遊學的盤纏呢！以二哥的身手，妳完全不用擔心，北境不是妳想的那樣……」

聽妹妹的意思，還是沒放棄打探二哥的去向，難道她還惦記著去北境不成？

「去兵部衙門啊，既然是他們發的文件，總會有存檔吧？」

榮嬌輕飄飄的語氣聽在池榮厚耳裡，彷彿炸雷。

「去兵部？妳一個小姑娘家的，四處亂打聽什麼？小心把妳當北遼的間諜抓了。知道妳擔心二哥，也不急在這一、兩天，過不了幾天，二哥到北境就會寫信回來，到時就知道了。」

池三甚是頭疼，妹妹長大了，心眼多了，不好糊弄了。

「又不是探聽軍事機密，花些銀子總能買到消息，我不親自出面，即便有人起疑，就坦言告之，有銀子拿，又是兄妹情深，想來人家會說的。」

「妳！嬌嬌，不要鬧了，二哥不讓妳去，是為妳好，邊境是妳一個嬌滴滴的小姑娘去的嗎？就算妳身手不錯，不怕危險，可邊城軍營是什麼地方？能容許女子出入嗎？若二哥讓妳女扮男裝冒充親兵，萬一暴露了，妳想過會是什麼後果嗎？」這不是小事，連二哥都要被軍法處置的。

「我不去軍營，在他駐軍附近住著總可以吧？不要告訴我那裡沒有老百姓。」

哥哥們都覺得她是任性胡鬧吧？而且還是沒有道理的胡鬧……榮嬌的心裡空了一大塊，冷風颼颼地往空洞裡吹。

不管他們怎麼想，她是不會放棄的。

「我是認真的，打聽到地址就去找二哥。」

她不能眼睜睜任由事情發展，要麼駕馭命運，要麼被命運駕馭，她不會妥協退縮。

「池榮嬌，妳、妳……怎麼越大越不聽話啊？」

她向來乖巧，從來沒在大事上跟哥哥們鬧過，平時哥哥們都樂意寵著她，甚至為了讓她膽子大些，故意鼓勵她堅持己見。

這是自作自受嗎？池三看著眼前沒得商量的小丫頭，咬牙切齒卻又無可奈何，打不得、罵不得，說她又不聽，可怎麼辦？

兄妹倆誰也說服不了誰，大眼瞪小眼好一會兒，最後還是做哥哥的先忍不住了，悶聲道：「嬌嬌，若有二哥的地址，妳去不去找他？」

「小哥哥，說這個沒意義，你又沒有。」榮嬌反將他一軍。

小丫頭越來越精明了。

「那個……我現在是沒有，但我找熟人問問，妳不要自己跑去兵部打聽。」

「行，那麻煩小哥哥了，我在這兒等信還是明天再來？」

榮嬌語氣涼涼的，池榮厚摸摸鼻子，知道妹妹生氣了。

「明天吧，小哥哥要找人問。」

池榮厚決定將謊話進行到底，即便二哥的駐地就在他嘴邊，也不能說，萬一說了以後，這丫頭連夜拿行李跑了呢？

「哦，那我明天這個時辰再來，小哥哥你快去找人。」

她哪裡捨得真的與哥哥生氣，只是假裝，表明自己的決心而已。

「好吧，路上小心。」

池榮厚無奈，既然打消不了她的念頭，能拖一天是一天，慢慢磨吧！

次日同一時辰，兄妹見面。

「小哥哥，有消息了嗎？」榮嬌斟茶，待他坐定後方才開口。

「哪——」

他想說，哪有這麼快，託人打探消息總需要時間，豈知他剛吐出一個字，榮嬌就打斷他。「還沒有嗎？小哥哥，你學業要緊，跑腿的事還是我來，你說找誰，我去。」

她故意這麼說，以她對小哥哥的了解，他今天一定不會痛快地將二哥的消息說出來，而是用各種聽起來合乎情理的理由拖延。

「這樣哪成呀，人家又不認識妳。」

對於這樣的建議，池三當然一口回絕。

「不是有你引薦嗎？」

「太冒昧了，求人辦事，這樣不禮貌。」池三繼續負隅頑抗。

「你昨天打過招呼，我只是去問結果，哪裡不禮貌了？」

榮嬌來時已經打算好了，不管小哥哥打什麼馬虎眼，今天一定要拿到地址，早日啟程去找二哥。「小哥哥若覺得這樣失禮，那我另外找朋友幫忙，玄朗大哥在兵部有門路——」

「玄朗是外人，不要動不動就麻煩人家。」

池榮厚明知這是激將法，卻不得不跳坑，對於那個高深莫測的玄朗，他的確是心懷忌憚，不願意妹妹與之深交。

「他是義兄，不算外人，不麻煩。」榮嬌乾脆站起身來。「小哥哥你快回去讀書吧，我現在去曉陽居。」

「欸，妳等等，」池榮厚一把揪住妹妹的袖子，二哥去哪裡並不難打聽，真的放她去找玄朗，還不如直接告訴她呢！「這麼性急做什麼？我話還沒說完呢！」

榮嬌被他摁回椅子裡，面露疑色。「什麼話？」

剛才急著拉住她的池榮厚沈默，垂在桌下的手摸著袖袋裡的小紙片，有些猶豫。

好一會兒，他目光沈沈地看向榮嬌。「嬌嬌，妳告訴我，為什麼一定要跟著二哥？」

榮嬌的臉色瞬間白了，嘴唇不受控制地微顫，兩隻手緊張地絞在一起，心彷彿要跳出胸口，小哥哥察覺到什麼了嗎？

「沒有原因啊，我擔心二哥，北境那邊不太平……」

「嬌嬌，我要聽實話。」池榮厚一瞬不瞬緊盯著榮嬌。「妳的性子，我們最了解不過，要說擔心二哥，我信，但這不是妳一定要跟去的理由。」

榮嬌自小乖巧懂事，從不願給人添麻煩，就算她擔心二哥的安危，也絕對不會提出一同前往的要求。二哥是去行軍打仗，她女扮男裝混在其中，其不方便之處，以及暴露之後對二哥的影響，她不會不知道。

明知對二哥百害無一利，榮嬌不會不顧分寸，硬要一意孤行。

「我沒去過，不放心二哥……再說我也想出去走走，見見世面，又有二哥保護，兩全其美……」

榮嬌不知道該怎麼解釋，告訴小哥哥自己是重生的？且不說小哥哥能不能相信，她明顯與以前的性格不同，小哥哥或許還會以為是某個孤魂野鬼強占了妹妹的身體……

「妳……」池榮厚知道她撒謊，卻不忍戳穿。「再等等吧，春闈過後，先生帶我遊學，到時我跟先生求個情，帶上妳，一路遊山玩水，見識風土人情，這樣總可以了吧？」

「不是，小哥哥，我——」她不是為了遊山玩水，她要去守護二哥。

「北境荒涼，沒什麼好風景又不太平，二哥沒時間陪妳，妳先安穩地等幾日，把生意安頓好，過不了兩、三個月，我帶妳去。就這麼說定了，我要回去讀書了。」

池榮厚就這樣愉快地決定了。臨走前，為了防止榮嬌亂跑，他反覆叮囑，安撫她再等待幾日，一有二哥的消息，立即會派小廝告知她。

「……不要去麻煩玄朗，他不知妳真實身分，妳若對我們關注太多，恐會引起懷疑，到時猜出妳身分；我知他不會有惡意，但他要是知道妳是池家大小姐，後果難料……」

直到榮嬌不情願地點頭應下，他才放心離去。

正如她作夢也料不到二哥會騙自己一樣，池榮厚也沒想過乖巧聽話、從不違逆哥哥的妹妹，居然也會對自己陽奉陰違。

他以為榮嬌會老老實實地待在別院裡，靜候消息，可惜她心志堅定，決心不改，那日假意應下小哥哥，出了茶樓便去了曉陽居。

她直接找岐伯，讓他幫忙打聽池榮勇的去向，只說自己前段時間忙，行蹤不定，錯過了池二，回來後才聽說他去北方邊境，沒能給他餞行，甚是遺憾，想給他寫信問候，只是當時家僕未請他留下去處，池府上下皆是女眷，他不好冒昧登門打探，所以想讓岐伯幫忙。

「若岐伯不方便，也就罷了……」雖然嘴上說著不勉強，語氣卻不無悵然之意。

這點小事在岐伯眼裡簡直不算個事，只是動動嘴而已。

榮嬌在曉陽居喝茶，與岐伯閒聊幾句的工夫，地址就拿到手了。早知如此輕鬆，她就不該問小哥哥，問了岐伯之後快馬加鞭追去，或許途中能追上二哥。

因為重生，有些事發生的時間與前世已經不同，記憶中的此時，二哥應該還在京東大營，可現在，他已經在路上了。

欒嬤嬤的阻攔在所難免，但最終還是迫於榮嬌大小姐的淫威，不答應也得答應。

有嬤嬤坐鎮家中，榮嬌心裡安穩。她給嬤嬤的說辭是，如果到了最壞的時刻，可以果斷地放棄池府大小姐的身分，製造意外來脫身；無論何時，都必須保她們平安，否則她即便回來了，也不會再要池家大小姐的身分。

嬤嬤顧慮的無非是她池府嫡出大小姐的身分，擔心到了最後，康氏和池萬林真將她捨棄。在這個世道，即便是男子被剝奪了身分，去族免姓，都是不得了的大事，從此前路艱難，何況她一個弱女子？若沒了家族庇護，想要好好活下去，更是難上數倍。

榮嬌不敢耽誤，用了一天的時間安排各項事務，第二日即刻啟程。

出發這天，陰雨綿綿，天氣陰寒，不易於出行。

欒嬤嬤心頭鬱鬱，想勸榮嬌緩一日再走。「姑娘，這雨一時半刻停不下來。」

榮嬌準備啟程的時辰定得早，整裝待發之時，天色尚昏。「無妨，這點雨不妨礙的。」

她裹緊身上的披風，接過欒嬤嬤手中的雨傘。「嬤嬤別擔心，一定會沒事的，妳要好好的，等我回來，我走了。」

一狠心，她大步跳上馬車，包力圖一揚馬鞭，一行人逐漸消失在茫茫雨中。

欒嬤嬤站在別院門口失神呆望了半天，門房的下人看不過去，忙撐著傘過來道：「欒嬤嬤，您快進去吧，別看雨不大，寒氣重……」

雖然別院都是自己人，榮嬌也不會讓其他人知道自己的秘密，所以包括門房在內的下人，並不知道剛才走的就是大小姐，還以為是欒嬤嬤的親戚。

欒嬤嬤拿帕子抹了抹臉上的雨和淚，轉身，沈重地往院內走去，只覺得自己的一顆心也跟著榮嬌一起走了。

自從去年春天，大小姐病重醒來之後，一切都變了，原先以為這是越來越好，兩位少爺也說，大小姐如今的性情與處事大有長進；可是，欒嬤嬤無法放心，姑娘畢竟不是真的男兒身，她這樣隻身前往，又讓自己暫時瞞著三少爺，到底是對還是錯啊？

大小姐說她有非去不可的理由，否則二少爺會有性命之憂；可是，二少爺那麼大的本事都難保自身安全，大小姐去了，有用嗎？

會不會連她自己也搭進去？

第六十九章

榮嬌輕車簡從，只帶了綠殳一個丫鬟，再有李勇、聞刀等四名護衛，加上包力圖趕車，一路直奔北方而去。

北方春來晚，他們自大樑城啟程時，都城春光正好，花期已盛，一路向北，彷彿是跟隨春天的腳步，每一天都有新綠與花蕾陪伴。儘管榮嬌心急如焚，在明媚春光裡趕路，心境彷彿有種光明的暗示——一切都來得及，一切都會如這春天般，充滿茁壯的希望與生機。

「公子，我們在前面鎮子住下，還是繼續向前？」李勇策馬過來詢問。

李勇早年是走鏢的，常年在外奔波，經驗豐富，一路上食宿等大小事宜都由他安排。

「過了這個鎮子，前方多遠有住宿之處？」

榮嬌看看天色，春日晝長，雖然已是申酉相交之時，天色明亮，照說還可以再趕一段路。

「需要打聽一下。」

李勇並不清楚榮嬌的真實身分，但臨行前，李忠特意將他單獨叫到一旁，反覆叮囑他，公子自小體弱，不比尋常，一路上食宿務必用心照應，切不可太過勞累，更不可風餐露宿趕夜路。即便沒有李忠這番交代，他陪自家公子遠行，也會認真對待，但李忠最後一句話令他百思不得其解。

總之，公子年紀小，你就當成沒出過門的千金小姐照顧就對了。

李忠的這個比喻，李勇著實想不明白，公子的身子骨兒看似纖細瘦弱，實際一點都不弱，他曾見公子早起活動筋骨，那招數架勢一看就是正經練過的，真較量起來，未必不如他，就算身材瘦弱、年紀小，哪裡像千金小姐了？

想來是李忠關心則亂，畢竟北境不太平，剛出城沒感覺，這一路越向北，關於北方的小道傳言越多，街頭巷尾多在談論北境打仗。

每逢聽到類似的閒談，公子趕路的心情似乎更迫切。

「先到前面鎮子，打聽過再確定。」

為了加快行程，榮嬌與綠殳多數時間騎馬，逢城鎮人多時，才會坐回馬車。

如果過了這個鎮子，天黑前還有別的落腳點，榮嬌不想現在休息，至少還能再走一個時辰，照這樣的速度，能多走二、三十里路。

這是北地常見的小鎮，一條南北主街，兩旁店鋪掛著不同的招牌，榮嬌等人在街邊的茶棚下馬，要了壺熱茶，順便打聽路。

此處距獵城縣城約四十里，榮嬌看看天色，猶有不甘，即使快馬加鞭恐怕也不能在城門關閉前趕到。

「二十里外有家客棧，若是不住鎮上又來不及進城的客商，會在那裡落腳。」

李勇不明白，小樓公子急著追池二少是為什麼，若有急事，寫信走驛站或差人送信皆可，何至於要親自前往？

「去客棧。」

榮嬌心急，唯恐自己去晚了，遲到幾日，二哥就出事了。按說依照前世，二哥先立軍功，創下赫赫威名後才出事的……這一世，二哥還沒展露將帥之才，但她不敢掉以輕心，很多事都變了，誰知道這件事會不會提前發生？

沒親眼見到二哥之前，她沒法放心。

上馬揚鞭，一行人再次啟程。在逐漸落下的暮色中，又一座小鎮被甩在身後，他們預備在天黑前趕到二十里外的客棧，暫歇一夜，繼續向北。

春天的夕陽對天空彷彿格外眷戀，一點一點緩緩落下去，即便天邊已見不到那枚閃耀的光球，依然留下半邊明亮，遲遲不消散。

就在暮色蒼茫、倦鳥歸林的一刻，榮嬌一行人終於遠遠地看到了要住宿的那座客棧。一座高大的兩層樓建築建在官道旁的緩坡上，門口掛著紅色燈籠，寫著大大的「客棧」兩字，裡面亮起燈盞，遠望燈光昏黃，一片溫暖，引誘著風塵僕僕的旅人前往。

聽到馬蹄聲，客棧夥計熱情迎上，李勇幾人下馬，在小二的指引下，馬車進了客棧大門。按照路上慣例，要了一間上房，兩間中等房。包力圖卸下馬，馬匹被牽到馬廄，餵料餵水。

一樓是用餐的地方，上房就在二樓，趁著廚房準備飯菜的工夫，榮嬌想先到房間簡單洗漱。

說話間，幾人已經走進一樓大廳，李勇推門，一股混雜著各類飯菜味道的熱氣迎面而來，正是用晚飯的時候。客棧裡很熱鬧，榮嬌眼風微掃，過半的桌子都有人。

雖是春天，早晚還是涼氣沁骨，隨著推開的大門，帶著寒意的風侵入廳內，原先喧鬧的大廳安靜了幾分，數道目光不約而同地掃過來。榮嬌沒理會，同為旅客，早來的對後到的有些好奇、關注，也是正常，若無搭訕或惡語相向，沒必要在意。

她現在不是見不得外男的閨閣千金，而是行色匆匆的小樓公子，目光平靜，環顧四周後，步履不停，直上二樓。

小二跑了過來，殷勤地打招呼帶路。

「公子您先請，屬下去點餐。」李勇對榮嬌微欠身，示意她跟小二上樓。

「喲，新來的啊？這是領兩個孩子還是帶兩個雌兒啊？」

一道粗啞的男聲在安靜的大廳裡顯得格外刺耳，不無挑釁的語氣。

大廳裡的氣氛彷彿冷寂了幾分，對這明顯不懷好意的問話，榮嬌恍若未聞，面不改色，腳步不停。

「說你們呢，沒聽見爺在跟你們打招呼？耳朵呢？」中間靠樓梯的一桌，站了兩人出來，攔在榮嬌必經之路上。「我家爺問話呢，聽見沒？」

「兩位爺——」帶路的小二剛想搭腔，其中一個漢子伸手將他粗魯地撥到一邊。「滾一邊去，沒你事！」

這個下馬威來得好沒道理！榮嬌停住腳。這種事之前碰到過兩、三次，總有些心術不正的賤人，以欺負外地人為樂，之前是敲詐勒索，這次呢？

對方將路堵住，榮嬌一行想置之不理都不行，李勇上前一步，另外兩名護衛將榮嬌與綠殳護在中間。

「有何指教？」李勇沒有貿然出手，人生地不熟又是晚上，儘量避免衝突，對方能知難而退最好。

「沒指教，爺就是看你們幾個順眼。」

那一桌圍坐了八個青壯，上首眾星捧月地坐了個肥碩的青年男子。

「有勞了，我等風塵僕僕旅途勞累，恕不奉陪。」李勇按江湖禮數抱拳，沈聲回道。

「別呀，你還沒說你後面的那兩個，是小兒還是雌兒呢？」對方顯然不打算輕易放過，輕佻地追問。

「不知公子意欲為何？」李勇不喜對方的不依不饒，平靜地反問。

「是小兒就摘了風帽給爺看看臉，是雌兒嘛……哈哈！」對方發出粗嘎放肆的笑聲，神色猥瑣至極。「荒郊野外，長夜漫漫，自然是一起喝幾杯抱一塊兒樂呵樂呵。」

同桌的幾個男人擠眉弄眼，同時發出心領神會的淫笑。

「住口。」

出門在外自是不願多惹是非，但若由著別人欺侮也絕不可能，何況對方不敬的還是自家公子。李勇面沈似水，聲音冷了幾分。「店家，人住的客棧，怎麼放了畜牲進來？」

不是什麼人都能在這裡開起客棧的，絕對是有背景的，李勇覺得自己一行畢竟是外地人，這種情況下先找店家，由他們出面解決自然最好，順便也測測店家的態度，若是蛇鼠一窩，也好提前防備。

被點了名的掌櫃暗自叫苦，沒法繼續旁觀，只得從櫃檯後面走了出來，滿臉堆笑，先朝李勇拱手，然後點頭哈腰地對肥青年那廂笑道：「吳爺，這幾位客官不知是吳爺當面，出門在外不容易，您能不能高抬貴手，給小店個面子……」

聽了掌櫃的話，榮嬌目光微凝。看樣子這個肥豬吳應該是有來頭的，這家店的主人得罪不起。

「屁！爺給你面子？你有那麼大的臉嗎？」肥豬吳呸了一口，唾沫星子直接飛到掌櫃臉上。「既然你個老小子自己跳出來，就給爺把那小子的帽子掀了，讓爺看看到底是公的還是母的。」

「這……」

掌櫃沒奈何，又衝李勇拱手，暗中遞眼色。「這位客官，吳爺身分尊貴，方圓百里無人敢不給面子，屋裡挺熱的，貴主無須戴帽子，是吧？」

李勇眉微皺。他是行鏢出身，向來知道地頭蛇不好惹，對方人多勢眾，強龍難壓地頭蛇，但其講話忒難聽，雖說公子是男子，卻實在辱人至極。

還沒等他表示，就聽門外有人冷笑。「你算個什麼玩意兒，也敢污我家公子的耳朵？」

話音剛落，聞刀沈著臉走進來。

與李勇幾個草根出身的護衛不同，聞刀是池府家生子，打小跟著池榮厚。池府的門第在權貴遍地的京城雖不高，卻也不低，池萬林畢竟是手握重兵的大將軍，而池二更是人中龍鳳，年輕一輩之間罕見敵手，若不是他為人內斂、不喜虛名，早就追捧者甚眾了。

有這樣的老爹與哥哥，池榮厚也不弱，在都城也是鮮車怒馬的貴公子，做為他最倚重的心腹小廝，聞刀雖不會趾高氣揚地欺辱弱小，卻也不是任人拿捏的軟柿子。

何況與李勇的不知情相比，他深知榮嬌身分，走到門口，聽了那句是公是母，徹底惱了。吃了熊心豹子膽？居然敢羞辱他家大小姐?!掌櫃的那番話，擺明是要息事寧人，勸李勇從了，這是是能忍，孰不可忍。

聞刀忍不住反唇相稽，奔進大廳，狠狠怒視對方。「你算哪根蔥，居然敢冒犯我家公子?!」

什麼出門在外少惹是生非，這是被人騎到頭上了，在兩位少爺面前，誰敢讓大小姐受這等委屈？

「喲，居然冒出個不知死活的小子。」吳爺嘴一撇。「爺成全你！」

「吳爺、吳爺，您息怒。」掌櫃連連作揖。「這位客官年紀小不懂事，您大人大量不要與他計較。」邊說邊看向榮嬌。「客官，屋裡熱，求求您，摘了帽子好不好？這位爺您惹不起啊，趕緊陪罪說句軟話，不然敝店真護不了幾位啊……」

這要打起來，賠償損失且在其次，關鍵是這幾位搞不好走不出去，要命喪此地啊！

掌櫃神色惶恐不似作偽，榮嬌的臉藏在寬大風帽裡看不真切，廳裡鴉雀無聲，知曉吳爺身分的，不敢多言；不知曉的，也不願惹禍上身。有想勸架的，瞅瞅吳爺那夥凶神惡煞的模樣，再聽了掌櫃的話，也都歇下心思。一時間，眾人或情願、或不情願，不約而同選擇作壁上觀。

「滾開！就是你們馬老闆在，也不敢駁爺的面子，你一個掌櫃真拿自己是盤菜了？滾邊去，再囉嗦，爺擰了你的腦袋！」

「那小子看著細皮嫩肉的，去，弄過來調教一二，給孫爺送去，老孫就喜歡小相公。」

吳胖身邊又站起兩人，一個上前將掌櫃狠推了出去，掌櫃倒退著趔趄幾步，直到後腰撞到桌子才停了下來。

另一個則是走到聞刀面前，伸手揪聞刀的衣領。「小子，聽到吳爺吩咐了？乖乖聽話，孫爺保准疼你。」

「找死。」聞刀偏頭微側身躲過，抬腿衝著對方的膝蓋就踹。

大漢沒想到身材單薄的聞刀竟是個練家子，反應敏捷，出腳又快又狠，竟沒躲過去，硬生生挨了一下。

聞刀恨他們一夥穢語污言，這一腳沒留情使了全力，隨著喀嚓一聲微響，大漢陡然爆出淒厲慘叫，高大的身子栽倒在地——這一腳，竟將他的腿骨踹斷了。

從大漢走過去揪聞刀的衣領到倒地慘號，只是眨眼工夫，看客們原先以為聞刀要倒楣，結果倒下的卻是膀大腰圓的那個。

一時間，眾人噤口不語，場內鴉雀無聲，只有斷腿大漢慘痛呻吟。

事出突然，吳胖一夥人呆若木雞，沒料到這個看似孱弱清秀的年輕人出手如此狠辣。

李勇也怔了，他與聞刀交往不多，只知他是池三少的心腹，借給公子差遣的。一路上，聞刀對公子的用心，他這個正牌護衛也不如，而此時他的維護與忠心更令李勇羞愧——聞刀雖有些許傲氣，但不是逞強鬥狠之輩，之所以痛下其手，是因為對方出言不遜，侮辱公子在先。

他剛才還想若對方罷手，息事寧人未嘗不可，出門在外多一事不如少一事，公子又不是女子，幾句粗鄙之言雖不入耳，也不會有礙，以前走鏢時，比這更難聽的還有。

但聞刀卻如一把利斧，劈開他的懦弱。怎麼能算了呢？若是眼前被羞辱的是池二少，自己會選擇息事寧人嗎？還是說，他對現在的主子並不是全心全意忠心？

「好、好小子！」吳胖反應過來，大怒，拍案而起。「當著爺的面，竟敢行凶？爺打斷你的狗腿，讓你爬不出獵城地界！來人，給爺上！」

趁著眾人只注意聞刀，小二偷偷提醒。「吳爺是城主的外甥，你們趕緊求饒，不然會被活活打死的！」

這地方前不著村、後不著店，死個把人，往旁邊的獵山裡一丟，屍體很快就被野獸分食，不用特意毀屍滅跡的。有人看見也不怕，誰敢去告？萍水相逢不相識的陌生人，出了這個客棧，大路朝天各走一方，誰會為誰出頭？

第七十章

這齣風波，榮嬌本不欲理會，若對方只是過嘴癮、占口頭的便宜就算了，誰知對方越說越過分，還直接動手，聞刀一腳斷腿的行為，是有意為之，既不能善了，不如將其打怕。人善被欺，馬善被騎，不惹事，不等於怕事——聞刀不愧是小哥哥的人，完全是小哥哥的行事套數。

榮嬌轉念的瞬間，場面已經亂了，吳肥那桌只留下他與另外一人，其餘人已一擁而上，將聞刀圍在中間。

對方人多，李勇怕聞刀吃虧，己方兩名護衛也加入戰團。

原本勝券在握的吳肥見自己人漸居下風，不由大怒。「人呢？都死哪兒了？都抄傢伙，給爺上！」

雜亂的腳步聲由遠而近，又有七、八個打手模樣的漢子拎著刀衝進來。

居然還有人手？必須速戰速決。榮嬌看了李勇一眼，紅唇輕啟，無聲道：「擒賊先擒王。」

李勇了然，縱身躍起，直奔吳肥，守在一旁的護衛上前攔擋，榮嬌乘機上前將吳肥拿下，一把寒氣逼人的利刃緊貼在他脖頸上。吳肥的臉白得好像大饅頭，兩股顫顫巍巍，大氣不敢出，唯恐哪口氣喘粗了，匕首割破皮肉。

「英雄，爺……有話好說，有話好說。」

護衛們正打得熱鬧，忽聽頭兒喊住手，還未搞清狀況，一看，哎呀，原來吳爺在人家手上，護衛投鼠忌器，紛紛放下武器，呆立場中，護衛首領賠笑示弱。「誤會，誤會，小的有眼不識泰山，幾位大人大量，冤家宜解不宜結，有話好商量……嗯，這位爺，您手裡的傢伙，能不能拿遠一點？」

那匕首看上去異常鋒利，緊貼著皮肉，若是手抖得重了些，吳爺的腦袋就被切下一半了……

「誤會？」

榮嬌沒理會，搭腔的是聞刀。

他好整以暇地理著凌亂的衣袍，彷彿對眼前的狼藉視而不見。榮嬌看了暗笑，聞刀這小子，真是什麼主有什麼僕，走到哪裡都是小哥哥的那套做派。

她瞟了聞刀一眼，聞刀立馬一激靈，知道榮嬌嫌他耽誤時間。也對，趕緊了事，大小姐還沒用晚飯呢！

「你說誤會就誤會了？不是先動手挺能打的，打不過就慫了？冤家宜解不宜結？就憑你們這些雜碎，還不配！」

他跟著池榮厚，從小到大沒少打架，對如此場面並不陌生，對方口頭服軟，皆因主子被擒，別看他現在裝孫子，若放了他的狗主子，立即翻臉，這種貨色，聞刀見多了，早有對付之法。

他向前幾步，從懷裡掏出個小瓷瓶，倒出一顆黑漆漆的藥丸，捏開吳肥的下巴，將藥丸塞進他嘴裡，動作熟稔地捏捏他的下頷，確認藥丸已嚥下，才鬆開手。

做完這些，他順手揪住吳肥的衣領，榮嬌後退兩步，收回匕首站到一旁。

「你、你給我們爺吃了什麼藥？」護衛頭兒瞪著眼睛，不無慌張，心下後悔，這回踢到鐵板了，看他一氣呵成的動作，就知是老手。

藥吃進肚子裡，要是對方不給解藥……

「毒藥。」聞刀面帶笑容。「獨門配製，聖手難解。三日後毒發，從心臟、肺爛起，由裡到外，不消五天，就爛成一攤臭肉……嗯，還有一副骨頭架子；當然，若是及時服了解藥，自然就什麼事也沒有。」

吳肥被揪著衣頸，手是自由的，聽了聞刀的話，立刻伸手插入喉嚨催吐。

「沒用。」聞刀拍拍他的肩膀，好心提醒。「入口即化，來不及了。」

天色陰沈，看似清淡卻又綿綿不斷的灰色，不見邊際地壓下來，遠山猶如塗污了的黛色，抬眼看去，有些沈重。

榮嬌望著逐漸遠去的兩道人影，眉頭微皺，總覺得有些壓抑，不知是天氣的原因，還是暗生的隱憂。

「聞刀、李勇，那個吳肥會老實？」

總覺得那人是個沒原則的，若他再次得勢，手段怕是更無恥。

「這種惡霸多半不會老實，我們要小心防範；不過，他現在不確定解藥是否為真，想來一、兩日內是不敢動手的。」

「我們要加快行程，他舅舅只是獵城城主，出了獵城的地盤，他有心報復也鞭長莫及。」

這也是沒辦法的事，總不能將其一刀殺了吧？

現場旁觀的不少，且不說吳肥對己方的行為罪不至死，雖然據小二偷偷透露，吳肥在獵城欺男霸女無惡不作，就在他們客棧，打死外地商客也不止一、兩次了。

即便這樣，他是城主的外甥，真死了，城主必然會追查，現場多少目擊證人，榮嬌不可能一一收買，更不可能全部滅口。

李勇建議，只要吳肥老實聽話，保證事過事了，陪他們出獵城後，給他解藥放行，這方法能避免麻煩，畢竟榮嬌的身分不宜外洩，她也不想耽誤行程。

吳肥痛哭流涕，指天發誓，只要放了他、給他解藥，絕對不會事後尋仇。

榮嬌不想節外生枝，便採納了李勇的建議。

「不用擔心，他還翻不起大浪花。」聞刀神色輕鬆，看樣子並不擔心。

李勇卻更老成持重些。「就怕他不擇手段，玩陰的……」

聞刀雖然機靈，閱歷還是少，手段雖詭異，為人終究正大光明，不知道下三濫的伎倆防不勝防。

好在對方並不知他們要往何處，不可能每個方向都派人追蹤，只要走出獵城，即使是城主也不能到別人的地盤上撒野。

想到這裡，李勇策馬在前，示意包力圖加快馬車的速度，一行人速度明顯加快，向著前方疾駛。

「人手安排了？」

吳肥拖著兩條胖腿，像塊疲勞的肉掛在護衛的身上，被護衛半揹半扶著，向著獵城走去，恨不能肋下生翅，一拍即回。

他氣喘吁吁，吐著一團團白氣。這個鬼天氣，人倒楣，老天爺也來添亂，明明春天了，怎麼突然這麼冷。

「安排了，爺放心，天羅地網，保證他們插翅也難逃。」

護衛對主子的脾氣瞭若指掌，吃了這麼大的虧，不可能嚥下。幾個外地人仗著手上有點三腳貓的功夫就敢動爺？之前在客棧是大意了，絕對不會有下回！

「告訴他們，要是人丟了，提頭來見。」

吳肥胖臉猙獰，陰狠的目光如淬了毒一般，長這麼大，還沒吃過虧呢！居然在自己地盤上栽這麼大的跟頭，奇恥大辱，不把那幾個外地人挫骨揚灰，是爺對不起他們。

「可是，爺，萬一這解藥……」護衛小心翼翼提醒，萬一他們也留了後手，解藥有問題呢？「您乃萬金之體，不能冒險。」

「你還真是個蠢的。」吳肥抬手給了他一掌。「豬！抓到人，還怕解藥有問題？」

「可，可您若有事……」護衛沒敢再說，人若先躺下了，抓到又有何用？

「爺能有什麼事？落到爺的手上，不是江洋大盜就是北遼間諜，爺是為朝廷出力。」吳肥氣呼呼地冷哼。爺不但要他們幾個的命，還要給他們安上洗不了的罪名，禍及家族。他要讓舅舅發下海捕文書，以最快速度知會周邊府縣，即便那幾個僥倖逃出他手下的搜捕，也斷沒有別的活路。

榮嬌等人一路疾奔，天色陰沈，夜晚來得也比前幾天早了些，堪堪趕在夜色如墨前抵達驛站。

李勇打聽過，此地已經出了獵城轄區。

「公子，安排咱們的人借廚房燒熱水，晚飯在房間裡用自備的乾糧，小心為上。」

榮嬌點頭，防人之心不可無，入口的東西是要謹慎些。

「來得晚，沒有緊挨著的房間……」李勇還是有些擔心。「晚上我與綠殳一起在您房間打地鋪值夜，可好？」

這一路上，榮嬌與綠殳住一間房，李勇不明真相，以為她出身富貴，自小養成需要小廝值夜的習慣，不曾起疑。

只是在他看來，綠殳身材瘦小，三腳貓的功夫讓他服侍公子還可以，論保護，還不知他與公子誰保護誰呢！

「不用過於緊張，趕了一天路，你也須休息，養精蓄銳。」榮嬌微笑，拒絕了他的提議，謹慎是應該的，但沒必要搞得太緊張。

「是。」

李勇告退，拉著綠殳吩咐夜裡警醒，別睡太死。

話說他對公子帶這個小啞僕出門的行為頗有些不解，出門在外，不光要忠心不二，還要看適不適合，綠殳顯然不適合，一路上騎馬的次數比公子還少，一臉病懨懨的模樣，自己都照顧不了自己，如何服侍公子？

一夜無事，次日是大晴天，春陽高照，溫暖和煦，李勇也覺得自己可能過於緊張了，或許吳肥是個惜命的？

他策馬到了聞刀身側。「你那解藥服下後，幾時會看出效果？」

「不知道。」聞刀一副吊兒郎當的壞笑。「沒試過。」

「啊？」李勇怔了怔，這麼兒戲？

「沒騙你，兩顆都是治腹瀉的，體質不同，吃了有何效果，我真不知道。」

聞刀眨眨眼，笑得很不負責任。他上哪兒去弄那麼玄乎的毒藥？還隨身攜帶呢！前兩天住宿的那家客棧做的烤肉不錯，他一時貪嘴多吃了幾塊，跑了幾趟茅廁，因為擔心路上不方便，趕緊找了止瀉的藥丸吃，還特意塞在懷裡，萬一不好，隨時再吃。

「你——」李勇傻眼，原來是糊弄人的呀？這招可真壞，連他都信以為真了，那吳肥回去找郎中一把脈，豈不露餡了？

「未必，我跟那頭肥豬說了，這是獨家秘製，不是什麼江湖郎中都能懂的，若是亂服藥，屆時藥性相沖，丟了小命可怪不得別人。」

聞刀不無得意，他做事向來周全，怎麼可能留下如此明顯的漏洞給對方。

「哦……」

若小二所言屬實，這種惡貫滿盈的賤渣受此大辱，應該不會輕易甘休……唉，處置得還是草率了，放虎歸山，必有後患，這種渣滓，不應就這麼放了。

李勇有些後悔，本不欲糾纏是為了盡快趕路，現在想來，或許埋下隱患，他心裡不安，擔心吳肥會使手段，不自覺地覺得離獵城越遠越好，對行程也更著緊。這番心思倒與榮嬌不謀而合，一上午爭分奪秒地趕路，晌午間，到了景縣，找間乾淨的包子鋪買了些熱包子，一行人沒做停留直接繼續趕路。

一路快馬加鞭，經村過鎮，終於在天黑城門落閘前趕到了棲城。

李勇特意選了棲城最大、最好的聚仙客棧入住，這裡距獵城已遠，吳肥的手就算能伸過來，必然有所顧忌，不能如在獵城那般肆無忌憚；就是想行事，多半是暗中下手，聚仙客棧這樣的地方未必方便動手。

榮嬌沒有反對李勇的安排，一來她確實怕麻煩，一個吳肥不足慮，可時間耗不起，二是一連幾天不方便洗澡，渾身髒兮兮的，她也想住個好點的地方，泡個舒服的熱水澡。

唯一不巧的是聚仙客棧的天字型上房只剩一間了，而且在單獨的一層樓，萬一有事，不方便照應。

李勇再次提出打地鋪值夜的建議，榮嬌依舊回絕，有綠殳就夠了，其他人不方便。

「勇叔也太謹慎了吧？」又被耳提面命一番的綠殳關了房門，小聲嘀咕。「小題大做。」

這兩天，大家都知道李勇戒備，特別是綠殳，因為她與榮嬌形影不離，尤其被李勇特別叮囑。

「嗯，防人之心不可無，出門在外，小心為妙。」

榮嬌笑笑。李勇是有些謹慎，吳肥充其量不過是條地頭蛇，離了他橫行的地盤就是條臭蟲，掀不起浪花，在獵城都討不到便宜，何況百餘里外不是他舅舅做城主的棲城？但李勇一心為她，榮嬌自然不能反對，所以除了值夜之外，一應建議全部配合。

只是比起李勇的行事是否得宜，眼下的她更想盡快泡個熱水澡。

高大的松木浴桶，綠殳來回用熱水燙刷了幾遍，用皂角裡外徹底地擦拭清洗過，才讓店裡的雜役提了熱水注了大半浴桶，自備乾淨柔軟的大棉巾，換洗的衣服也準備齊全。

「公子，可以洗了。」

自從出來之後，榮嬌每回沐浴，綠殳都守在淨房外面，以防發生意外，例如有人突然找過來敲門。

榮嬌坐進浴桶，被溫熱的水包裹，情不自禁地發出舒服的輕嘆。洗澡真好……好舒服哦，全身溫軟……

突然意識到不對，卻是晚了。

她盯著自己手中的巾子，巴掌大的絲瓜瓤加一片棉布，即便沾了水也不會重到哪裡去，可她偏偏拿不起來。

小小一塊擦澡巾，重逾千斤……

第七十一章

榮嬌到此時怎會不明白，自己著了道，被下藥了！

應該是江湖上鼎鼎大名的軟筋散之類的，中藥者神智清醒，但全身無力、四肢綿軟。

她知道情況不妙，急切地想起來，但從浴桶裡站起身的這個動作，已經無法完成。

對方把藥下在沐浴的水中，若非中招的是自己，她都要為對方的高明與歪打正著而拍手稱快了。

慣常下藥的途徑就兩種，口服或吸食，重生後的她，味覺能分辨出所有的藥物，不管是有毒的還是相沖的，想透過飲食讓她中計幾乎是不可能。

至於熏香之類的，但凡在外，綠殳進屋的第一件事便是先打開窗戶，收走所有可能散發香氣的物品，睡前更會再次檢查。

誰知對方竟是選了最易被忽略的洗澡水。

榮嬌喊綠殳，雖然嗓音無力，可若是在外面的綠殳安然無恙，必定會聽到。

但，沒有。

屋裡靜悄悄的，蔓延著恐怖的寂靜，應該在淨房外服侍的綠殳，沒有任何應答。

榮嬌的心沈到了谷底，身體微微戰慄著，缺少衣服庇護，在不可知的危險下，恐懼被放大數倍。她知道自己不能慌亂，當務之急是要快點從浴桶裡出去——含了藥物的水，泡得越久，透過肌膚滲入的藥就越多，藥物持續時間會更久。

榮嬌的手努力地撐在浴桶邊，想要借助桶壁撐起自己的身體，但嘗試了幾次都不成功，藥效之強出乎她的預料，而且因她的動作，藥物運行得似乎更快。

到底是誰？想幹什麼？難道是吳肥？

雖然水溫適宜，榮嬌只覺得自己沈浸在無邊的冰冷中，思來想去，若聚仙客棧不是黑店，唯一有過節的就是吳肥，只有他會處心積慮布下陷阱。

若真是吳肥，他針對的不會是她一個人，自己這一行人必定都不會放過。

想到這，榮嬌的心如墜萬丈深淵，難道這回自己真成了砧板上的魚，任人宰割？

空曠的屋裡如死一般的寂靜，榮嬌耳邊是自己咚咚的心跳。

猜想到可能是吳肥的手段，更不能坐以待斃，對方的布局絕不是開玩笑，若是落到他的手裡，結果可想而知。

若是吳肥知曉她是女兒身……不能坐以待斃、束手就擒！

想到這裡，榮嬌再次搭著桶邊，以強大的意志力控制自己的手腳，使出全身之力，終於勉強撐起身子，扶著桶沿從水裡站了起來。她手臂哆嗦著，兩腿發軟，明明是站在水裡，卻像身陷淤泥。

手臂綿軟無力，若是跌坐回去，她不知自己還有沒有重新站起來的力量，乾脆將整個身子都趴在桶沿，頭朝下掛在那裡。榮嬌喘息著，拚命踮起腳尖，終於一個倒栽蔥地摔出了浴桶。

淨房的地面鋪著青磚，很硬實，榮嬌摔落時，腦袋先著地，雖然用手掌墊著，依舊跌得七葷八素、頭暈目眩，整個人如軟泥似地趴在地上。

這麼大的響聲，綠殳不可能聽不到，但外面依舊一片安靜。

榮嬌顧不得心中最壞的猜想，努力朝放衣服的架子挪動。

明明僅一臂之隔，卻如相距千山萬水。

快呀！快……

如果目光可以隔空取物，榮嬌熱切的眼早將衣服取了幾百回。

這時，忽然響起敲門聲。

叩，叩叩，叩叩叩，敲門的節奏不緊不慢。

榮嬌心一緊，立刻明白來人是敵非友。

怎麼辦?!濕漉漉的身子貼在冰涼的地上，地上的水漬濕了半邊身子，她不是全身不著絲縷，上身有一件肚兜，下面還穿著短短的裡褲——

畢竟出門在外，即便是洗澡，榮嬌也保持著一絲謹慎，不會脫光泡在水裡，通常是快洗好了，再脫掉貼身衣物，快速沖洗。

「客官，小的是店小二，您要換的被子……好咧，這就給您拿進來。」

榮嬌靜靜聽著門外人自導自演，卻無力阻止。

房門吱呀一聲輕響，兩道腳步聲一前一後進來，然後，是關門的聲音。

「客官？客官？」

伴隨著探詢，腳步直朝淨房方向而來。

門猛地被推開，一股涼意湧進來，沖散了淨房裡沐浴時的溫濕。

「客官？」

先前自稱小二的那道男聲壓得很低，一邊輕喚一邊謹慎地環顧室內。人呢？浴桶、衣物都在，唯獨沒有人。

「沒有？」

另一個人走進來，在浴桶前低頭探看，桶中無人，只有一塊巾子漂浮在水面。

「跑了？」因為驚愕，聲音陡然高亢而尖銳。

「不可能，門窗有人守著，蒼蠅都飛不出去，他從哪裡跑？」

敲門的人一口否定。

「那人呢？」後頭進來的是急性子。「外頭都找過了，床底下、櫃子裡都沒有，總不會遁地了吧？」

「肯定中招了，衣服都脫了，再找找，總歸在這屋裡，這麼一點地方，能跑哪兒去？再找。」

「就你明白，我去外間。」

剛要轉身，外面忽然又傳來敲門聲。

是誰？兩人驚疑地交換眼神，其中一個小聲問：「這屋還有別的人手？」

敲門小二搖頭，不應該有外人來，樓梯口都是自己人，打從目標進入客棧以來，一舉一動都在監視之下，並未見他們與客棧掌櫃、小二以外的人接觸。

叩叩。

敲門聲又起，力道重了些，伴隨著一道清淺好聽的男聲傳來。「在嗎？」大有不開門就繼續敲下去的架勢。

「我去看看，你繼續。」

小二出去，將門開了條縫，兩手撐著門板，只露出半邊身子。「客官，您這是走錯房間了？」

外頭站著一位身著玄色長袍的男子，清貴俊逸。

「你在這裡做什麼？」

對方抬眼，只是雍容平靜，便自有一種貴氣與威勢，敲門小二頓覺一股難以言喻的氣勢直逼過來，心跳嚇漏了半拍。

「小的在、在整理房間……」在對方冷淡的眼神下，小二心虛氣短。

「哦？」

男子微挑眉，抬手推門，邁步要往屋裡進。

「喲，您等等。」小二急忙制止，抬手要關門。「您走錯房間了。」

「沒錯。」

「真錯了，這間房的客官剛出去——」

話音未落，對方出手如電，直接鎖住他的咽喉，將人推進屋裡，反手掩上房門，動作如行雲流水，透著一絲難言的優雅。

「咳咳，客官，您放、放手……」小二的臉脹得通紅，憋出一泡眼淚。

「你說，這間房的客人出去了，讓你來整理房間？」男子冷淡的語氣中透著寒意。

「是、是啊……」他不知哪裡出了紕漏，兩手徒勞地揮舞著，試圖掙脫禁錮。

另一人正在翻找，見同夥被拿住，上前欲救，誰知尚未近身，就被來人踩在腳下。

「你們在做什麼？說實——」

逼供的聲音戛然而止，男子面色凝重，目光轉向淨房，突然面色大變，直接打暈兩個小二，一把推開淨房虛掩的門，清俊的臉上罕見地布滿慌亂與焦灼，目光如炬，環視四周。

「小樓，是我，是大哥。」

他的聲音平緩溫和，如春風般透著撫慰人心的力量，仔細聽來卻帶著惶恐。

「大哥……」

浴桶後面傳來一個模糊的聲音，如小獸嗚咽般柔弱，玄朗只覺得心尖被掐了一把，痛酸無比。「小樓，小樓。」

他大步繞過木桶，在桶底部與牆角的縫隙裡，蜷縮著一團小小的身影。

玄朗被眼前這一幕驚呆了，身體卻比腦袋更快一步做出反應，他一腳踢開浴桶，左手抄起棉巾，右手抱起縈嬌，將她大半身子包裹起來。

還是不妥，他又撈起一件外袍，將她露在外面的小腿、小腳全部包起來，將人緊緊地抱在懷裡，臉上是毫不掩飾的後怕。

「小樓。」還好，還好，他來得不算晚……

玄朗將榮嬌緊緊抱在懷裡，按捺激盪的心情，低頭察看懷裡人兒的情形。

小小軟軟的身子如風中的葉，微微顫抖，小臉蒼白，黑髮披散，濕漉漉地貼在耳邊，一雙沁水的墨玉眼睜得大大的，一瞬不瞬地盯著他，花瓣般的小嘴努力張合著，艱難地發出細聲。「大哥……」

「是我，沒事了。」

玄朗輕聲應著，溫和而篤定，慢慢安撫了榮嬌倉皇的心。

她不知道玄朗怎麼會突然出現在這裡，救了自己，她只知道，她安全了，他說沒事，那就一定是沒事了。

榮嬌扯起嘴角想笑，眼淚卻撲簌簌地滴落，不是心有餘悸，是喜極而泣。

自重生以來，她以為自己有能力改變命運，於是努力著，雖然樁樁件件並不盡如人意，但總算能看到一些改變，即便親事依舊，二哥也依舊上了北境戰場。

經過最初的慌亂，她在旅途中調整心態，重新燃起希望。既然鐵馬金戈是二哥的命中注定，那她就去守護他，而不是強行阻止。

與前世的一無所有相比，她現在擁有許多，有人有錢，個人的能力也比前世超出數倍，換言之，現在的她比前世強大許多。

她以為自己有能力影響或改變既定的命運，然而，一桶洗澡水卻在瞬間將她打回原形，乃至更糟。

原來她不是百毒不侵，原來她雖有一身武力，卻不是無堅不摧，危急關頭，也只能如待宰的羔羊。

在歹徒進門的瞬間，她絕望地心碎，這副中了軟筋散的身體，想給自己一個痛快都是妄想；她能做的，只是儘量延長對方發現自己的時間，把自己藏起來，哪怕只是短短幾息，若能因這片刻的拖延而恢復自絕的力量也好。

浴桶上寬下窄，貼牆而放，距離牆壁有個空隙，但在滾進去的同時，她也被卡住了；不過幸運的是，這個藏身之所隱蔽又出乎意料，屬於燈下黑，有浴桶在前面擋著，來人竟然沒有一眼發現，也沒有馬上繞過來察看。

榮嬌屏息躲在那裡，聽了兩人的對話，知道對方早有布局，心中已對自己能獲救不抱希望了。對方能想到在洗澡水裡下軟筋散這種手段，必不會用普通手段對待李勇、聞刀等人，敵在暗，我在明，結果已出。

相較於害怕，更多的是絕望與不甘，重生一次，就要如此結束嗎？以這般屈辱的姿態？

沒想到，那熟悉的聲音令她想呼喊，眼淚卻先湧了出來。

玄朗！居然是他！謝天謝地。

雖然不知道他為何出現，但榮嬌知道，玄朗一定是來找自己的。她掙扎著想出去，但任她拚命扭動，那裝了水的浴桶卻不動如山，情急之下，她握拳用力敲打地面，希望這微弱的震動能引起他的注意。只要他進來，榮嬌相信以他的能力，必定是會聽到的，就怕他不確定自己住在這裡，被那個假小二給騙過。

可上天彷彿真聽到了她的呼救，玄朗不但沒被小二糊弄了，反而拿下人進屋了。那一刻，榮嬌就知道沒事了，得救了，心裡確定玄朗馬上就會找到自己的。

果然，下一刻，他就出現在淨房裡。

「……小樓莫怕，是軟筋散，若無解藥，十二個時辰後藥性自解。」

玄朗將她抱出淨房，坐在外間的大床上，原先躺在地上的兩個人被他踢進淨房，房門詭異地自動關上。

床鋪有些凌亂，被子胡亂扔著，玄朗坐在床邊一角，讓她靠在自己胸前，一手摟著她的腰背，一手給榮嬌把脈。

還好，只是中了軟筋散，不是毒藥。玄朗鬆了口氣，掏出一個小小的玉瓶，撥了塞子，遞到榮嬌的嘴邊。「來，把這個喝了，好得快。」

「不哭了啊，是大哥來晚了……」餵了藥後，他將榮嬌抱小孩子似地抱在懷裡，來回輕柔地晃動。「對不起，讓小樓受驚了。」

語氣中是滿滿的自責，一想到自己發現她的當下，心中就翻滾著疼惜，滔天的怒火伴隨著陣陣後怕。如果、如果不是小樓機靈又堅強，能在中藥後還想辦法躲在桶後，如果他晚到了……

想到那種後果，玄朗心裡泛起恐懼。

害怕的感覺，很多年後再次降臨，他以為這世間已沒有令自己恐懼的事物，原來是他想錯了。

他怕小樓受傷害，他怕失去小樓。
那些膽敢算計小樓的人……哼！
「乖，以後不會了，大哥在。先去大哥房間把衣服換了，其他人都不會有事的。」玄朗也明白她在擔心什麼。「阿金辦事向來牢靠，放心。」
他抱起榮嬌，拎起包袱，將她的小臉扣在自己的胸前，轉身出去。
榮嬌微微動了動。「大哥……」
淨房裡還有兩個人呢，會不會醒來跑了？
玄朗明白她的意思。「放心，有人善後。」
欺負了他的妹妹，還想跑？作夢！

第七十二章

玄朗將榮嬌抱回自己的房間！

與她的隔了兩間，房間佈置相同。玄朗輕緩地將榮嬌放在大床上，拿枕頭墊在床頭，讓她半靠著，拉起被子蓋至脖頸處，將人裹得嚴實，只露出一顆小腦袋。

他起身拿了塊棉巾給她擦拭頭髮。「濕髮易受寒，邪氣入體……我讓人準備熱水，一會兒好好泡個熱水澡……」

覺察到掌下的身體僵了一下，玄朗微頓，若無其事般繼續手上的動作。

他不常做這種事，動作略顯生疏，用乾爽的布巾一縷一縷擦拭榮嬌的濕髮，語氣自然平和。「有大哥在，放心……沒事了，都過去了，世上或許會有因噎廢食的人，可小樓不會。」

剛才提到泡澡時的反應，他怎會沒有感覺？知道她此番受了不小的驚嚇，或許留下陰影，但越是如此，越要迅速下猛藥跟進，沐浴潔體乃最基本的日常事，若她就此埋下恐懼，如何是好？

長痛不如短痛，此時反倒最容易克服。

玄朗深知其因，才對榮嬌牴觸的眼神視若無睹，舉手投足從容而淡定，彷彿這世間的一切事物都在他的掌控之中，有他在的地方，必定是安全而溫暖的。

「我……」

榮嬌聽到泡熱水澡的建議，打從心底抵抗，但她知道玄朗說得對，等身體恢復了行動能力，她確實應該把剛才沒完成的沐浴重新來過，不但是潔身的需要，心裡也同樣需要。

門被敲響，玄朗走過去打開，小聲說了幾句，然後端著一碗熱氣騰騰的薑湯回來。「小心燙……」

他舀了半匙，輕輕吹了吹，白瓷勺裡紅褐色的湯水見不到一絲薑的影子，味道卻極濃，老薑濃烈的辛辣中纏繞著赤糖特有的甘甜。

「放了兩大勺紅糖，不辣，妳嚐嚐看？」

玄朗的嘴角帶著溫柔的微笑，用著哄勸的語氣，模樣彷彿是誘哄怕苦、怕辣的小孩吃藥。

榮嬌沒說話，卻聽話乖乖張開嘴，任由他餵了大半碗。熱呼呼的薑湯下肚，似乎真的很快祛走了身體裡的寒意，她感到手腳慢慢變熱。

玄朗取了手帕，細緻地擦淨她嘴角些許的褐色水漬。

「把手給我，處理一下傷口。」

之前只是草草掃了一眼，發現小樓的手臂、胳膊、腿上都有傷。

他做事向來有章法，先急後緩，服解藥祛寒氣，再處理外傷，當然還有另外一層考慮，若她不是中了軟筋散四肢無力，又只著了兩件小衣，情況尷尬，玄朗也不會將祛寒這件事放在前面——

頭髮濕他可以擦，裡面兩件濕濕的小衣，玄朗實在不好主動開口替她換掉，她的閨譽要緊，且她已服下解藥，最多不超過兩個時辰就能行動自如。

玄朗也不知道自己為何會如此瞻前顧後，似乎事涉小樓，他無法像對待其他人那樣風輕雲淡；尤其是，得知小樓是妹妹後，越發不能淡定，總擔心自己哪裡做得不好、做得不夠，好不容易得來的妹妹就棄他而去了……

榮嬌的兩隻手血跡斑斑，看上去頗有些嚇人，玄朗小心處理著傷口，確認全都是皮外傷，他才微鬆了口氣。

不過，兩隻掌心整個磨脫了層皮，掌側與手背的傷更嚴重些，手背每一個骨節都皮肉模糊，露出森森的白骨。

「會疼……不用忍著，想哭就哭……」

雖是皮肉傷，不處理乾淨後果也很嚴重，玄朗用白紗布蘸了藥酒，小心清洗著傷口，酒液灑在傷處，痛得榮嬌渾身發顫，額頭逼出一層細密的汗水，她緊咬著唇，不讓自己發出痛呼。

「快了，等下要上的是特製的藥膏，配料有高山雪蓮、珍珠、冰片，一點藥味也沒有……藥效很快，明天早晨就能結痂……還是要包起來的，嗯，可能會有一點不方便，最多三、五天就能拆了……好了。」

玄朗手上動作飛快，不停地與榮嬌說著話，試圖分散她的心思。

榮嬌在他身上一直能感受到溫暖與撫慰，如三月春風，如秋日暖陽，聽他隨心所欲的閒聊，傷處的痛似乎真的減弱了。

「乖，真勇敢。」

玄朗收拾東西，毫不吝嗇地誇讚，滎嬌的臉卻紅成了一片。大哥是真把她當小孩子了吧？聽聽這語氣，就差再說一句「給妳糖吃」了。

這樣也好，否則……想到自己狼狽不堪地與玄朗重逢，想到自己只裹了條浴巾被玄朗抱著，從那個房間到這個房間……

好吧，事急從權，救人要緊。

滎嬌如此想著，看玄朗圍著自己忙前忙後的模樣，忽然有一股流動的暖意在心房間被點起，不經意的悸動，在平靜的心湖劃開漣漪點點……

「大哥，綠殳呢？聞刀、李勇幾個，都沒事吧？」

滎嬌恢復得比玄朗預料的要快，她的外傷剛處理好，便發現自己可以自如地講話了。

她尤其擔心綠殳，十六、七歲的花樣少女落到歹人手中，會遭受什麼，滎嬌不敢想像。

雖然玄朗說其他人會沒事，滎嬌信他，卻還是會擔心……心裡各種不好的猜測，猶如雜草般不受控地生長，亂糟糟地塞滿腦袋。

「不會有事的。」

玄朗淡淡的笑容化解滎嬌的焦灼不安。「阿金帶了足夠的人手，不會漏掉誰的，一個都不會少。」

「他們在哪裡，我要去看看。」

「濕的衣服要換，妳自己行不行？」玄朗答非所問，動作自然地打開她的包袱，找出裡外要換的衣服。

「啊？」

「不然呢？打算裹著被子去？」玄朗打趣道。

「我自己來。」

榮嬌這才意識到被子底下的自己衣衫不整，心頭生出深深的羞窘。為什麼每次她最尷尬、最狼狽不堪的模樣，都被玄朗看到了？

榮嬌自詡臉皮不薄，重活一次，對於臉皮以及人言，她早就看淡，只要自己活得好、看重的人活得好，外人的評價有何緊要的？可臉皮厚不等於不知羞，姑娘家該有的矜持她都有好不好？

只是在玄朗這裡，她好像已經找不到矜持與節操了。

「我在外面，自己小心些，別勉強。」玄朗將衣服放在床頭，轉身走出房間，仔細帶上門。

榮嬌躲在被子裡，伸手去解自己身上胡亂裹著的衣物，手掌包著白布，五指併在一起，使不上力，她在被子裡折騰了好一會兒，才把裡衣、中衣穿上，憋得一身汗。

掀了被子，連喘幾口氣，這才動作遲緩地披上外袍，開始繫中衣的帶子，可想而知動作有多笨拙。

玄朗站在門外等著。他聽覺敏銳，裡面那些窸窸窣窣的聲音如在耳邊，不難想像出畫面，像隻小老鼠似的……玄朗的嘴角泛起微不可察的弧度。

又等了一會兒，聲音還在繼續，他卻不想再等，反正衣服已經都穿上了，這麼久的時間，只怕全用在衣帶與扣子上了……

這個小丫頭，明明手不方便，還非要較勁。

「小樓，好了嗎？我要進來了。」他輕叩了一下門，出聲提醒，然後推門而入。

「還沒。」榮嬌正在努力與中衣的扣子奮鬥著，忽然聽見玄朗出聲，急忙大喊。

可下一秒，玄朗人已經進來了。

「還沒有。」

榮嬌小臉一垮，忙伸手將衣服攏緊，眼底神色緊張。「手不方便，慢……」

真不是有意磨蹭的。

「知道不方便，還逞強，傷口又出血了。」

玄朗輕聲數落了她一句，近身上前，站在她面前。「站好，大哥幫妳。」

白皙修長的手指靈巧地將剩下沒繫完的中衣扣子扣好，把繫得鬆鬆散散的衣帶解開重新繫好，仔細整理了外袍的衣帶與衣領。

玄朗很高，榮嬌剛及他胸口，他做這些事情需要低頭，榮嬌只能看到他烏黑的頭頂、梳得一絲不苟的髮髻與束髮的玉簪。

那是一支少見的黑玉髮簪，墨染的顏色透著溫潤的光澤，如有圓月的夜晚，布灑了清輝的天空。

榮嬌愣愣地注視著，彷彿視線中只有那支簪子。今天發生的意外與震驚太多，腦子裡塞得滿滿的，對於玄朗的行為，她不自覺地吃驚，細細思量卻似乎沒什麼不對，她的手受傷了嘛，時間緊迫，綠殳等人凶吉未知，大哥幫她，也是應該的……

呆呆的榮嬌腦子裡並沒有綺念，玄朗也是。他一開始沒想太多，只是不自覺地就做了，等到緊挨著面前的小人兒，自己的手指碰觸到她衣物時，指尖透過織料清晰地感覺到衣服下身體的柔軟時，他的心好像受驚的飛鳥，撲簌抖著翅膀劃過天空……

那感覺就如同騎快馬疾馳，驚了路邊開滿花的桃樹一般，靈動的色彩忽然躍入眼裡，驚鴻一瞥，芬芳的情愫已經微妙。

他整理好榮嬌的衣服，卻無暇整理自己突起微瀾的心緒。

「小樓，綠殳等人已經安置在別處，大哥現在帶妳過去。」

「真的？太好了。」

榮嬌先前那絲怪異的感覺早被拋到腦後。「他們在哪裡？為何不回來？」

「這裡恐有漏網之魚，我們都離開，方好細細調查。」玄朗輕聲解釋著，簡單收拾了行李，給榮嬌披了件帶帽的大斗篷，將頭、臉捂得嚴實。

直到榮嬌和玄朗一路下樓，坐進馬車時，她才忽然想起來。「大哥，你怎麼會在這裡？」

玄朗聽到她的問題，心情莫名就好了幾分。

終於想到問他。從兩人見面，她對自己的出現沒有絲毫好奇，雖然不怪她，心底卻隱隱有絲期待，彷彿她問起，就代表著對自己的關注。

「大哥外出辦事，行經此地，阿金先看到妳的車夫……」

玄朗避重就輕，對自己的出行目的一語帶過，重點解釋他會突然出現的原因。

說來純屬巧合，卻是萬幸。

他昨日到棲城，也住在聚仙客棧，今日下午辦完事回來，阿金忽然湊上來，告知看到小樓的車夫。「……馬車也在，屬下打聽過，一行七人，一位小公子帶一個啞僕、四名護衛，有個護衛名聞刀，人暫時不在……」

怎麼可能？他愣怔，小樓怎麼可能來這裡？別人不知，他對小樓的秘密了然如心，在都城周邊談生意或有可能，不可能跑到這裡啊！

若小樓離開都城，不會不告而別，岐伯那裡應該是知曉的。據他所知，池榮厚在莊大儒處讀書，並未離京，聞刀在此，領頭的小公子，十有八九是小樓。

玄朗聽阿金說得確定，急忙出房間，迫切地前去確認。

「大哥敲門時並不確定是我，為何破門而入？萬一弄錯呢？」

榮嬌不解，玄朗剛打照面就直接闖入，他素不魯莽妄斷。

「不會，我知道一定是妳。」

玄朗暗自慶幸自己的當機立斷，若是中間有個差池，小樓被假小二發現……

嗯，一想到小樓差一點就可能被發現，他便有股毀天滅地的衝動；若真是那樣，即便事後將其人千刀萬剮，也難消他心頭之恨。
「怎麼確定的？」榮嬌睜著大眼睛求解。
「阿金不會弄錯房號，假小二卻說在整理房間。」玄朗一派淡然。
榮嬌沒聽懂，房號與假小二整理房間有關係嗎？整理房間與房客外出，哪裡不對？
「房客是妳，就是反常。」
玄朗點到即止。
原來如此，榮嬌領悟到玄朗話中隱藏的意思，不是他故弄玄虛，而是不想點透說破，怕她尷尬。
因為身分使然，若房內無人或未退房離開，是絕不會允許小二隨便進入的，故而整理房間、打掃清潔，綠殳不會假手他人。
榮嬌瞬間明白了，之前困絕無路險象環生，到他從天而降的那一刻，她聽到心底如釋重負的輕嘆，緊繃得立刻要斷掉的那根弦輕輕鬆開了，心底奏響救贖之歌，充滿歡欣與希望。
「大哥，謝謝你。」
她知道玄朗不喜歡自己總說謝謝，可是，她必須要鄭重認真地謝他。
「又跟我客氣？」
果不其然，玄朗微挑眉，清淡的笑如風過春水，層層泛開，淺淺的、細微的，如清風流雲般，輕輕撫平榮嬌的拘謹不安。
「無須向大哥道謝……我為妳做任何事，都是心甘情願的。」

明明是平常的話語，卻彷彿點燃了並不存在的香線，空氣中突然流淌著獨特的味道，亦濃亦淡，那一層難以言喻的微妙，悄然縈繞……

第七十三章

綠殳果然毫髮無傷，只是受了大驚嚇，見到榮嬌便撲過來抱住不肯放手，因為有外人，也不敢開口說話，一直流眼淚。

她是被直接迷暈的，賊人假冒小二敲門送開水，綠殳開門時被噴了藥，拿住要害；好在這夥人想要一網打盡，沒直接把人送走，先丟在客棧後院的柴房裡。

聞刀、李勇等人也沒受傷，倒是沒有功夫的包力圖後背挨了一棍。

榮嬌雖然兩隻手裹得像熊爪，人總算是安全無虞的，李勇、聞刀幾人欣喜之餘，滿臉羞愧地跪下請罪。

尤其是聞刀，見玄朗與榮嬌一起出現，知道是他救了大小姐，直接跪下；幸虧得遇玄朗公子，若大小姐遇險，他萬死不足惜。

「是吳肥？」

榮嬌想不出還有別人，這一路上，他們唯一結下仇怨，能讓對方下手如此狠辣的，也就吳肥一個。

「吳肥是誰？」玄朗出聲相詢。

對方的行事手段高明，不是普通人，想到這樣的人潛伏在暗中要對付小樓，玄朗就無法坐視不理，哪怕掘地三尺也要將其挖出，斬草除根、一網打盡。

「獵城城主的外甥？」

待榮嬌三言兩語講完與吳肥的結怨經過，玄朗面色不動，星眸微轉看向阿金。

「原來如此。」阿金恍然大悟。「是了，屬下覺得不對勁，原來是有兩夥人，後頭沒動手的那一批，應該是這個吳肥的人。」

他之前還納悶，跟在後頭的那夥人，一看就不上道，若說是來接應的，能力比之前下手的那批差多了。

「是哥佬幫慣用的手法，已經在查。」

「哥佬幫？那是什麼？」榮嬌面露茫然，沒聽過啊，江湖幫派嗎？無仇無怨，為何要對他們下手？

李勇卻倒吸了口涼氣，居然是哥佬幫？

「很厲害嗎？」聞刀與江湖幫派沒有交集，看李勇的神色，好像很了不起的樣子。

「一群雜毛，烏合之眾，不用擔心。」

沒等李勇回話，阿金已先開口。所謂江湖上赫赫有名、令人聞風喪膽，在公子面前，都是狗屁，以後江湖上不會再有這一號幫派。

聽了阿金漫不經心的評價，李勇張了張嘴，卻不知該說什麼好。公子大哥的這位屬下，嗯，口氣大得很，在他嘴裡，哥佬幫居然只是烏合之眾?!

「為什麼對我們下手？」

想到有一大幫江湖人在暗中盯著自己，視為獵物，榮嬌就毛骨悚然。

對方經驗老道，手段百出，防不勝防，接下來的路怎麼走？不怕賊偷就怕賊惦記，不弄明白解決了問題，夜裡不敢睡覺啊……

「這……」

阿金不著痕跡地向自己主子覷了一眼，估計公子不想那些骯髒事污了小樓公子的耳朵，遂笑笑道：「不一定有原因，幫派人行事素來毫無忌憚，全看心情。」

哥佬幫做的是無本生意，既是無本，貨物當然是擄來的，哥佬幫這回的目標就是小樓公子本人；嗯，應該還要加上綠殳與聞刀，人是上等的貨色，可賣大價錢。

哥佬幫最善做人口買賣，因為貨源隨處可得，取之不竭。人口買賣裡，哥佬幫偏愛容貌上乘的少男、少女，小樓公子與綠殳符合他們的選貨標準。

「無法無天，官府不管嗎？」榮嬌義憤填膺。

玄朗看她氣得發白的小臉，有些心疼。「官府不管，大哥管。這件事我會處理，綠殳，陪妳家公子先回房休息，等會兒一起用晚膳。」

這些小事，沒必要浪費小樓的精力。

榮嬌一夜好眠。

她以為自己受了這番驚嚇，晚上會很難入睡或會作惡夢，結果根本沒有，沾著枕頭就睡著了，一覺醒來，天光大亮，耳邊是鳥鳴婉轉。

「妳要走？」

與玄朗用完早飯後，榮嬌關注了哥佬幫事件的後續，提出自己要繼續趕路。她的話顯然出乎玄朗的意料，好看的眉頭浮現微微的皺痕。

昨天事出突然，情勢又急，他沒來得及多問，用晚膳時想問，見綠殳餵飯時她邊吃邊打哈欠，困頓得不行，也不忍心，早早放她回房睡覺。

他早就從聞刀口中知道了所有事，除了不清楚她急著去找池榮勇的原因之外，其他凡是聞刀知道的，他都了然於心。

「是啊，大哥你何時啟程？」

榮嬌沒有察覺到玄朗深藏的不悅，以為他還在為昨日的事情擔心。「接下來一定會小心行路的。」

「我還沒打算走。」玄朗神色不變，語氣中隱約透著失落。「他鄉相遇，尚未敘舊……妳竟如此行色匆匆。」

啊？榮嬌有些心虛。嗯，她是有些不對，不說昨日玄朗及時出現，令她絕處逢生，單憑兩人的交情，她表現得也太過冷漠無情，救命之恩，白吃白住，轉身就走，傳說中的小白眼狼說的就是她這種的……

「我……不是，大哥，這回是我不對……只是，我確實有急事，不敢多逗留。」

榮嬌素白的小臉飛起兩抹羞愧的紅雲，這回她確實過了，難怪大哥有些不高興。「等我事了回都城後，再給大哥陪罪，你別生氣好不好？」

「我沒生氣。」玄朗的語氣有些無奈。

他本來就沒有生氣，也沒有不高興，失落是有那麼幾分……

在她心裡，池家兄弟就那麼重要？凡是與池家兄弟有關的事情，她都無比看重，先是池榮厚，如今池榮勇亦然。

玄朗並不知道吃醋是何滋味，但一想到池家兄弟在小樓心裡的分量，他整顆心就似泡在醋水裡發酵了一般，散發著絲絲縷縷的酸意，鬱鬱不樂，渾身上下都不舒服。

昨日剛遇凶險事，今日還要趕路，片刻也耽誤不得，在她心中，與池榮勇會面這件事比自己的安危竟重要得多。

「我只是擔心妳的安危，畢竟昨天的事著實令人後怕。」玄朗語氣淡然，卻將自己的擔心直白地描述。

「不是有大哥在嗎？大哥說能處理好，自然就會沒事的。」

榮嬌對他是全然信賴，何況即使沒有玄朗的保證，她也不會因為懼怕而放棄自己的目的。

她那副理所當然、十足信任的語氣，明顯令玄朗的心情好了幾分，卻又難得地糾結了一番。他先前氣她不把自身安全放在心上，氣她不顧舟車勞頓，千里迢迢也要趕到北境見池榮勇，也氣她被哥佬幫盯上還不以為意，一心只顧趕路。

可是聽到她之所以不懼的原因是自己時，他的心情就起了微妙的變化，似乎有細細的暖風吹過心田，眉眼間呈現若有若無的和悅。

「需要一點時間，今天最好不要動身，或者……妳沒什麼要與大哥說的？」

出於安全，還有某些別的原因，玄朗不希望小樓現在就走，在他心中，小樓就是自己的責任，自然要護她周全，斷沒有放她獨自上路的可能。

「沒、沒什麼要說的呀……」

榮嬌明白玄朗話中之意，但那是她不能言明的秘密，只得含糊其辭，故作不知。

玄朗素來有分寸，非常體貼對方的心意，只要她不想說的事，他是不會刨根問底的。

「沒有嗎？」

這回他卻一反常態，不打算輕易讓她糊弄。對小樓，他的確向來體貼，任何時候都不願她為難，哪怕她一夜間由弟弟變妹妹，沒有解釋也沒有直言無隱，他都不在意。

可這一次不同以往，涉及她的安危，他必須要問，即便她不願意說或是不能說。

「為什麼會突然離京？」還是偷偷的。玄朗確定她沒聲張，因為岐伯不知道她的行蹤，一定是故意隱瞞了，若不，以她的待人處事，要離京遠行總是會有句交代的。「有什麼事不能驛站傳書，非要親自前往北境見到池榮勇才可以？」

從京都到北境百草城，數千里之遙，跋山涉水，路途艱辛尚在其次，山水之間、鄉野驛外，她一個不知江湖險惡的小姑娘，就敢帶幾個只會點三腳貓功夫的家丁勇闖天下？

好吧，不是全是家丁，那個叫李勇的，還有些經驗，拳腳上勉強過得去，但，遠遠不夠。

「還有，到了百草城見到池榮勇之後呢？是逗留幾日即刻返程回去，還是要長時間停留？歸期待定？」

玄朗的問題一個接一個，令榮嬌無處可逃。

「小樓，我知道妳有苦衷，大哥無意窺探妳的秘密，這些問題在不違背妳本意的前提下，我希望妳能把可以講的告訴我……」

玄朗誠懇認真的語氣，令人無法拒絕。

榮嬌默然，應該怎麼說呢？從哪裡說起呢？

面對玄朗的真誠，她無法一口回絕，無論是找盡藉口地敷衍，還是俐落乾脆地回他一句干卿底事，都非她所願。

若是和盤托出……那更不可能。

可是他都說到這個分上了，她若繼續沈默，未免太見外，不把他當大哥了。

自相識以來，玄朗處處以兄長自居，沒有半分虛情假意，亦無所圖回報，如今他一切的問題，都出於關心自己安危……榮嬌心思百轉，神情間變換著種種複雜難明，明眸顧盼間閃過糾結。

玄朗似乎一點也不在意她的緘默，極其耐心地等待著，沒有著急與催促，只是靜靜等待著，彷彿可以等到地老天荒。

「我有必須去找池二哥的理由，」

榮嬌有點緊張。這是她第一次準備提起前世曾經發生過的事情，雖然不會說出自己重生的真相，可還是不習慣，聲音聽起來澀澀的。

「本來我是不贊同他去北境的，因為會有危險，但他不聽，答應帶我一起去，卻騙了我，自己偷偷走了。」

想到這個榮嬌就委屈，若是二哥能信守承諾，帶自己一起走，何至於她要在後面苦苦追趕？有二哥在，又有哪個宵小之輩能動得了她？

玄朗不動聲色喝著茶，聽得很專注，心裡卻越聽越不是滋味。明明小樓是他的妹妹，怎麼聽起來池二在她心裡竟是如此地重要？這可不是他願意聽到的，不過他自然不會將心裡話表露出來，只是溫和地望著榮嬌，等她繼續往下說。

「我請岐伯幫忙打聽了二哥的地址，準備自己找過去……」

居然是岐伯幫的忙。玄朗暗自記下了。好，很好，岐伯居然沒告訴自己！這麼說，小樓能有機會走這一遭，岐伯也從中出力了？

「找過去要做什麼呢？」

他說得自然隨意，彷彿就是接著她的話順嘴一問。

「做親衛，他到哪裡，就跟到哪裡，形影不離……」榮嬌心裡早有答案，聽玄朗問起，自然答得迅速。

玄朗愕然，形影不離？

「妳……為何要如此？」

池二就那麼好，好到為他不顧清譽？親衛？形影不離？這些詞聽起來前所未有地刺耳，這個小丫頭到底知不知道自己在說什麼？

「因為二哥有危險。」榮嬌覺得玄朗聽得不認真，一上來她就說了，二哥不能上北境，有危險。「沙場無情，他會在戰場上失蹤……不要問我怎麼知道的，我就是知道。」

如此沒有道理的話，也難為她能說得理直氣壯。

玄朗的眼底不禁流露出一絲好笑，莫名地又有些淺淺的失落與酸酸的嫉妒——小樓，她對池家兄弟可真好，他該死地不想承認這一點。

不就是早認識了幾天嗎？小樓對他，可從來沒有這麼上心過……他從不知道自己也會為不足掛齒的小事如此小家子氣，斤斤計較到不像自己。

「池二少的身手比妳好，若是他有應付不了的危險，妳在就能避免嗎？」

他絕不承認自己是有意的，雖然小樓聽了或許會不高興，但實話向來不好聽。

「我不知道……」

榮嬌沒識破玄朗的用心，小臉黯淡了幾分，老老實實地搖頭。是啊，以二哥的身手都應付不來，她跟著其實未必有用，但是即便沒有用，有些事也必須要做，如果改變不了，至少要在一起。

「若是避免不了，就一起承受，總之，盡力而為。」

榮嬌無助而失落的模樣徹底激怒了玄朗，為了池榮勇不明緣故的危險，就要搭上自己？要知道，北境局勢緊張，小衝突是家常便飯，大戰也是一觸即發。

「池榮勇在北境，妳也要一直留在那裡？」若是榮嬌細心留意，便會發現平靜的聲音下隱藏的怒意。「是不是池榮勇一天不離開，妳也不會走？」

「應該是……」

榮嬌有些無奈，她不會無功而返，若是二哥不聽她的勸告，她就留下不走。

「池榮勇軍命在身，他是去打仗的，他上戰場妳也要跟著？」

「嗯。」不然她跟去幹麼？

「妳——」玄朗被她的冥頑不靈氣壞了。「池榮勇比妳自己的命還重要？」

第七十四章

「啊？」

榮嬌終於發現玄朗的神色不對了，有些茫然。有什麼不對嗎？二哥當然很重要，若重生一回，哥哥們的命運沒有絲毫改變，那她的人生再來一次有何意義？

「妳喜歡他？甚於喜歡池榮厚？」這麼無聊的問題，玄朗不相信是自己問的。

「……什麼？」

精緻的眉頭皺了起來。這怎麼比較？二哥、小哥哥她都喜歡啊，一樣重要啊！

「妳……小樓，妳還小，不要輕易地想與某個男子同生共死，池二少人好，卻不是良配……」

玄朗的一顆心浮浮沈沈，五味雜陳。池家兄弟的確都是少年英雄，但池府真不算好人家，不適合小樓，至於哪樣的人家才適合小樓，他也說不上來。

「怎麼不是良配？」

什麼同生共死？榮嬌心中的疑惑一閃而過，隨之被後半句吸引住心神。不是良配？榮嬌頓時不高興了，二哥人品出眾、才貌無雙、卓爾出群，什麼樣的姑娘娶不得？只有別人配不上二哥，沒有二哥配不上別人。

「二哥樣樣都好，放眼大樑城，年紀相仿的，誰能超過他？其他所謂青年才俊，與二哥比，實乃皓月與流螢之別，都城有多少千金閨秀想嫁我二哥?!」

「妳也想嫁？」聽榮嬌如此維護池榮勇，玄朗頗感不快，語氣雖是淡然如常，只有他自己知道，並不是在開玩笑。

嫁？嫁誰？榮嬌沒反應過來，一臉懵懂。什麼想嫁？誰想嫁？誰會想嫁給自己的親哥哥？二哥當然是良配，堪配天下所有的好女子，除了她以外。

這是天經地義的事情，榮嬌理所當然地忽略了，即使結合前言後語，她也沒有馬上反應過來；豈知不知情的玄朗完全誤會了她這番毫不掩飾的維護和讚美，以及若有所思的表情。

他臉上保持微笑，神色平和，眼底的光芒卻漸漸黯淡，一時間，心田彷彿龜裂開無數道微小的細縫，那種細微的刺痛，不強烈，卻綿密無邊，伴隨而生的是失落、酸楚、嫉妒，種種他從未有過的感受一齊湧上，恍惚間竟有窒息之感。

他緊張地盯著榮嬌，無意識地做了個吞嚥的動作，修長手指用力握住茶杯，指節微微發白。這一切，玄朗毫不自知。他沒有意識到，自己在等一個答案，等她說是或不是，想或不想，似乎對他而言，再也沒有比這個結果更重要的。

希望聽到的是否認，儘管她的行為已不言而喻。

「想啊！」

榮嬌很乾脆，怎麼會不想呢？二哥那麼好，任何嫁給他的女子都是前世修來的福分，二哥一定是好丈夫、好父親，他重情重義、負責任，即便對所娶的妻子沒有男女之情，只要做了他的妻子，必會給予足夠的尊重與維護，為她撐起一片天，不離不棄，白頭到老。

若是他心儀的女子……嗯，榮嬌不想說，自己一定會非常非常嫉妒未來二嫂，誰能被二哥愛上，絕對是幾生為善、數世積德。

「以前不懂事，一心想嫁給他，非逼著他答應……」

想起童年事，榮嬌笑了。那時五歲還是六歲？無意中聽到僕婦們說少爺們對大小姐再好也沒用，哥哥再好，也不能護她一輩子，將來娶了妻子，妹妹就得靠邊。她躲起來偷哭，問二哥將來是不是會娶新娘子，如果一定要娶，能不能娶她？她清楚地記得當時二哥和小哥哥驚愕愣怔的表情，於是她又開始哭，為了被拒絕而哭。

玄朗感覺有些冷。原來她已經表白過了？原來他們早就兩情相悅？小樓臉上的笑容甜蜜而幸福，池府不是好歸宿，可若她願意、池榮勇有心，那麼，他是不是應該助她心想事成？讓她順利地嫁過去？

「他怎麼說？」

「自然是拒絕，還動之以情、曉之以理地將我教訓哭了……」

就是那天，她知道兄妹不能成親，但血脈相連，一輩子都是兄妹，永遠不會改變。在哥哥心裡，妹妹是最重要的，誰也越不過，如果將來有嫂子，是又多一個人對她好。「所以我要嫁個像他那樣的……其實三哥也很好，不過他太容易招桃花了。」

當時小哥哥還開玩笑，既然擔心將來與哥哥們分開，為什麼要嫁二哥，不嫁給他？那時她怎麼說的？因為小哥哥打不過二哥，誰厲害她就嫁給誰。

「妳不難過？」

玄朗看著她笑靨如花，真心覺得自己不懂，女孩子被心儀之人拒絕，不應該是羞惱萬分，從此將心事深藏，恨他或忘記他，怎可以如此輕鬆笑談？是徹底放下了還是心太大？

「難過？」榮嬌滿眼的無辜不解。「為什麼要難過？」因為二哥不娶她？她又沒瘋。

「我永遠不會真與他們生氣的，雖然這回他騙了我。」

榮嬌決定結束二哥是不是良配、該不該嫁這個話題，重新回到啟程的時間上。「不然我陪大哥用過午飯再動身？有了昨日的前車之鑑，我們會特別注意的……」

昨天中招是對手太狡猾，己方疏於防範，同樣的招不可能連中兩次。

「為什麼對他這麼好？」

既然已經說到這個話題，玄朗不想輕易放過。她趕路的目的是為了早日到北境見池榮勇，不是很奇怪嗎？表白被拒絕還能為他出生入死，而池榮勇，拒絕對方之後居然也能毫無芥蒂、若無其事地繼續與她交好，這是令玄朗無奈又憤怒的事實。

「應該的啊，他是二哥嘛！」

榮嬌的語氣理所當然，兄妹情深，有什麼不對嗎？

「那大哥呢？妳是不是有些偏心？」

玄朗被應該兩字刺激了，什麼叫應該？是二哥就應該對他不顧性命地好？那他還是她大哥呢，就算晚一步相識，這待遇也差得太多了吧？

「那不一樣，他是我親——」榮嬌不自覺地隨口就答，一個「親」字脫口而出，「二哥」兩字已經到了舌尖，好在她及時捂住自己的嘴，沒讓那兩個字有機會飛出唇邊。

完了、完了，她好像說溜嘴了，以玄朗的聰明，應該能猜出來了。親什麼？她的聲音陡然間戛然而止，小手捂著嘴巴，眼神游移，明顯是心虛掩飾的模樣，玄朗心思百轉，思索著那陡然斷掉的後續以及蛛絲馬跡。

玄朗思索著，從容溫和的目光落在她身上，其中不乏探詢之意。

親二哥。

榮嬌被他的眼神看得心虛，繼而有些羞惱火大。搞什麼嘛，又不是什麼見不得人的關係，幹麼那樣看她?!這時的她終於後知後覺，領悟之前玄朗那一通提問的意思，原來他以為自己對二哥有意，對小哥哥也是。

居然認為自己對哥哥們抱有那樣的心思？意識到這一點，榮嬌頓覺不能忍，竟把她想得如此齷齪！原來在玄朗心裡，她竟是如此地不堪，搖擺在池二少與池三少之間，左右都有情？

她羞惱萬分，心裡有股火頂得肺都要炸了，卻又極其委屈，他怎麼可以這樣想？

她不知道自己為何如此羞惱，這只是一個誤會，當成笑談，隨風而散，才是最自然的應對，沒必要如此激動。

玄朗知道她是女兒身，卻不清楚她與哥哥們的真正關係，對這種親厚與信任產生誤解，也不為過。換做別人這樣說，她多半是笑笑，不予理會，回頭或許還會當成笑話說與嬤嬤聽；但現下誤解的是玄朗，榮嬌無法忍受，心情極為糟糕。

如此不爽，或許是在意吧？

玄朗這個大哥，眼前是比不過二哥、小哥哥重要，但那不一樣，二哥、小哥哥是親哥哥，前世今生，自她有記憶以來最重要、最親近的人；玄朗是外人，前世沒有任何交集，相識時間並不久，但她視他為知交，雖然沒有哥哥們重要，也是她極為在意的人。

「親的，二哥，還有小哥哥。」

榮嬌彷彿炫耀又挑釁般地揭曉了答案，聲音有點啞，因為緊張。

與其等玄朗猜出來，不如自己直言。

「原來……如此。」玄朗了然的語氣中流淌著愉悅。這個可能他猜到了，是他最渴望並想確認的結果，小樓的答案如有一雙柔軟的小手將他胸口的巨石移開，由裡至外的舒爽，整個人彷彿都輕快了幾分。

原來如此。他忽然很想笑，心底的高興像裝滿水的桶子，滿了、溢了，於是他笑了，生動的笑意令他人如暖玉，散發著瑩瑩的光澤，呈現出無法掩飾的燦爛。

「好笑嗎？」

榮嬌輕哼，板起臉，卻在不經意間被羞惱的眼神出賣了真實的情緒。

「好，不笑。」

玄朗微斂唇邊的笑意，將其轉至眼底深處，聲音放緩，滿是濃濃的寵溺，莫名就有種旖旎的意味，令人臉紅心跳。

榮嬌忽然生出一抹羞澀的侷促，彷彿直到這一刻，她才鮮明地意識到，面前這被自己稱為大哥的玄朗，是與二哥、小哥哥完全不同的存在。

她小孩子賭氣似的，輸人不能輸氣勢，佯裝鎮靜，用十分高傲平靜的語氣問道：「還有問題嗎？」

那若無其事、不耐煩的模樣，愛煞了人，彷彿她之前的自白身世，以及再早之前的有意隱瞞，都是輕描淡寫的小事，說完了也就意味著此頁翻篇了。

玄朗又笑了，極淺極淡的笑，卻有著發自內心的喜悅。

睿智如他，其實不大明白自己此刻的心情，小樓與池榮勇、池榮厚是親兄妹，揭開了這層真相，算不上是意外驚喜；而且，他也有理由對池家兄妹的隱瞞表示不滿，什麼與池二少、池三少為莫逆之交，其實只是他們兄妹間的小把戲，而被欺瞞的他可以生氣啊！

但是，他的心底卻因此而多出一眼清泉，汩汩地向外噴湧著快樂。小樓……哦，不是小樓，她實際是池府大小姐池榮嬌。玄朗知道這個名字，他還是覺得小樓好聽，小樓是屬於他的稱呼。

「有，很多……」

比如她為什麼要女扮男裝做生意？為什麼傳說中視妹如命的池家哥哥會同意？比如傳說中池大小姐是天生的藥罐子，為何她生龍活虎還有一身好功夫？比如她現在要追去北境，她的兩個哥哥是否知情？趕到北境，到底是為何事？池榮勇會有何種危險，讓她不惜以身涉險？還有……

「但我不想說。」她的回答十分囂張無禮。「你有問題，想問也沒用，我不想解答，我就不告訴你。」

這句話說得頗有些驕縱和旁若無人，與榮嬌向來的待人處事大相徑庭。

玄朗卻一點也不生氣，神色不變，眼底的笑意不減反增，好脾氣地縱容道：「那，我們還是再說回去北境的事？」

這個可以。

榮嬌點頭，不易察覺地鬆口氣。自曝身分後，她忽然不知道應該怎麼與玄朗應對了，沒了身分的遮掩，那些應該符合池榮嬌身分的條條框框好像突然跳到了她的腦海中，莫名就拘謹起來。

於是她習慣地以冷淡、蠻不講理的方式處理，拒絕某些話題，絕不解釋，說來說去，還是不夠成熟，不知如何應付自己最不想面對的情形。因為在意，擔心他的反應不如自己想要的，於是藏起落寞，用無所謂的態度偽裝。

「什麼時候可以啟程？」

她有些拿不準池大小姐的分寸該如何拿捏？屬於小樓的隨心所欲，彷彿陽光下的晨霧，正在逐漸消失，玄朗是小樓的大哥，可現在小樓成了池榮嬌……

「明日一早，大哥和妳一起走。」

玄朗好像根本沒有察覺到榮嬌的不自在，語氣態度依舊。「現在，我們詳細說說妳二哥的事情。妳說，他會有生命之憂？」

第七十五章

春光明媚，那溫柔氣息沁入人心，萬物復甦的欣悅充盈在空中，暖暖的、酥酥的，如此令人著迷與陶醉。

榮嬌坐在馬車中，車輪轆轆，行駛得快而平穩。

一道悅耳的鳥鳴打破了車廂的安靜，那婉轉的啾鳴喚起了綠殳的好奇心，抑或是這好奇從啟程時便存在了。

用完早飯要啟程時，發現玄朗公子與他的隨從將一起同行。原先一行七人成了十人，這不算奇怪，此處既是他鄉，玄朗公子亦是要離開的，只是為什麼走了將近一天，玄朗公子主僕還是繼續同行？難道趕巧他們也要往北走？

綠殳並不知曉榮嬌與玄朗之間發生什麼，她的大小姐並沒有把玄朗救了自己時的實際情況描述過，也根本沒告訴她，玄朗不但已經知道她是女兒身，甚至連她的身分都一清二楚。

榮嬌連貼身丫鬟綠殳也不想說，實在是因為太丟人、太難以啟齒了，說自己來初潮弄髒了玄朗家的床鋪，還被他誤認為是受傷？還是說自己被他從浴桶後撈出來時，全身上下僅著兩件小衣？

榮嬌對綠殳的疑問，微微搖頭。

玄朗說，既然一定要去百草城，那就陪她一起去；既然她認為二哥會有危險，那就一起來解決。既然是她想做的事情，他這個做大哥的一定會支持，雖然他不贊成她去百草城，更不贊成她留在那裡。

榮嬌不確定這些對話是不是真實發生過，總覺得在知曉自己的身分後，玄朗依然待她如初，恍然若夢。

玄朗知曉她的身分後，除了神色間似有幾分輕鬆愉悅，並沒流露出異樣，也沒追問什麼，宛若彼此分享了一件事，她說，他聽，並對她樂意分享的行為表現出適度的高興。是的，適度而有分寸的愉悅，以及不過分的驚訝與意外，既不會令榮嬌緊張，又能體貼地照顧到她吐露秘密後的複雜心思。

說出這樣的秘密，玄朗若太過平淡，榮嬌或許會生出無力與羞惱。想想，若是自以為說了件隱瞞許久、感覺了不得的大事，對方卻波瀾不驚，好像自己費盡心思藏著掖著的秘密，在對方眼裡與放屁般沒有區別，誰還開心得起來？

若是太過吃驚……

嗯，會令說出秘密的人緊張不安，重新判斷彼此繼續維持關係的可能。

於是他的驚訝克制得恰到好處，關照著榮嬌的情緒，無懈可擊。

知道她是池榮嬌，在她明確表示出拒絕繼續此話題之後，他立即回歸到去北境及對池榮勇的隱憂上。

「……妳應該清楚，即便到了百草城、找到池二少，妳也不能隨時隨地跟在他身邊。」

玄朗挑明榮嬌不願意正視的問題。

以池榮勇的作風，即便她到了百草城，定會在第一時間內將她遣送，絕對沒有任何通融的餘地。

榮嬌的臉色黯淡下來，不甚有底氣。「總會有辦法的……」

「或者，我們可以換個想法？」玄朗循循善誘。「去百草城，混入軍營做親衛，目的是什麼呢？是為了池二少的安全，不讓他身陷險境，想做到這一點，不一定要親力親為，因為妳並不是最適合的人選。」

無論如何他是不會同意小樓去軍營的，親二哥也不行！不過，以小傢伙現在如此地堅持，他若直言反對，既沒有立場亦是無效。

玄朗沒多加思索，自然地將此事視為自己的事，並沒因小樓成了榮嬌便有所不同。「這次的事，妳做錯了，妳想想，為什麼他要騙妳，不帶妳同行？妳關心他、擔心他，但在他的心裡，妳的安危才是最重要的，妳的所作所為應該在保證自身安全的前提下進行，但妳是怎麼做的？如果昨天我到晚了，妳想過後果嗎？」

他語氣溫和，榮嬌一開始還想辯解，慢慢地卻沈默了，伴隨而來的是自責懊惱與後怕。她知道自己冒失了，也明白玄朗的用心良苦，自己的想法其實是一廂情願、不妥當的，玄朗說的她都認可，但是她沒有別的辦法，但凡有一絲可能，她都要全力抓緊。

大哥那麼聰明，似乎無所不能，如果他願意幫自己……她不由眼前一亮。「大哥有更好的建議？」

玄朗微笑，他當然有，可她一定不會聽——最好的建議是她現在就跟著他一路回都城，不要再去百草城，池榮勇那裡，他派人照看。

但這種建議只能想想，若真說出來，定會惹惱救兄心切的小姑娘；若她惱了……玄朗表示自己還真怕她生氣。

她每一次蠻橫地發脾氣，他都無計可施，除了順從還是順從。

他人生二十幾年的溫和無害都給了她，這沒什麼不好，任誰有一個這般古靈精怪的妹妹也會百依百順，捨不得責怪半句。雖然論親厚，他先天不如池家兄弟，但餘生漫長，以後他這個做大哥的，非但不會比她那兩個哥哥差，還會更好上幾分。

榮嬌可不知道玄朗在想些什麼，她揚著小臉，專注地盯著玄朗，等著他的答案。墨玉般的眼中閃過渴盼的光芒，專注而執著，彷彿是一束陽光，將人溫柔地籠罩其間，粉色的唇瓣微微抿著，洩漏了她的緊張與期待。

玄朗的心跳得有些快，自從小樓成了小姑娘，又從小姑娘成了池家小姐，確定她與池家兄弟的關係後，一切有如發酵了的酒，表面上像沒有變化，內裡卻有翻天覆地的改變。

他還是待她好，還是待她如幼妹，視若唯一的親人，在這種一如既往的好之中，卻又有一股難以言喻的微妙。

很陌生的感覺，卻讓人心生歡喜，並為之雀躍。

「一，加派護衛；二，他自己的防範之心。」

小樓是關心則亂，當局者迷，其實這件事的關鍵在於池榮勇自己的防範之心，以他的身手與能力，即便是兩軍對陣時，未必沒有自保能力。

「增加他身邊護衛的能力，人選我可以提供，妳來定奪；其次是他的想法。池榮勇乃熱血好男兒，衝鋒陷陣應是他心之所嚮，可刀槍無眼，沙場哪有不流血的？若因為可能的危險就要他不要勇往直前，我想，他做不到。」

榮嬌點頭，對呀，若非如此，直接不讓二哥來北境，不什麼事都解決了？

「小樓，妳如何確定他一定會有危險？有沒有更詳細的線索？」

玄朗親歷過戰場，清楚戰爭的殘酷，上了戰場，誰都有危險，沒有不敗的將軍，沒有不死的士兵。哥哥上戰場，做妹妹的掛念安危是人之常情，會做最壞的、最消極的猜想也能理解，但她篤定自己哥哥一定會有性命危險，甚至不惜千里迢迢趕來的行為，實屬反常；她應該期盼哥哥毫髮無傷、戰功赫赫榮歸回鄉，才是正常。

玄朗自認為對榮嬌有一定的了解，正因為了解，更不能理解。

榮嬌沈默了，這是無法迴避卻又無法回答的問題。

玄朗似乎相信自己所說的危險是具體的，不是出於擔心的想像，可她要說嗎？她應該怎麼說？而且，她知道得不多，除了在戰場失蹤之外，其實什麼也不知道……

「你相信，不是普通尋常的算命、算卦的……就是，有的人在某些事情上偶爾會有未卜先知的能力？比如作夢，夢見很多稀奇古怪的事情？」

榮嬌決定有保留地透露一些，畢竟事關二哥性命，她希望得到玄朗的幫助。

「相信。」

玄朗很認真地點點頭。所以，她是作夢夢到的？還是她也研習過占卜術？

「咦，你相信啊？」

她聽到的是什麼？打了半天的腹稿根本沒有用武之地，榮嬌的反應有些慢，略帶些遲疑與不確定。「你真相信？不覺得是無稽之談？」

「這有何懷疑？大千世界無奇不有，況且關於占卜書裡頗多記載，夢而知前世，槐中有歲月，雖然稀奇罕見，不等於沒有。」

玄朗淡定得很，就比如他自己，對於占卜之術也略懂一二，只是窺探天機耗費心血，未來還有天譴，完全虧本的生意，他素來是不算的，只在非常時刻且心血來潮之際，才會動動龜甲，迄今為止，也只有那麼一回而已。

是不是所有的事情在玄朗那裡都不是個事？

榮嬌看看他從容的神情，溫潤如水的雙眸，不知是高興還是失落挫敗，早知道他如此輕易接受，她還費心思遮掩什麼？

「我最近兩年經常作夢，夢見兒時舊事，偶爾也會夢到陌生的事情，這些夢裡的事情，多半後來會在現實中發生。」

重生是榮嬌永遠不能說的秘密，縱使親厚信賴如哥哥，如玄朗，夢是最好的藉口與掩飾。

「我連續夢到二哥去北境戰場，捷報頻傳，軍功赫赫……後來，在戰場上失蹤，再無音訊……」想到前世真實發生過的這一切，想起自己的悲痛欲絕與絕望無助，榮嬌眼圈紅了，全身瀰漫著悲慟與哀傷。「我以為只是噩夢……可沒多久，二哥主動請調北境……」

事情與夢中情境無異。

「大哥也會覺得我小題大做，不懂事、瞎胡鬧嗎？」

她曾以夢境為由解釋自己的行為，可哥哥們並沒有真正相信她的話；或者他們是相信了，卻沒有給予她想要的重視。

「不會，這不是胡鬧，是做妹妹的關心，事關親人安危，重視是應該的。」

雖然他不知道那兩位哥哥是如何反應，但一個「也」字說明了狀況，聰慧如玄朗又怎會跳進這個坑裡，做那兩人的難兄難弟？

所以，即便他不贊成她一路追過來的行為，卻不會再提半個不——已經來了，多說無益，既知她心意，助她就好。

玄朗的理解如此善解人意，瞬間撫平了榮嬌的不安與焦躁，有種名為感動的幸福，不經意間直達內心深處。

「我以為，你會怪我不懂事……但是，我沒有別的好辦法。」

榮嬌是個慣於反省的性子，經常表面不動聲色，內裡已做過數次自我批評與否定；再說如果有上策，誰會選下下策？

「沒事了，妳二哥不會有事的，我來想辦法。」

她怯生生含著歉意的表情，微紅的眼眶還有沾在睫毛上那顆晶瑩的淚珠，細白如編貝的小牙用力咬著桃花一樣的唇瓣……玄朗的心軟了，也亂了。

「不哭，我們明天就啟程，大哥陪妳去百草城，放心，不會有事的，我保證……」

他不說還好，榮嬌沒打算哭的，可是他耐心溫柔地哄勸著，保證二哥不會有事，她的心就徹底不受控制了，委屈與酸楚還有絲絲的甜意一齊湧上來，化作傾盆大雨，無聲灑落。

玄朗對上她的眼淚，僵了，略顯緊張地掏出手帕，給她擦眼淚。他沒有哄小姑娘的經驗，有資格在他面前哭的，只有她一個。

這下是勸她別哭呢，還是等她哭夠了為止？

他罕見地猶疑起來，拿不定主意，只好先給她擦眼淚。

她是水做的嗎？淚水來勢洶洶，帕子沒兩下就沾滿了淚。玄朗無聲地嘆息，心疼之下，不自覺地長臂一伸，將人摟在了胸前，一手環著她的肩頭，一手輕拍著她的後背，任她的涕淚灑在自己的胸前衣襟。

不知該勸與不勸，乾脆低低地喚她的名字。「小樓……乖，不會有事的。」

刻意低緩的聲音令人著迷，在榮嬌耳邊徘徊，彷彿有他在，再艱難的前路也能成為坦途，再黑暗的地方也有光明，有他在身畔，永遠不用擔心風雨。

榮嬌就這樣哭啊哭啊，與玄朗邊說邊哭，最後哭累了，揪著他的衣襟睡著了。

然後，她在自己的床上醒來，綠殳在旁伺候。

是玄朗抱她回房的，她在客棧受了寒氣，發了低熱，眼睛腫，頭也疼，只得起來吃飯、喝藥，又睡了……再醒來，已是次日清晨，身體恢復如常，用了早膳，大家就一起啟程了。

所以，玄朗說會陪她去百草城，是真的了？

第七十六章

榮嬌掀開馬車簾子向外看去，果不其然，那道清雅的身影就在前方。

這瞬間，馬上的人彷佛心有靈犀般地轉頭，在半空中與榮嬌的視線接觸，如水的眼眸就淺淺地暈開。

榮嬌微愣，沒想到玄朗會回頭看過來，心情忽然大好，眉眼彎彎，將簾子拉開更多，笑咪咪地衝他揮揮裹成粽子的手。

玄朗眼底的笑意深了些，微不可察地點點頭，轉身，騎在馬上的腰背挺直如澗頂青松。

榮嬌會心一笑，表情甜蜜，放下簾子，對綠殳也是對自己笑道：「嗯，大哥會陪我們一起去百草城找二哥的。」

「真好，有玄朗公子同行太好了。」

綠殳興奮地比劃著，表達自己的激動。

這次出行，欒嬤嬤百般不贊同，卻拗不過大小姐，臨行前千叮嚀、萬囑咐她，讓她務必將姑娘照顧好，結果這一路上，卻是她處處扯後腿。懊惱、自責、愧疚將她深纏，對後面的旅程充滿恐懼與擔憂，結果忽然撥雲見日，玄朗公子居然能和他們一路同行。

這下好了，以玄朗公子對小樓公子的愛護之心，姑娘安全了，有他在，可以高枕無憂了。

有了玄朗三人的加入，一切都不同了，同樣是走走停停、趕路打尖，原先榮嬌等人是行色匆匆、滿面風塵，現在每日的行程相差無幾，卻多了幾分遊歷的閒適。

在玄朗的指引下，榮嬌邊走邊看，體味著世情百態，眼界越發開闊。

在無人的曠野，策馬而行，迎面而來的有清新的風、恣意的雲和寂寞的遠山；行進在花樹下，輕風吹過，落英如雪般細細軟軟地飄落，她瞬間領悟「花飛雪」的唯美意境。

阿金的安排能力令聞刀崇拜，在疲憊飢渴之前總是有一家飯館、茶攤或村居適時地出現，不會誤了時辰錯過宿頭，不會眼睜睜看著城門關閉而遺憾。

「金哥……」

做為一個有理想的小廝，聞刀立刻將阿金視為學習對象，金哥長、金哥短，各種馬屁隨手施放，就差直接抱大腿了；就連李勇，雖比聞刀矜持許多，敬佩與拜師的心思卻更甚於他。

相比被聞刀、李勇幾人圍繞著的阿金，玄朗的另一名隨從麥子便安靜許多，若不是玄朗只帶了他與阿金，他一定被徹底地忽略。

若不刻意尋找，似乎永遠想不到他的存在，他彷彿是陽光下的影子。

「在看什麼？」

玄朗見榮嬌盯著某個方向出神，不禁關切地問道。

彼時他們正在路旁的茶攤小憩，茶攤設在一棵大柳樹下，陽光從新萌的嫩葉間投下，星星點點的金斑有些落在肩頭，有些落到了粗樸的茶桌上，更多灑在地面，夯實的泥土地，也有了明晃晃的光彩。

「看麥子。」榮嬌收回視線，笑咪咪地回答。

「哦，我以為妳會像他們一樣好學。」

玄朗淺笑。「他們」以阿金為中心，聞刀、李勇等人在旁圍成小圈子，圈外隔著不遠不近距離的人，是綠殳。

「我向來好學。」

榮嬌翻了個小小的白眼，說得她好像蹺課似的，對於阿金傳授的那些經驗，她每晚也有認真聽綠殳講的。

而且是誰在她第一次要擠過去聽時，出言勸阻的？說什麼她若過去，聞刀、李勇等人會不自在，這些事情他們學起來比她更有用處。

榮嬌認為玄朗言之有理，遂放棄自己的打算，每回都與玄朗一處，談天說地，根本不知道這人阻止自己過去的真正原因是什麼。

玄朗絕對不會承認，自己是不想她用崇拜的眼神看阿金，不想她與護衛們距離太近，不想她那雙素白的小手試著埋鍋煮飯、撿柴、挖野菜……

「麥子，很不錯。」

玄朗笑笑，將話題說回到麥子身上。

這段時間的相處，他越了解榮嬌，越被她吸引。她有時如男孩般爽朗豪邁、大氣仗義，有著他欣賞的決斷與睿智，有時也敏感溫柔、善解人意，但嬌蠻任性起來，又霸道得沒道理可講。

要說她不講理，她的任性又是分輕重的，從來只在細微的小事上，遇上正經事時，她比誰都理智果敢。

她的話，有些要認真聽、認真回答，有些口是心非，需要經過判斷之後再做回應，還有一些是不需要回答的，只須專注傾聽笑而不語，若是回答了……

嗯，一定是開口即錯，越說越錯，最後好話說盡，她還是委屈得要哭了。玄朗自責不已，都是他嘴笨，不知道怎麼與嬌軟的妹妹相處，再想想當初見到池榮厚與她的相處情形，越發覺得自己這個大哥做得不稱職，比她三哥差多了……

「他是暗衛？」榮嬌沒把握地猜測道，暗衛應該在暗中保護，他卻是直接暴露在人前。

「聰明，以前做過暗衛。」玄朗讚許道：「身手不錯，曾在軍中做過斥候，有行伍經驗，忠誠可靠，我想讓他在池二少身邊做親衛，妳看如何？」

麥子近身功夫極高，又曾效力軍中，熟悉行軍打仗，派去保護池榮勇，是他斟酌之後精心挑選的人選。

「不要。」

出乎玄朗的意料，榮嬌居然搖頭否決了。

「妳覺得他哪裡不好？」

小樓居然沒看上麥子？備用的人選還有幾個，但綜合能力都要比麥子遜色一、兩分；重要的是，麥子與北境駐軍的將領有交情，能避免池榮勇因人為因素而陷入險境。

玄朗在軍中待過，軍功面前，人人心動，跟在後面搶別人果子的陰險小人，無處不在。池家乃軍中新貴，在邊軍中沒有勢力，以池榮勇的英武，立軍功容易，能不能順利拿到手，又是一回事；既是在戰場失蹤，要防的不僅是身前，還有背後。

「他很好，沒有不足。」榮嬌的眼睛很亮，彷彿孕育著天上繁星般的璀璨，透著沈穩與真誠。「可若他跟了二哥，那你呢？」

誰來保護你？簡短而自然的問句，甜糯低柔的嗓音，輕輕響在玄朗的耳邊，彷彿銀瓶乍破水漿迸，瞬間湧起的暖流由內而外將他席捲其中，措手不及卻又難掩心底的悸動。

她看著他，目光清亮輕盈，他也低頭看她，眼眸黑而幽深，內有碎芒璀璨，神秘而誘人。

目光對視間，風吹過，柳枝輕搖，空氣中漸漸生出花香與暖意。

「我們另換一個人吧？」

先收回目光的是榮嬌。玄朗的眼眸太過燦爛，太過複雜難懂，對視久了，竟有灼目之感。榮嬌不確定他是否因為好心被拒而不快，語氣中不無商量之意。「不用麥子，你之前說過還有幾個人選的。」最後的半句語氣略重，表示強調之意，不是全盤拒絕，只是換個人而已。

她被玄朗幽黑的目光盯得心虛，他向來溫潤隨和，這般緊盯不放，是什麼意思呀？

不是不知好歹，她是為他著想，麥子一看就知是他的暗衛，現在忽然由暗轉明，一定是因為他決定將麥子送給二哥，才讓他提前出現的，目的是讓她熟悉了解，畢竟人是她要給二哥的，不可能以玄朗的名義送。

「擔心我？」

玄朗知道這句話問得太傻，可忽然有種難以言喻的感動，雖然依舊不動聲色，但心底的緊張與顫意，只有自己清楚。「池二少應該比我更需要他。」

天知道這句看似淡然的話是如何艱難吐出口的。

若是她意識到這一點又應下了呢？他應該沒什麼捨不得的，畢竟一開始就是這樣打算的，可是，莫名就有些不希望她是這樣的反應。

玄朗的心田長了一片雜草，亂而豐茂，好像自己也不清楚到底在期待什麼。

「那也不行，二哥需要，你也需要；我要二哥沒事，你也一樣，二哥重要，你也是啊……」

榮嬌雖是無意打探玄朗的真實身分，但他身邊的人如岐伯、如阿金、如麥子，都是這般厲害，想來他並不是普通人，需要暗衛保護，代表他也有潛伏的危險。

「你和二哥，我都不想有事，所以我不要麥子，你另外借人給我。」

毫不見外的語氣，越發有力，剎那便催開了玄朗心中喜悅的花朵，一路怒放至喉間，他眼底的光芒越發璀璨。「我不會有事的，身邊還有其他暗衛……」

「大哥，我看起來很好騙嗎？」榮嬌毫不客氣地揭穿他。「你走到哪裡都帶著阿金，何況看他倆的配合就知道，麥子在暗，阿金在明，還說他不重要？若是像他這樣的有很多，為何不帶別人卻帶著他？」

玄朗雖有點尷尬，卻沒表露出來。「嗯，觀察入微，有進步。」

「大哥，不要顧左右而言他。」

「謝謝妳，小樓。」

玄朗忽然輕聲道謝。

他看著榮嬌，眼神溫和深邃。謝謝妳能關心我。

蜂湧的溫暖與感動席捲著他的心，讓一向不動聲色的他，眼底泛起酸澀。

「大哥不會有事的，想想看，妳一路奔波而來是為了什麼？沙場無情，刀槍無眼，有麥子在，能多幾分保證，我找不出比他更適合的人選。我畢竟不須上戰場，有其他人暗中護衛，夠了；再說，我並非手無縛雞之力，真有危險，自保尚有餘力。這件事妳要聽我的安排，乖……」

最後一個「乖」字，好似一聲嘆息，千迴百轉，繾綣旖旎，彷彿有餘韻盈盈繞耳。

榮嬌的心似乎被一根羽毛輕拂了一下，總覺得哪裡不對勁。類似的口氣、話語，她從小聽哥哥們說到大，再平常不過，從來沒有像這次入耳的感覺，暖暖的、柔柔的，心都跳漏了半拍，像是被他捧在掌心中的珍寶，還有一點在哥哥們面前不會有的羞澀。

在他灼灼的注視下，她忽然有些彆扭。不知道為什麼，與玄朗相處這麼久，這次卻忽然有些不一樣了，這種感覺，與以前和他在一起的感覺不同，與哥哥們的也不同，是一種完全陌生的滋味。

「那、那你真的不會有事？」她忽然有些侷促，半垂著頭，穿著小牛皮靴的腳尖來回無意識地磨蹭地面。

「不會。」

玄朗含笑注視著她泛著紅暈的小臉……即使有事，也不會是這個原因。

他想起在棲城臨行前，與阿金的一番對話。

「公子，您真的要陪小樓公子一起去？」阿金明顯不贊成。「池榮勇在百草城，整個北境局勢詭譎多變，您這個時候出現在那裡，若是露了行跡，恐怕會引人多心……」

特別是龍椅上的那位，不能不多想。

「沒關係，她一個人去，我不放心。」

多想、少想是他們的事，當年他既然選擇急流勇退，當了多年閒雲野鶴還不能令某些人放心，那也沒辦法，他總不能為了別人的安心，找根繩子結束了自己吧？

「屬下可以護送小樓公子，保證毫髮無傷將他送到池二少面前。」阿金主動請纓，安全護送小樓公子到百草城。

「然後呢？」

然後？阿金目露不解，然後看小樓公子的行程啊，他若小住幾日，就等他敘完舊再護送回大樑城；若他要長時間逗留，他等不了沒關係，再派別的人手，無論如何，都會將小樓公子安全返送回都城的。

「不親自跟著，我不放心。」

阿金哪裡知道小樓的目的，她心裡壓著的重擔，不會輕易卸下的。他心疼、不捨，更不放心她到百草城後的決定，說了要與她一起解決的，無論如何，也要陪她一起，見見池榮勇，有些事情也要提前部署。

「要多心的，不會因為我不去百草城就安心。我已經告訴小樓要陪她了，至於其他的別人，管他們怎麼想，麻煩還怕多？」

是的，他從來不怕麻煩，所以，不管小樓的麻煩是大是小，全都由他接下。

第七十七章

百草城。

遼闊的荒野盡頭矗立著黑色的城池，安靜地沈默在陽光下，護佑著這片大地，凜然不可侵犯。

榮嬌騎在馬上，莫名感動。她從都城出發，千里迢迢，為的就是這座城，在這座城裡的二哥。

想到二哥見到自己時的反應，榮嬌不禁頭疼。兄妹抱頭痛哭一場的戲碼，絕對不是自家二哥的風格，見到她，二哥向來冷峻的臉，肯定直接成了皚皚雪山。

不知道撒嬌耍賴管不管用，要不拉著他的袖子掉眼淚？榮嬌拿不定主意。

「先進城住下，休整一夜，明天再去軍營找池二少。」

玄朗已有打算，不想讓她進城直奔軍營找池榮勇。他不擔心池榮勇會把小樓怎麼樣，縱使做二哥的有再大的火氣，看到妹妹瘦削曬黑的小臉後，只會剩下心疼。

百草城是座軍城，居民不多，多是駐軍家屬，一條南北中心大街，臨街兩旁開著鋪子。阿金沒有帶大家住客棧，也不知他何時在城裡租了處宅子，不算很大的二進院子，提前有人打掃過，乾淨整潔，內院最好的上房又是給了榮嬌主僕。

就知道會這樣，公子真是慣孩子，這是要將小樓公子當小姐養？阿金暗自腹誹。這一路上，公子對小樓公子的照顧簡直令人髮指，他跟了公子這麼多年，就沒見他精心照顧過誰。話說，這是養閨女還是供祖宗啊？

雖然此次百草城之行，他也有些不解。關心小樓公子就罷了，現在連他朋友的事情，公子也當成自己事。先前為了池三少拜師，公子用掉了莊大儒欠的人情，雖然後來莊大儒對池三很滿意，人情不算……這回又是池二少，但依眼下的局勢，公子出現在百草城實在不明智，又不是大事，何必要親至呢？

「話真多，膽子卻變小了。」玄朗輕笑，語氣淡然。「怕了？」

「屬下怎會怕？」阿金最聽不得這個，他是關心好不好，哪裡會怕？「屬下是擔心，您把小樓公子慣壞了。」

「有嗎？」

玄朗認真了，他已經很注意了，狠下心放手讓她自己去飛，難道還是不夠？

「當然有。」

對上玄朗認真思索的眼神，阿金撫額。睿智英明的公子啊！這麼明顯的玩笑話居然沒聽出來，還當真了？

不過，這是人家小樓公子與池二少之間的事情，公子半夜潛軍營越俎代庖，真的好嗎？

彼時夜色已深，荒原上吹來的風帶著寒意，玄朗與阿金隱了行跡，在前往軍營的路上。

玄朗瞥他一眼，明顯嫌棄的眼神，噎得阿金一縮脖。不就是要去找池榮勇嗎？誰不知道，搶在小樓公子與他見面之前會面，不知是什麼意思，弟弟的朋友，用得著這般謹慎嗎？

又不是老泰山考校女婿。

阿金總覺得公子遇到小樓公子的事，就是各種緊張在乎、古怪莫名。講真的，他懷疑過小樓公子的身分，可一來自家公子素不憐香惜玉；二來他仔細觀察過，小樓公子沒有耳洞。女子打耳洞是大夏習俗，即便窮苦人家沒錢買耳飾，插根草梗也要打。

可小樓公子的耳垂白嫩飽滿，沒有一絲耳洞痕跡；至於喉結，這個年紀的少年，沒有喉結與鬍鬚也屬正常。

阿金沒細究，也是緣於對玄朗的了解。公子向來不喜女色，若小樓公子是女子，他一定避之不及，哪有對假小子噓寒問暖的可能？

營房裡，池榮勇卸了裝備，坐在燈下全神貫注地讀兵書。

他側耳凝神，似在思索書中內容，卻忽然對著空氣出聲。「既然來了，何不現身？」

「池二少果然名不虛傳。」

伴著一道清淺的嗓音，屋裡多了一個人，舉止從容，臉上帶著歉意的微笑，彷彿對自己半夜突兀出現驚擾到主人而致歉。

「你是何人？所為何事？」

池榮勇對這突然出現的人，以及那絲不知真偽的歉意，沒有驚訝，甚至連姿勢與表情都沒有一絲變化，依舊冷漠。

「我是玄朗。」

玄朗？嬌嬌的朋友？小樓喚做大哥的那位？

池二少如冰山般的俊臉閃過一抹暖意，放下手中的書冊，起身抱拳。「久仰，請坐。」

「多謝。」

玄朗暗中對池榮勇的冷靜點頭，從容不迫地坐在他對面。

池榮勇拿起桌上的茶壺，倒了杯白水遞給玄朗。「無茶，將就。」

「無妨。」玄朗接過杯子，靜坐不語，任由池榮勇上下打量自己。

池榮勇不掩飾目光中的審視與探詢，對於這個叫玄朗的，從他與嬌嬌相識那天起，他就想見了，只是囿於各種原因，一直未能如願；沒想到今日在百草城，他竟以這般方式出現在自己的營房中。

想起弟弟榮厚對玄朗的評價，他冷峻的眸色不由深上幾分。

榮厚曾說過——「二哥，玄朗深不可測，非你我現在能及，若其懷有他意，妹妹與他交往，十分不妥。」

深不可測嗎……池榮勇冷冽的目光掃過面前之人，不由贊同弟弟的評價，面前這個任由自己打量的男人，默無一言，自有淵渟嶽峙之勢。

單就氣度而言，與之相比，自己確實青澀不如。

昏黃的燈光下，兩人相對無言。

佈置簡單的房間，牆上掛著烏木弓，牆邊衣架上盔甲閃爍著寒光，粗糙古樸的松木桌椅，樣式普通的粗陶茶器，沾染著層層蠟淚的黃銅燭檯……

燈下分坐兩端的俊彥公子，同樣風姿過人、俊美無儔，只不過兩人氣質不同，一個冷冽如刀，一個溫潤如玉，一個鋒芒畢露，如長槍掛雪，一個如空谷幽深。

端詳了好一會兒，池榮勇收回目光，神色不動，再道了聲。「久仰。」

玄朗安之若素，以同樣的兩字回敬於他。

久仰，對於彼此而言，是最確切不過的描述。

對池榮勇而言，知玄朗其名已久，雖不見其人，卻不陌生，他是妹妹唯一的朋友，將自己妹妹視為幼弟，相待以誠。

玄朗不動聲色任他打量的同時，也在不著痕跡地觀察對方，對於池家二少爺，他有過耳聞，風評不錯。

是從何時開始關注他呢？自然是知道小樓與池家兄弟交好之後，想起自己曾經對池榮勇的誤解，素來堅如磐石的玄朗也生出不自在。嗯，難怪小樓當時反應大，實在是他想差了……

「玄朗公子所為何來？」

池榮勇不認為玄朗是心血來潮，大半夜突至此地找他寒暄敘舊，況且，兩人素未謀面，無舊可敘。

「為小樓而來。」

嬌嬌？

池榮勇的臉瞬間變了顏色。自從騙了妹妹啟程來百草城後，心裡一直不踏實，不知道那個小丫頭得知真相後會是如何反應，會不會氣得跺腳抹淚，罵自己是壞蛋騙子？

百草城距都城太遠，池榮厚得知妹妹去找二哥後，即刻寫了信發出來，但走驛路的信沒有榮嬌的腳程快，直到現在，她人已至百草城，池榮厚的信還在半路上。

「她怎麼了？」

玄朗半夜來訪，池榮勇心中立刻塞滿各種不好的念頭。

「她來找你，住在城裡。」

淡然的一句話引得池榮勇面色遽變。「什麼？她在百草城?!在哪裡？」

這個不要命的小丫頭，她到底知不知道自己在做什麼？還有榮厚呢？榮厚怎麼不阻止她，居然放她獨自遠行？

池榮勇的心間猝不及防地被投了塊巨石，砸出驚濤駭浪。他想過妹妹會不高興、會有所行動，卻沒想到她居然會跑來找自己。

只是……他清冷的眼神看向玄朗。「玄朗公子如何得知？」

難道，嬌嬌是與他一路來的？池榮勇的眼神頓時銳利起來。

「路上偶遇。」

玄朗也沒隱瞞，將自己與榮嬌在路上的相遇，一五一十全盤托出。池榮勇聽到妹妹身陷險境，雖然此事已過，也知曉榮嬌最終無恙，仍是後怕不已。

「多謝玄朗公子援手，救小樓於水火。」

池榮勇心有餘悸，幸而嬌嬌遇上玄朗，如果沒遇到呢？心中不由萬分自責，嬌嬌這個小丫頭一直倔強，當初百般阻攔自己來百草城，非要跟著一起，自己早該想到她可能會偷跑出來，既然如此還不如別騙她，帶她一起來；實在不行，就安置在城中，等過些日子再慢慢勸她回去……唉，當初他將事情想得太簡單了。

這個小丫頭不知不覺間竟膽大至此，池榮勇心中五味雜陳，生氣、惱火、擔心、後怕、自責、懊悔又透著驕傲——他家的嬌嬌長大了。

「分內之事，池二少客氣了。」

玄朗不願領他的謝，也沒來得及細細分析，不自覺地擋了回去。

「池二少可知她因何要來百草城？」說出小樓的遭遇，不單是為了讓池二心疼，也是另有目的。

「她擔心你。」不待他回答，玄朗已經給出答案。「不惜千里迢迢，以身涉險。」

若是仔細聽，會發現玄朗的語氣中隱含著一絲不爽。他明白自己沒有生氣或發表意見的立場，那是人家兄妹間的事情，如小樓所說，池榮勇是她親二哥；但情感上，對於她不顧自身安危跑來百草城找池榮勇這件事，他極不高興，連帶著對池榮勇也有一絲遷怒——明知她的性子，還騙她，萬一出了什麼意外，怎麼辦？

「哦。」

池二少無言以對，他本就不善表達，與玄朗又不熟，任憑心底思緒萬千，神色間卻一片漠然。

嬌嬌來了……池榮勇將心裡的決定說出來。「多謝你的告知，我明早就去看她。」

「你打算怎麼做？」玄朗不介意將事情講得更透澈些。「她不會輕易離開的。」

「我會想辦法。」

這裡不是嬌嬌待的地方。池榮勇又疼又怒，若是榮嬌在面前，少不得要拽過來好好教訓一番，但當著玄朗的面，他不會說自家妹妹一個不字。「她素來懂事。」

「既然她素來懂事，你就不好奇她這次為何如此任性？」

「她沒有任性。」池二少聽不得任何人說妹妹的不是，哪怕是來告知榮嬌行蹤的玄朗也不行。「她這樣做一定是有原因的。」

「她說她夢到你在戰場失蹤，生死未卜。」

池榮勇陡然僵住了。「你說什麼？」他腦子一片空白，好半天才找回自己的聲音。嬌嬌夢到他在戰場失蹤？「你怎麼會知道？」

池榮勇回神後的第一個念頭不是對妹妹的夢有所表示，卻是警覺地對傳話的玄朗問道。嬌嬌的夢，他怎麼知道的？嬌嬌連作夢這樣的事都會告訴他？

雖然這個原因解釋了妹妹知道他要到北境時的各種激烈反應，但，她當時只是反覆阻止，並未向自己說明原因，即使是作夢這樣不靠譜的事。

玄朗憑什麼知道？

「聽她說的。」

玄朗的淡然口吻在池二少聽來，可以用「漫不經心」來形容，異常地刺耳。不是她說的，難道你還能去到她的夢裡？顯擺什麼？

「這不是重點。」畢竟是小樓的親哥，玄朗也清楚見好就收，不能太過惹惱對方。「日有所思，夜有所夢，她擔心現實中的你會有不妥，之前說過要做你親衛的事情，是認真的。」

「有話請直言。」玄朗深夜前來，絕不會只是為了替妹妹傳口信。

雖然池榮勇對於他一個外人居然連妹妹作夢的內容都知道，內心多少有些不豫，但他向來講理，亦能觀察到玄朗對於榮嬌的真心相待，與妹妹早日離開百草城的大事比起來，這些許的不豫，可以忽略。

第七十八章

聽完玄朗面授機宜，池榮勇俊臉冷漠如冰，看不出喜怒。玄朗也不急，靜靜地等著。

「好，聽你的。」池榮勇若有所思，清冷的眼眸認真地打量著他。「你很關心小樓？」

玄朗笑了笑，似乎他問了一個沒有意義亦不需要回答的問題。

「我會照你所言行事，小樓回京還須你費心。」

「應該的。」

玄朗的語氣甚是理所當然。本來嘛，護送小樓回京是他的分內事，不需要池榮勇的格外囑託。「池二少乃誠信人，莫要再騙小樓，惹她傷心。」

「何出此言？」池榮勇的臉頓時黑了，他何時欺騙過妹妹？

「不是答應帶她一起走嗎？」玄朗絕不會承認他是故意的。

「你說什麼？」

這其中的意有所指，池榮勇想忽略都不可能，想到某個最不希望發生的猜測，他的聲音越發冷漠了幾分。「你知道什麼？」

「應該知道的都知道，不應該知道的也知道。」玄朗一派從容。

什麼叫應該知道的都知道了？池榮勇的眼底多了幾分驚疑，他已經知曉小樓的真實身分了？

「池二少儘管放心，我對小樓從來只有善意，想來你不會拒絕多個人真心待她吧？」

玄朗察言觀色的本事已近爐火純青，一眼就看穿了池榮勇的心思，知曉他的軟肋所在。「你遠在百草城，鞭長莫及，池三少春闈後要隨莊先生離京遊學，行蹤不定，小樓若有事，我這個做大哥的，自然責無旁貸。」

池榮勇神色莫測，沈默了好一會兒，忽然扯出一抹淡笑。「能遇到玄朗公子，是小樓之幸，她一直想與公子義結金蘭，正式結拜，不如明日由我做個見證，了她此番心願，不知玄朗公子意下如何？」

想做我們嬌嬌的大哥？好呀，我成全你。

池榮勇這番建議可謂堂堂正正、情理之中，交情到了，插香結拜為異姓兄弟乃水到渠成之舉，可玄朗一時竟無言以對。

按說他應該欣然應允，以前也不止一次動過這樣的念頭又放下，不是不想，純粹是怕給小樓添麻煩；可那些麻煩，細想也沒什麼大不了的，他都能解決。

眼前提議的人是小樓的親哥哥，這表明他的認可，換做是以往，玄朗應該欣然應允，但此時此刻，他對這個建議有種莫名抗拒。他想陪伴在小樓身邊，想關心愛護她，卻不想以這種身分……

不以結義大哥的身分，要以哪種身分？一個模糊的念頭如閃電般劃過他的腦海，沒等他細想，這突如其來的念頭在瞬間又消散無蹤。

「不願意？」池榮勇仔細察看著玄朗的神色，不放過任何的細微變化。「高攀了？」

「說笑了。」玄朗淡然一笑。「只是覺得那些俗套形式並不重要，朋友相交，貴在真心誠意，絕無高攀低就之說。我素來相信日久見人心，有沒有插香盟誓這些，與情誼真心並無關係。」

「受教了。」池二少素來話少，也聽不出情緒。「如此說來，玄朗公子是願意做小樓一輩子的大哥了。」

這句話聽來極為正常，但入到玄朗耳中，總覺得池榮勇意有所指，似乎在說到「一輩子的大哥」這幾個字眼時，格外強調。

「放心，我自會護她一生。」玄朗回了句似是而非的承諾。

不管是不是一輩子的大哥，照顧小樓是他心甘情願。

「此言差矣。」池二少一本正經反駁道：「雖然該知道、不該知道的，你都知道了，可你只是她義兄，護她一生的，另有其人。以我和她的關係，都不能說這句話，你更當如是。」

事關妹妹，池榮勇難得說了一整段話。

還護她一生，你有資格嗎？他這個正牌親哥哥都不能這樣想，嬌嬌的一生，自當是由她的夫君守護，做哥哥的，不是能陪妹妹一輩子的那個人，何況還是口頭上的義兄？

池二少忽然有些後悔之前拜託玄朗照應妹妹返京的決定，他想，應該派自己的親衛小甲護送她返程，至於玄朗，還是要保持一定的距離。

他雖好，卻非良配……

玄朗很鬱悶，以他超凡的領悟力，不難聽懂池榮勇的言外之意。

他沒有資格守護照顧小樓一生？他沒資格，誰有資格？

這是提醒，還是嫌棄？

若非講這句話的是池榮勇，玄朗或許真會讓他知道什麼叫禍從口出。

「公子，池二少有不同意見？」

過了許久，阿金實在受不了主子的沈鬱之氣，悄聲問道。

玄朗連目光都懶得投給他。

於是阿金知道自己猜錯了，不是池榮勇的原因？公子今晚除了他，沒見過別人啊，總不會是自己惹公子不開心了吧？

阿金思量，自己還沒那個本事，迄今為止，能讓公子動容的，只有小樓公子一個。

「那是池二少說了什麼？」莫非是池榮勇說了小樓公子的事情，所以公子的心情才不好的？

就在他以為公子不會搭理自己時，忽然聽到公子清淺的嗓音。「他說了一句話……」

所以，是池榮勇的這句話令公子變得這樣？阿金的眼睛頓時亮了，心中生起熊熊八卦之火。池二少英勇，居然一句話就能亂了公子的心。

「他說什麼？」阿金強抑住心底的激動，假裝不經意問道。

「他說——」玄朗微頓。「不能守護妹妹一生……」

妹妹？阿金微愣，怎麼忽然說到池大小姐身上了？傳說中護妹如命的池二少怎麼與公子談論這個？池大小姐先天有疾，足不出戶，外人從未見過……池二少與公子談自己妹妹？感覺忒怪異。

「這話怎麼了？沒有不對啊！」阿金不懂，他倆不是第一次見面嗎？何時交情親厚到能談論家人了？

「沒有不對嗎？」玄朗目光凌厲。「以池府的情況，他不守護誰來守護？」一想到池家大小姐的處境，玄朗就心疼不已，以前是事不關己，現在大不一樣，所以感同身受。

阿金覺得自家公子的火氣來得完全沒有道理，公子何時對池大小姐生出了打抱不平之心？

「他一個做哥哥的，自然不可能守護妹妹一輩子。」見玄朗似乎沒明白自己的話，阿金不由得詳加解釋。「女子一輩子能靠的男人當然不是哥哥，是她的夫君，池二少想來是對王豐禮不放心吧……」

能守護一生的是夫君不是哥哥。

玄朗的腦海「轟」的一聲，頓悟了，原來池榮勇是這個意思——但又關王豐禮什麼事？尚未來得及細想，阿金的後半句猶如一盆冷水當頭潑下，將他心中尚未綻放的煙花盡數澆滅。

「他是池大小姐的未婚夫，大小姐的終身幸福要靠王豐禮成全。王三花名在外，池二少不放心將妹妹交給他，也是人之常情。」

看看，池二少是多不放心、多不滿意這個準妹夫，人都到了百草城，還惦記著妹妹的親事，為了退親，池家兩位少爺真是費了心了，希望他們能如願以償啊！池大小姐也是個好的，阿金想起城門偶遇時那道婉轉低柔的嗓音，唉，世間女子多不易，希望她能有份好姻緣。

池大小姐與王豐禮是未婚夫妻，那，豈不是說小樓她……

他居然將這件事忘了，如此重要的事情他居然疏忽了！

玄朗手中的茶杯無聲無息碎成了粉末。

榮嬌一夜未睡，想像著各種天明後見到二哥可能會發生的情況，了無睡意，翻來覆去了一夜，清晨，眼下頂著兩個大大的黑青出現，綠殳忙著去廚房煮雞蛋給她敷眼。

「別。」榮嬌制止她，她現在是公子的小廝，不應該知道拿雞蛋滾眼睛這種事。

榮嬌心不在焉地吃完早飯，便帶上聞刀、李勇去軍營找池榮勇，沒想到玄朗要陪她一起；可是，她都不知道自己突然出現，二哥會是何種表現，再帶上他……

「我送妳過去。」玄朗一眼看出她心中所慮，微微笑了笑。「等你們敘完舊，若池二少有時間，中午我作東。」

「謝謝大哥。」

榮嬌很感謝玄朗的體貼，若是被他看到二哥罵她的樣子，一定好丟臉的。

昨夜玄朗走後，池榮勇一晚未眠，腦袋裡轉悠的全是榮嬌，一時感動，一時心疼，一時自責，想她因擔心自己一路追到百草城，那麼嬌滴滴的小人兒，路上要吃多少苦頭，皆因一個事關他生死的夢。

可想到她與王豐禮的親事，再想想玄朗其人，萬千思緒，猶如亂麻，思慮過甚，容顏略有憔悴，看在遠道而來的榮嬌眼中，立刻斷定二哥在百草城過得苦，人瘦了，臉上線條越顯分明。

一看到二哥，榮嬌如迷路的小獸找到了家，忘記周遭的一切，只剩下眼前的人，眼淚不斷地流。

池榮勇一見小公子裝扮的妹妹黑了、瘦了，巴掌大的小臉清減得只剩下眼睛，神色瞬間變暖，再無半分霜寒。

還不待他開口，小人兒已經開始流眼淚、發大水，當哥哥的馬上心疼、心軟了，哪裡還有半分火氣？

要對她的任性進行教誨的念頭早拋在腦後，數年間無數次上演的無原則哄妹妹高興的習慣，成為池榮勇的本能反應。「是二哥不好，讓我們嬌嬌受委屈了……」

未重生前的榮嬌，心思細膩又敏感，性子柔弱，受了委屈不管有理沒理，歷來息事寧人，只會躲在角落裡偷偷掉眼淚；重生以後，又有了樓滿袖的意識，她才逐漸找出性格中剛強的部分，不似以往那般懦弱。

但江山易改，本性難移，加上前世、今生，二哥都是自己最親近、最信賴的人，一見到他，榮嬌心裡的委屈就滿得裝不下，宛如玩耍時自己跌倒的小朋友，要是父母不在旁邊，一定是自己一骨碌爬起來，沒事似的；要是在跌倒的那一刻，父母恰巧出現，不用多說，必定是一番嚎啕大哭。

眼下的榮嬌就是那輕輕跌了一跤又見到父母的小孩子，想起聽聞二哥要啟程的惶恐，前世的悲慘悽然；想到自己一路上的奔波，唯恐慢了便回天乏術；想到在命運既定的軌跡前，自己的渺小無助，更害怕努力之後，二哥依舊走上了前世的舊路……

幸好，幸好，一切都沒發生，二哥就在自己眼前，好端端的，毫髮無損。

榮嬌眼裡已看不到別人，只有二哥，鮮活的、溫暖的，令她無比安全、無比信賴的二哥。

滔天的委屈化作淚水，奔湧不休，池榮勇越是哄勸，榮嬌的眼淚流得越凶。她也不想這樣的，但是情不自禁，似乎天地間只剩下抱著二哥哭這一件事，還有控訴他的不告而別。

「二哥錯了，不哭了，好不好？二哥下回一定聽嬌嬌的，去哪裡都告訴嬌嬌，保證不會騙嬌嬌……再哭眼睛要腫了，頭該痛了……」

池榮勇雖然有無數次應付妹妹哭泣的經驗，每回還是手忙腳亂。他最怕妹妹哭，一哭就心疼、慌亂，不知怎麼哄勸才好。

在他的想法裡，妹妹哭，一定是心裡難過，受了委屈，做哥哥的自然要幫她出氣，哄她重新破涕為笑才對；尤其是這回惹妹妹生氣的罪魁禍首是自己，心裡別提有多自責了，哪還有心情責備她偷跑來百草城，如今只剩下哄妹妹這件事了。

「……好了，二哥全聽妳的，二哥不上戰場打仗了，申請去押糧運草，做後勤保衛，這樣總行了吧？等再過陣子二哥就請調別處，像妳說的，去南境或西境，總之，離開北境，這樣妳能放心了吧？」

玄朗說嬌嬌之所以執著於來百草城，是因為夢到他在戰場上失蹤，擔心他安危，甚至決定要在百草城守著他，如果自己這樣說，嬌嬌是不是就能夠放心了？

「啊？」榮嬌正抹著眼淚，沒承想二哥說出這番她夢寐以求的話，不由努力睜開哭腫的眼皮，激動地看著他。「二哥，你說真的？」

不會又是騙人的吧？是不是想用這個把她哄騙回去？有過一次經驗的榮嬌不像以前那樣二哥說什麼就是什麼，從來不懷疑。

「你不是說陣前殺敵、保家衛國是平生夙願？怎麼改了？」

二哥素來意志堅定、目標明確，上回她那般哭鬧都沒令他鬆動，這次怎麼會突然主動承諾？榮嬌不敢相信。哼，二哥也學壞了，一次不守信，就可能會有第二次，她才不要輕易相信呢！

對上妹妹狐疑的眼神，池榮勇暗自懊惱，心中頗不是滋味，什麼時候他居然會從妹妹的眼神裡看到對自己的遲疑？

這麼多年，無論什麼事，他說什麼，嬌嬌哪回不是全然的信任，從未有過絲毫的猶豫與懷疑，就算他說太陽是從西邊出來的，嬌嬌也會點著小腦袋附和。

看來上次的確把她傷透了，讓她居然不相信自己說的話了。

池榮勇心中苦澀，摸了摸妹妹的頭。「因為嫣嫣不同意啊……妳都跑到這裡來告訴二哥妳不贊同了，在二哥心裡，嫣嫣自然是比什麼都重要的。」

第七十九章

所謂夙願，哪有妹妹的安危來得重要？

「二哥若早知道這個決定會讓嬌嬌這般擔心，一定會慎重考慮的，更不會騙妳。二哥向妳道歉，二哥想到百草城建功立業，固然是因自己的夙願之故，也因為二哥認為在這裡才能快點建立軍功。明年妳就及笄了，二哥只有盡快變得更強，才能護住妳……但若因為這件事，讓妳驚恐不安、以身涉險，豈不是有違初衷？妳從都城偷偷來北境，萬一路上有個閃失，讓哥哥們怎麼辦？我們做這些，還有什麼意義呢？」

想到昨晚聽到榮嬌路上遇到的凶險，池榮勇心有餘悸，誠如他所說的，如果，嬌嬌有個萬一，他和榮厚會是何等的後悔莫及。

沒了妹妹，做這些事情還有什麼意義？還不如守在大樑城維持原狀，不管日子是好是壞，至少兄妹們都好端端的，想見就能見到。

昨天玄朗一說，即使沒有他的建議，聽到妹妹的遭遇，他也會妥協；只不過他來百草城是有軍命在身，不能想走就走，立刻請調他處也不可能，只能先做個押糧運草的後勤官暫且度過。

「可是……」

榮嬌張張嘴，忽然不知說什麼才好。不用她苦求，她一路上準備了無數的話，連說出來的機會都沒有，二哥就主動提出了她想要的決定，可是為什麼她心裡並沒有如釋重負的輕鬆與高興呢？

二哥是翱翔九天的神鷹，是馳騁沙場的少年戰神，硬要按著她的心願，斂起鋒芒，做一隻溫順的家鷹，真的好嗎？

這樣，真的是為二哥好吧……

百草城的春天，經常會颳大風。

風呼嘯著從荒野而來，彷彿是個有破壞慾的孩子，一路走街穿巷、辣手摧花。

風吹著樹葉，也吹著樹下那道清瘦單薄的身影，吹起她藍色的衣袂、烏黑的髮絲。

「小樓，怎麼不開心？」

玄朗站在她身後安靜地望了好一會兒，那小小的身影，彷彿整個人隨時會隨風飄去，讓他心底有股莫名的擔憂。

這一刻，她就在那裡，就在自己的視線中，卻彷彿隔了很遠，遠得永遠也抓不住，這種感覺令他罕見地不安起來，再也無法繼續在身後眺望。

留給她獨處靜思的時間已足夠多了，不是嗎？

玄朗念頭微動，雙腳已自有意志，移步來到滎嬌身旁。

她不開心。

從她與池滎勇見過面後，她的情緒就不對了。

她有心事。

為什麼？最大的心事已經解決了，池榮勇如她所願，轉為後勤，不會主動請纓，若大戰不起，押糧運草在本國境內相對安全。

這不是遂其所願？為何看不到喜色，反而是這副心事重重的模樣？

玄朗很想伸手撫平她蹙起的小眉頭，卻不敢造次。

若是昨日之前，他定然是想到就做，可昨天阿金的話捅破了一層紙，再看到榮嬌，他特別在意自己在她面前的舉止，想得越多，越放不開手腳，竟不能像往常那樣，再將她當作弟弟或妹妹，心思坦蕩地表達自己的關心。

患得患失的表現，就是他忽然變得守禮了，那些他未曾關注過的男女大防，突然在這一刻有了無形的約束。

因為在意而拘謹，因為重要才會隱忍克制，有多在乎，就有多患得患失，因為是頭一次情動，才會對自己的感情與言行無所適從，無法再如往日般收放自如。

人退了一步，心卻更進了一步。

「大哥，我這樣做，對不對？」

等了好一會兒，玄朗以為她不會回答自己時，忽然聽到身邊小人兒發出一聲幽幽的嘆息。

「二哥他，很早以前……金戈鐵馬是他的夙願……」

榮嬌的話有些支離破碎，玄朗卻聽懂了。

池榮勇的夙願嗎？如他那般鐵錚錚的男兒，的確應是壯志凌雲、意氣風發地戎馬一生，而不是平淡地老死於床榻。

雖然人都會死，但死也有不同的死法，比如將軍戰死沙場是完美落幕，風流才子長眠溫柔鄉，不枉風流之極致體現；若英雄暮年垂垂老死於炕頭，才子白頭潦倒亡於茅屋陋室，總令人唏噓遺憾。

不過，他不會傻得說出自己的真實想法，即使要說，現在也不到時候，她需要的是一個默默的傾聽者。

「我覺得我應該很高興的，你看我大老遠地跑過來，就是要阻止二哥上戰場，只要他不去打仗，自然就不會在戰場失蹤了……」榮嬌的聲音裡滿是迷惘。「我以為要費勁才能說服二哥，可是上午見面時，沒等我說，二哥自己先說了他的打算，比我想的還要好……」

「這樣不好嗎？」

玄朗輕輕挪了挪身子，體貼地站在風口處——春天的風雖不冷，吹久了也會頭疼。

「好，也不好。」榮嬌點頭又搖頭，精緻的小臉上帶著困惑。「我之前以為，人在、活著，才是最重要的，明知有危險，自然要避開，我也是為二哥好……可是，現在又不確定了。二哥他來百草城也沒多久，整個人都變了，在京東大營時，他好像在冬眠，現在甦醒了，這裡才是屬於他的天地。」

二哥雖然瘦了，精氣神卻大不一樣，更為意氣風發，難掩他耀目的鋒芒。

榮嬌看得出他對於百草城的苦寒甘之如飴，要知道二哥年輕，在軍中資歷淺，池家的餘蔭顧及不到這裡；況且邊軍不比普通駐軍，隨便拉一個人出來都是與北遼賊人真刀實槍拚過，見過血、殺過人的，二哥能迅速獲得這些人的認同與敬佩，可見他的不凡。

榮嬌一直堅信自己的二哥是猛虎、雄鷹，可是因為她的緣故，猛虎離開揚威的山林，這是為他好，還是不好呢？

她不知道，她只想二哥活著，好好地活著，不要再有戰場失蹤的悲劇；可同樣的，她也希望二哥不僅好好地活著，還可以活得精彩，屬於他的榮耀，一點都不要少。

「大哥，我該怎麼辦？」榮嬌將求助的目光投向玄朗。

「有問過妳二哥是怎麼想的嗎？」

看到這麼無助脆弱的榮嬌，玄朗很心疼。現在看來，池榮勇以退為進的做法奏效了，小樓已經開始思考，而不是像一開始那樣，只執著於逃避可能會出現的危險，聽不進其他意見。

「或者，他有沒有說過自己的考慮？」

他提議的方法起了作用，玄朗卻沒有絲毫高興；若不是為了徹底解開小樓的心結，只是看著她這般痛苦迷茫，他已經受不了，或許自己應該想得再周全些，尋找更溫和的辦法。

「二哥說我最重要，只要我不喜歡他上戰場，他就不去。」

當時聽二哥說這句話，自己只有滿腔的意外與感動，現在呢，感動依舊，細細思索之後，卻能感受到這簡單的話中蘊含了多麼重的分量。

榮嬌默然。

「妳有一個好哥哥……」玄朗感嘆。

聽說池家兄弟寵愛妹妹，以往於他，只是無關緊要的情報；現在立場變了，切實地感受到池家哥哥們對妹妹的愛護，對池家兄弟越多敬意。

血脈親情，他從未有機會感受也不相信，天家無父子兄弟，為了那把椅子，什麼事都能發生。豪門大宅，利益當前，手足也是親情淡薄，像池家兄妹這樣的，真是少數。

被父母長輩厭棄，被母親稱為喪門星的榮嬌，若沒有兩位哥哥相護，是不可能安然無事地活到現在；而池家兄弟別無所圖，只因她是同胞親妹，寧可忤逆長輩意願也要護她安好，這份親情令玄朗感動、羨慕又敬重。

尤其是當他們所護的是他的小樓時，更有一份特別的謝意。

池榮勇對戰場有多渴望，他以往不知，昨夜見了本人，一眼便可看出他心之所嚮。

他之所以選擇來百草城，既為妹妹也是為自己，他要將百草城作為展示自己的舞臺，將北遼敵寇視為自己必取的軍功。他有實力，年紀不大，眉眼間卻自有冷靜沈穩，那雙尾梢上挑的狹長眼眸偶爾精光畢露，冷淡的背後是對自己的強大自信。

亂世出英雄，風險即機遇，當下雖非亂世，卻亦是成就英雄的好時機。

池榮勇有野心、有抱負，更有能力，可以預想他的前程是何等光明，就在他已經邁出腳步，基礎將成之時，只因妹妹來到百草城，只因妹妹的意見，他就乾脆俐落地放棄這一切。

「小樓不會無功而返，她要在百草城守著你……」

早在啟程前，榮嬌曾問過他，如果他來北境，自己會死，他還會不會來？

當時池榮勇只當作是小孩子的任性之言，所以拗不過妹妹後，破天荒地騙了榮嬌；可是當玄朗深夜出現，告訴他妹妹來了百草城，一路北上的遭遇後，池榮勇才明白妹妹的那句話不是假的。

這一路上但凡有些許差池，他或許就再也見不到完好的妹妹了。

所以玄朗一提議，他馬上同意了，縱使沒有玄朗的提議，他也不敢不妥協。

池榮勇是個好哥哥，天下少有的好哥哥。

對於這一點，榮嬌深有體會。「是啊，我二哥是極好極好的……」

她的聲音被吹散在風中，不論前世、今生，若無二哥相護，不會有她，所以她才一心渴望重生的這一世，自己也能守護二哥。

她想讓二哥活著，她想改變二哥的命運，所以她在無計可施之下採用了笨方法，從都城一路追來百草城，好像執拗的小孩非要黏著最重要的人，一步也不離，只有他時刻都在眼前，才能安心。

其實，二哥並不喜歡押糧運草，也不想調往別處，他的決定是因為看到了她阻止此事的決心，於是他妥協了。

二哥說她是最重要的，不是敷衍哄勸，是真的，為了讓她安心，二哥可以捨棄理想與抱負，別人家的哥哥，有幾個能做到？

「大哥，我是不是做錯了？」

終於改變了二哥的命運，本該高興的榮嬌卻心生悵然，有種自己可能做錯了的懷疑，莫名生出對二哥的歉意。

為他好，對他好，就一定是他想要的嗎？

「小樓，不要想太多，也別給自己太多壓力。池二少懂妳的心，所以才會做出那樣的決定，他知道自己選擇了什麼，他心甘情願。」

「可是，他心甘情願的選擇是因為我，是我逼他的……」

榮嬌明白，二哥並不是信了她的夢，而是被她的執拗給嚇著了，怕自己不應她所求，她還會再做出其他的出格舉動。

說到底，不是二哥真心的選擇，而是擔心她，怕她傷了自身。

玄朗頓了一會兒，仔細察看她的神色，心頭莫名生出幾分自豪。

不愧是他的小樓。

不是所有人都能在達成目的之時，反思自己的行為，即便堅持自我，也不忘設身處地為對方著想，領會對方行事的深意，而不僅僅是簡單的「我為你好，聽我的就對了」。

如果沒有對小樓的認識與了解，他又怎麼會提出以退為進的建議呢？

第八十章

玄朗覺得是時候了，小樓已不再堅持己見，可以平和地聽取不同意見，而不是一門心思只想把池榮勇帶離戰場。

從棲城偶遇之後，在池榮勇的事情上，凡是與她相悖的意見，她一概充耳不聞，八風吹不動，不管玄朗如何動之以情、曉之以理，她都是一口咬定——二哥一定不能到北境，不能上戰場，只有避開這一關，二哥才能安然無恙。

玄朗知道她憂心所在，想開解卻無從下手，在小樓心裡，已認定只有一種解決之道，那就是讓池榮勇離開北境。

但是，即便小樓的夢是未卜先知，這個夢是預警，她並不知曉詳情，只要避開就一定會沒事嗎？如果某個人會在吃飯時噎死，難道他知道以後就要因噎廢食？噎死變餓死會更好？

生命在於精彩，若注定是煙花一場，是選擇在夜空中以璀璨的姿態燃盡生命，還是在庫房裡被一桶意外出現的水潑成廢品？

如果他是煙花，定會選擇前者，而池榮勇，亦不會想做後者。

況且，我命由我不由天，這世間哪有什麼注定必死，在小樓的夢裡，池榮勇只是失蹤，不是身死，破了失蹤的局不就是了；別說還不到生死關頭，就是到了絕境，但凡有一口氣在，就會有回天之力，在他眼裡，生死都不是大事，何況是夢中的生死？

對於見慣大場面的玄朗而言，此局好破，池榮勇不要失蹤就好，該上戰場還是上戰場，有能耐建功立業為何要裹足不前？名將已現世，寶刀已出鞘，哪有空手而回的道理。

難解的是小樓的執念。

等池榮勇真的按照要求做了，她的心踏實之後，便會反思自己的行為，因為她想哥哥好，不等於她會干涉哥哥的生活。

小樓的反應，如他預期的一樣。

「不能算妳逼的……只是說來多少有些遺憾與可惜。」玄朗清淺的聲音不疾不徐。「猛虎應揚威山林，讓一頭老虎收了爪牙，如牛般犁地拉車，即便比黃牛更能幹，而且人人都知田間地頭比危機四伏的山林安穩，只是誰知老虎所願呢……」

老虎？黃牛？榮嬌身子猛然僵滯。這、這個比喻太狠了吧？她眼前呈現出一副老得沒了牙齒的老虎在拉犁的情景，情不自禁打了個哆嗦。

「我想，凡是老虎，都不會願意過著牛的一生。別人如何我不知道，至少我是不願意的。是虎，就要有虎的威勢與尊嚴，活成牛的樣子，還是虎嗎？」

玄朗承認自己這比喻其實太誇張了，押糧運草也極為重要，大軍未動，糧草先行，後勤的穩定與否關係著己方勝敗，自己這般貶低後勤部隊，實在有些不厚道。

他深諳後勤的重要，只是為了說服榮嬌，只好委屈了後勤。

榮嬌心思百轉，舉棋不定。二哥的夢想與抱負，被她硬生生扼殺，就算是為了避開劫難，二哥以後還會開心嗎？在以後的日子裡，二哥會不會後悔現在的選擇，遺憾壯志未酬？

沈鬱的長久與恣意的短暫，要選哪個？

玄朗輕笑，神色認真。「為什麼一定要二選一呢？恣意未必就會短暫，只要延長它就好。」

延長？怎麼延長？

玄朗說話本就有蠱惑人心的魔力，加上他刻意為之，迅速吸引了榮嬌的心神，不自覺裡，她已受玄朗的牽引。

「失蹤不是難解的局，戰場情況複雜，局勢瞬息萬變，在戰時失蹤，不外乎幾個因素。」玄朗侃侃而談。「一是全軍被殲、被俘，己方無法確認；二是傷重，隱匿養傷，無法歸隊；三是與本部失散，加入其他隊營，戰時未整編造冊，因此下落不明；四是擅自離職，俗稱逃兵；五是戰亡，屍骨無存。另外，失蹤只是對外的說法，有時候，來自背後的敵人更可怕。

「哪個帥將不是從槍林彈雨裡殺出血路？因噎廢食，可不是小樓的風格，更不是妳二哥的本色，我倒覺得這是難得的機遇，有妳的夢提前示警，池二少有了防範之心，不會貪功冒進，因小失大，在刀槍飲血之際亦能保有一分理智。這份心境，對帶兵的將領而言，是需要經過多少戰鬥才能修練而成，再加上麥子等人的護衛，妳所擔心的，並非無可避免……最重要的是，酣暢淋漓地威震天下，與碌碌無為地平庸長久，池二少更想要哪一個？」

那天，在院中梧桐樹下，他的話，有些被風吹走了，有些，被榮嬌記住了。

之後榮嬌將自己關在屋裡，反覆地想，拆散了、揉碎了、打破了，逐字逐句地思考。思索的同時，她也將前世的過往在腦中重演數次，包括重生以來，自己的所作所為，仔細認真地思考之後，她恍然大悟。

守護不是強加干涉，改變不是強行替代，沒有誰有權利替另一個人做選擇，哪怕是真心實意地為對方好，也不可以。

真正的守護，不是強行掐斷二哥的理想，決定二哥的人生。雖然她認為二哥走上了險途，但這條路對二哥意味著夢想與抱負，她要做的應該是理解支持，盡自己最大的努力搬走攔路虎，掃平前進中的障礙。

玄朗說得好，逢山開路，遇水搭橋，躲避不是解決問題的好辦法。

她選的道路不是二哥想走的，但因為二哥在乎她、寵她，才會接受她蠻橫無理的干涉，她不能倚仗著哥哥的寵愛，就肆無忌憚地去插手他的生活。

她去找池榮勇，以夢為名，將前世所發生的事情講述了一遍，坦誠自己的擔心與害怕，也反省了之前的蠻橫與魯莽。

最後她說，這次的行為欠妥，無論二哥怎樣選擇，她都是支持的，二哥想做什麼就去做，她不會再因為懼怕就強行阻止。

「若二哥要上陣殺敵，那我就給二哥準備刀槍不入的盔甲、跑得最快的馬，還有最烈的酒……我會賺很多的銀子，讓二哥打造一支屬於自己的榮勇軍。」

有絕對強大的武力，有眾多親衛的森嚴護衛，有玄朗與麥子的幫助，二哥命中的劫，一定可以解開的。

池榮勇驚喜的心情可想而知，他之前的退讓之舉實乃情非得已，深思熟慮之下的計劃，被嬌嬌的到來與要求打亂了，選擇請調後勤也是無奈，他高調出京，短期內不可能再回京東大營，調往他處更是下策，一切皆非他所願。

玄朗說，這是以退為進的緩兵之計，嬌嬌用不了多久就會想明白，他依計行事，對結果卻不抱期待——若嬌嬌堅持己見，他也不會陽奉陰違。

長這麼大，就騙她一次，結果卻出這麼大的樓子。機會還有下次，妹妹只有一個，池榮勇已經做好另行計劃、重新再圖的準備，但妹妹真的改變主意。

驚喜、意外加上輕鬆之餘，想起玄朗的話，池榮勇的心裡微微不是滋味，何時，一個外人竟對妹妹了解甚深？

「我就知道小樓好樣的，她一定能想得開。」

得到消息的玄朗，心情甚是欣慰，笑意從眼角猶如水墨氤氳至嘴角。

「她向來懂事，這次是關心則亂。」池二少看著眼前的男人，心情有點複雜。

「嗯，她太在乎你，看得太重，忘記了冷靜自持。」

玄朗贊同，其實他淡然的表情之下，也是有點泛酸的。

「聰慧如她，堵不如疏。」

「你倒是了解。」

讚賞妹妹的話，池榮勇自然是愛聽的，只是玄朗的語氣要不要太熟稔？說得好像與嬌嬌相知甚深似的。

「然也。」

「玄朗公子倒是會識人。」

池榮勇不爽，你們才認識幾天?真厚臉皮，說你胖還喘上了!

「二少不知白頭如新，一見如故?」玄朗不以為意。「人與人之間的緣分與時間長短並無必要關係。」

池榮勇冷冽的目光認真地看了看玄朗，眸色黯了幾分。「小樓稱玄朗公子為大哥，不知榮勇可有這份榮幸?」

「二少客氣了，平輩論交，何須計較長幼。」玄朗淺笑。

這樣的回答顯然不能讓池榮勇滿意。「我觀玄朗公子面容，應比我年長，小樓尊你為兄，我若直呼名諱，不免見外。」

這番話暗藏機鋒，玄朗對上他冷靜洞明的目光，不由踟躕，有些話講還是不講?一時患得患失，竟罕見地猶豫起來。

「莫非是高攀了?」池二哥抿緊了嘴角，面色更冷了幾分，聲音清越而淡然。「前時提議小樓與你義結金蘭，玄朗公子推辭了，今日只是問個稱呼，竟又令公子為難了?我觀公子光風霽月，不應是拘泥之輩，如此行徑倒讓榮勇意外了。」

這等不痛快，虧他之前還覺得此人對嬌嬌有心，既然未曾娶親，倒也可考慮，豈知言語上試探幾句，竟是自己一廂情願了。

既然如此，回程是不能再讓他與嬌嬌同行了。

嬌嬌天真爛漫，不懂情事，與玄朗這樣的男子接觸久了，生出小兒女情思也是有可能的，既然明知玄朗無意回應，就要提早從根源斷絕可能。

他打的機鋒，玄朗全都明白，本不想太早表明心意，至少要等都城那邊解決了池、王兩家的親事；卻不想低估了池榮勇對妹妹的愛重，這防範的態度極明顯，若是對他妹妹無意，就要謹守男女大防。

「池二少誤會了，是玄朗表述不清，小樓的大哥未必是池二少的大哥，我要的不是大哥的名分，所求的是能站在她身前，護她一生的資格，還望池二少成全。」

不要大哥的名分，求的是一輩子守護的資格……

這倒是池榮勇預料中的答案，只是沒想到玄朗如此直接，相識以來，玄朗一直表現得萬事皆在其掌握之中，好似天地間沒有事物可令他動容。

要有怎樣的經歷與閱歷，要站在多高的地方，才能修練到俯瞰眾生卻無須高高在上的姿態？這個男人，明明是溫和平易的，細看卻如天空無際無垠，渺不可測，沒有他的許可，誰也不可能真正勘透他的內心。這樣的人，適合嬌嬌嗎？

在池榮勇眼裡，妹妹自然是最好的，可配天下最優秀的男兒，不過若是眼前的這位……

「在求人成全之前，至少要有報上真名實姓、交代身家來歷的誠意吧？」

不要告訴他就是姓玄名朗，家住都城。若是都城有這一號人物存在，縱使不是出自世家豪門，也絕不會是籍籍無名之輩，況且他從榮嬌那裡得知玄朗幾次出手幫助動用的能力，絕非尋常人。

「榮勇說得是。」在玄朗說出自己的心意時，就猜到他會提起自己的家世。「玄朗是我母親取的名字，在小樓之前，當世所知者只有兩人。」一個是自己，一個是他師父。

池榮勇微愣。他以為這是假名字，沒想到非但是真的，還是母親所起，這麼說，他從一開始認識嬌嬌時，就是抱著善意的？

「說身世之前，我有兩個不情之請，請榮勇務必答應。」

「凡合乎情理道義，我都應。」既然他沒編造假名騙嬌嬌，池榮勇自然願意回報善意。

「不要因為家世便否定我的資格。」

「不會。」

池榮勇答得很快，他並無門第觀念，英雄不論出身，寒門亦無妨，他不會因為出身而否決此人。但這時的他沒想到玄朗提起家世，不是擔心他嫌貧愛富，而是怕他嫌棄齊大非偶。

「不要將我的身分透露給任何人，小樓那裡，我會找適當的機會親口告知。」

「榮厚也不可以？」

妹妹的事情，他不能獨斷專行。

「理當回去後由玄朗當面告知。」都是她最重要的人，應該同樣尊重。

「好，我答應。」

玄朗這麼一說，令池榮勇心悅，他對嬌嬌應該是認真的。

第八十一章

「我與榮勇乃同鄉，父族宋氏，祖籍池州，後遷居大樑城。母親乃方外之人，生子實屬意外。」

玄朗語氣淡定從容，池榮勇卻有些不自在，他詢問玄朗的家世，不是要窺探他的隱私。「母親乃方外之人，生子實屬意外」，短短幾字，蘊含的意思卻不少。

「玄朗自幼喪母，後被父族尋回，在宋氏族譜上，名曰濟深。今父母俱亡，獨居，略有薄產，能保豐衣足食。」

池州，宋氏，濟深。這幾個字看似尋常，組合在一起卻有著難以想像的衝擊，饒是冷靜如池榮勇也呆若木雞，好半天才找回自己的心神，聲音乾澀地確認。「您是……宋濟深？」

宋濟深，大名鼎鼎的英王殿下就是這個名字。

不會是重姓重名的巧合，他竟是傳說中神龍見首不見尾的英王殿下。

池榮勇的血彷彿沸騰了，年輕一代中，哪個不崇拜英王殿下？

聽到他口中的稱呼，玄朗有撫額的衝動。他就知道說出身分會出現這種狀況，這個尊稱，意味著界線。

「我是玄朗。」他微笑著，溫和而堅定地提醒。「小樓的大哥。」

池二少抿緊了薄唇，克制住激動，盡可能地將面前的人的身分在心裡從英王調回到玄朗。

他遲疑了。

家世相當，郎才女貌，世人眼中的「良緣」關乎責任與分工，雖無情，卻最為穩妥。男主外、女主內，自有現成的約定俗成的規矩，匹配，意味著規矩與約束，可以不愛，但責任要有，規矩要講。

妻子若沒有馭夫的能力，也得有規矩與娘家做倚仗，最怕的就是娘家靠不上，自己又錯付深情，要生要死，半點不由己。

這種狀況，池榮勇是不會讓其出現在妹妹身上的。

但是，當夫家的門檻是天下獨一無二的高門時，規矩與娘家都不足為慮，天家本身就是規矩，哪裡會被約束？

面前的這個男人，是當之無愧的天之驕子，英王殿下，當今聖上唯一的弟弟，是自己無法企及的存在，縱使將來他拜將封侯，也終是不及他血統高貴。

他不願意這樣的男人與妹妹扯上關係，這意味著嬌嬌、他，還有榮厚，永遠處於被動地位。

天馬雖神駿，非凡人能駕馭。

池二少向來自信又自知，對自己，對最疼愛的妹妹，他不會忘其所以地高估或低視，所以他在玄朗灼灼的注視下，輕輕說了句。「齊大非偶。」

玄朗的心頓時沈了下去，眼底的微笑如雪落深潭，瞬間消失了。

這是他預想過的，但真正聽到時，還是覺得如迎頭被澆涼水，失落無比。

他遲遲不願說出自己的身分，不願意讓小樓知道他另外一個名字，就是不想看到現在的局面，不想如神龕般高高在上地被供起來，被尊著、敬著，同時也被疏遠著。

一旦他披掛上宋濟深的名號，就不再是凡人玄朗了。

想到小樓也會懷著尊敬，小心翼翼又拘謹有禮地與他講話，玄朗打心裡受不了。

不過，他是什麼人，既決定說破，便是勢在必得，怎麼可能被池榮勇幾句話打消了念頭；真說起來，池榮勇不在他眼裡，可池榮勇是池大小姐的親親好二哥，就衝著這個，玄朗不但要放在眼裡，還要鄭重對待。

「我本就比她大，不然怎麼會稱大哥呢？大些好，年長更有閱歷、更懂責任……」

池榮勇目瞪口呆，沒想到在自己心目中如神祇般的英王殿下會說出這番話，居然能厚著臉皮地將自己口中的「齊大非偶」曲解成這個意思。

你怎麼不說老夫少妻，年長些更懂疼人呢？

那不是太直白了嗎？玄朗溫和無害地望回去。

一來一去，無聲勝有聲，池榮勇與玄朗懂對方的意思。

「唯勇猛者，可為將，未可為帥；將帥之別，在於格局謀略，榮勇少年英雄，不要提早人為地侷限了自己的眼界與高度。」

玄朗話一轉，居然提點起池榮勇來。

「多謝殿下教誨。」

池榮勇畢恭畢敬地道謝，這才是他心目中英王殿下的形象。

不說池榮勇雖然優秀，但與已成妖孽的玄朗相比，還是稚嫩了些，之前鼓足勇氣以「齊大非偶」拒絕，被玄朗一曲解，自行潰不成軍。

「自己人不必客氣，這裡沒有殿下，池二哥稱我名字即可。」

玄朗笑咪咪的，一番話可謂平易近人，和藹可親。

池榮勇整個都不好了。誰和誰是自己人？不稱殿下還可以理解為不想暴露身分，這、這……池二哥從何說起，他、他怎麼能叫他池二哥？

池榮勇嘴角抽搐，好不容易平復了氣息，道：「殿……玄公子說笑了，在下愧不敢當，您直呼賤名或稱榮勇都可。」

「榮勇不必拘泥。」

玄朗點頭，從善如流。話說叫出池二哥，他也彆扭得不得了。

池榮勇輕吁了口氣，剛想再次重申立場，就聽他回到原話題。「解決了齊大非偶的困惑，榮勇應該不反對吧？」

什麼？池二少表示自己沒聽懂，什麼意思？齊大非偶何時解決了？他怎麼不知道？

「玄公子。」要是換個人，早被玄朗的氣勢震懾住了，但池榮勇不是普通人，何況榮嬌對他非比尋常，縱使對上英王殿下，他在短暫的失神後，仍恢復了冷靜。「玄公子，榮勇未曾改變過意見。您乃龍章鳳姿、尊貴無雙，我等自慚形穢，恕不敢高攀。舍妹年幼頑劣，不知人情世故，若有冒犯之處，還請您大人大量，不要見怪，榮勇日後必當嚴教，不會再給公子添麻煩。」

池榮勇開始有些拘謹，越講越流暢。

英王再重要，也不敵妹妹重要。他崇拜英王多年，亦多次渴望幸運一見，萬萬沒想到，竟是在這種情形下與英王相見。

若英王殿下要的是自己的性命，池榮勇也不會如此為難，可殿下不要他的性命，他想要的是嬌嬌。

傳說中，英王殿下一直沒有娶妻，他不覺得意外——神祇般的英王殿下，尋常的庸脂俗粉自是配不上；若英王看上誰，他不認為這天下有誰能拒絕英王，但如果這個人換成是他自己的妹妹，他不能同意。

玄朗沒指望能馬上說服池榮勇，他讚賞地看著面前侃侃而談的池二少，小樓的這個二哥，絕非池中等閒輩，假以時日，定能大放異彩。

「拋開家世，單就我這個人，榮勇覺得哪裡有不足？」

玄朗打定主意，既然說開，一定要得到池榮勇的認可。

他與小樓的事，池二少能拿大主意，池三少拿小主意，至於核心人物，玄朗信心滿滿，返程途中及回都城後，有大把的時間與她磨。

他既有心，就沒有攻不下的城池，小樓，妥妥地是他的小樓，誰也搶不走。

玄朗問得認真，池榮勇卻不知應該怎麼回答。

「在榮勇眼中，公子可稱完美。」這是他的真心話。

玄朗微微笑了。「玄朗與榮勇相比，可有不如之處？」

「榮勇惶恐，遠不及公子萬分之一。」

這都是些什麼問題啊？池榮勇額角有了微微的汗意。

「有人曾告訴我，池二少是天下女子的良配，她自小就想要比照著你來擇選良人，若有與你相仿者，將果斷託付終身；我既不遜色於榮勇，想必正合乎她心目中的良人。」

池二少聽得暗中磨牙，這個沒心眼的傻丫頭，口無遮攔，與玄朗還真是葷素不忌什麼都敢說啊！真是夠了！

「我心至誠，必不負她。」玄朗的語氣非常誠摯，鄭重地做出承諾。

池榮勇忽然後悔自己之前點破話題，若是知曉玄朗的身分，無論如何也不會生出他念，他會乾脆果斷地找個無可挑剔的理由讓妹妹遠離玄朗。

說來說去，是他貪心了……見玄朗不曾娶親，對妹妹也好，生起貪念，怕錯過了妹妹的好姻緣，這才起了試探之心。

結果如他所願，卻已騎虎難下。

妹妹值得最好的，可，這個也太好了，好到他們兄妹消受不起。

「為什麼是她？」

池榮勇覺得無奈，以英王殿下的身分，什麼樣的女人沒見過，什麼樣的女子要不得，怎麼偏偏看上他們家嬌嬌呢？

「為何不能是她？」

玄朗反問，想起那個人兒，英挺的眉宇間浮現淺淺的笑意。就是她，誰都不及她好。

「她年紀還小……」池二哥負隅頑抗。

「我等她長大。」玄朗接得很快。「不過，也不算小了，明年就及笄了。」

「她不懂事，任性又驕縱。」為了推卻，池榮勇也滿拚的。

「我覺得她很好。」玄朗不為所動。

「家訓有云：男不為盜，女不做妾。」

即便是王爺的妾，也不做的。雖然這是藉口，池家根本沒這條家訓，以父親的品性，若知榮嬌能入英王的後宅，估計多半會退了王家的親，擇良木而棲。

「妻位許之，怎敢以妾辱之。」

玄朗正色，他自始至終想的就是娶，難道是自己說得不清楚？池榮勇哪來這樣的誤會？這可要不得。

也不怪池榮勇誤解，以玄朗的身分與池府的門第，他不確定玄朗是以正妻位求娶，還是圖新鮮讓嬌嬌入了眼，想納入府中。側妃也算妻，或者親王的妾也是有品階的，但他的妹妹不做妾，誰的妾也不行。

不過，這只是表明玄朗的誠意，並不能讓池榮勇改變主意。「她生性單純，為人純善，應付不來內宅傾軋，不適合鐘鼎高門。」

英王是所有女子的佳偶，但不是他們家嬌嬌的。以他親王之尊，一正兩側娶三妻名正言順，後院女人爭風吃醋的手段，不適合嬌嬌。

能入王府後宅的，娘家身分都不差，若是出身不顯，必是自己有非凡本事，能討男人歡心，把嬌嬌放到這樣一堆女人當中，無異於羊落狼群。

榮嬌是他一手帶大的，自然不可能懂得爭風吃醋的手段，縱使她聰明至極，若真到了那種環境，逼急了也能有還手之力，他仍不希望自己純真嬌軟的好妹妹，有一天變得心思陰毒、手段狠辣。

還是嫁個單純人家的好，讓妹婿承諾不納妾，只守著嬌嬌一個，沒後院亂七八糟的污心事。

單這一點，英王就不行，注定要三妻四妾的人，不需要考慮。

池榮勇再三拒絕，玄朗非但沒有惱怒，反而對他越發欣賞。真是個好哥哥，對妹妹的好發自內心，他所有的考慮皆出自妹妹的幸福，其他的榮華富貴、前程似錦，都不在他眼中。

以往，包括現在，不知有多少人，想方設法想要與他這個英王扯上關係，從中獲取好處與利益，莫說是妹妹，說句難聽的，就是親娘、老子、妻妾、兒女，在「利」字面前，未必不能捨棄。

如今他主動開口相求，表示誠意，可池榮勇卻百般推辭，拒絕到底，也讓玄朗感到壓力，有這樣的好哥哥做比較，他得越發努力才行，不能遜於他啊！

「榮勇，有人喜歡萬紫千紅的熱鬧，玄朗獨愛一人相伴，歲月靜好，若蒙相允，必白首不離，絕無他心二意。」

他原來一直無意成親，也打定主意一輩子不要妻室，不留子嗣。他從不認為自己的身邊需要女人，也從來沒有需要過誰、想要留住某人某物的念頭。

他一路披荊斬棘，不及弱冠即身居高位，手握重權，坐到這個位置，已經沒有什麼能令他在意了，他無須擺出高高在上的姿態，因為他就是天，高高在上本是常態。

高處不勝寒，從他不甘於命運，全力以搏，得到應有的地位之後，便已無所求，不知這世間還有想做而做不得的事。

他以為自己的人生就這樣了，結果就在最平常的一天，最尋常不過的街頭，那個小人兒懵懵懂懂地撞進了他的眼簾，從小友到幼弟至嬌妹，小傢伙以他始料不及的姿態進入他的天地，給他帶來從未體驗過的感受，那種難以言喻的陌生滋味，異樣而欣喜。

不知道從何時起，她成了他的責任，成為他要守護的人，重視、在意，捨不得她受半點傷害，想給她所有想要的，想把世間最好的一切全送給她。

他覺得做大哥的這種狀態很好，可是，池榮勇和阿金都說，做人家大哥是沒有資格一輩子守護在她身旁的，只有她的夫君才可以，他忽然就有了成親的覺悟——他要娶她。

想到有一天，小樓身邊最親近的人，不是池榮勇兄弟，也不是他這個大哥，而是另外一個完全陌生的男子，小樓會對著他笑、對著他撒嬌，為他生兒育女……

只要想想，他就受不了！

大哥沒資格，那就做有資格的；他不要三妻四妾，不要別的女人，他只要小樓一個。

第八十二章

做為玄朗的心腹，阿金並不知道自己主子與池榮勇密談的詳細內容，但憑他的敏銳直覺判斷是與小樓公子有關。

不過，雖不知內容，公子的愉悅卻是顯而易見的，彷彿暖風吹化了湖面薄薄的冰，原本以溫和掩飾的疏離，一下子融化在陽光下，淺淡的笑意裡滲著絲絲的甜蜜——

阿金覺得自己是見鬼了，居然會在公子臉上看出甜蜜。

池二少也好奇怪哦，原本如冰山般的臉也如初雪微霽，看向公子的眼神，嗯，古怪中透著微妙。

這兩人……不會有姦情吧？在房間裡獨處了小半天，出來後就一副眉目傳情的模樣。

這種表情出現在自家公子身上，實在是太、太令人詫異了。明明是他對小樓公子的獨家表情，怎麼轉頭又給了池二少？若不是對公子極為了解，他簡直要斷定公子這是要移情別戀，可他並無龍陽之好啊……

「想什麼呢？」

玄朗的聲音打斷了阿金，嚇得他一激靈。「沒、沒想什麼。」

「作賊心虛。」玄朗挑眉，心情極好地笑罵道：「都準備妥當了？」

「那是，公子放心，屬下辦事向來是妥妥的。」

阿金的確心虛，擔心玄朗再追究細問，自己露了馬腳，見他問到了正事，忙打起十二分的精神。「池二少所率的部眾已經安排可靠人進去，調了原來陸程將軍屬下，叫毛珂的做他的副手，毛珂老成持重，在北境多年，地頭熟，忠心可靠。百草城這一片的主將是陳為朋，已經給他遞話，北軍統帥姜從可那裡，暫未知會。池二少新來乍到，若是過多關照，屬下擔心會引起不必要的關注，時日太短，不好有太大動作，有麥子在，可隨時加派調換人手，再者以池二少的能力應該不會有問題。」

池榮勇不是手無縛雞之力的弱書生，更非浪得虛名之輩，阿金偷看了他的操練，無論馬上能力還是排兵布陣，都是可圈可點，這種人天生就是將帥的材料，戰場就是他揚名立萬之處。想想他爹池萬林大將軍……

嗯，青出於藍而勝於藍，當兒子的比他那個號稱儒將的老爹強太多了。

這等光彩奪目的人物，公子居然擔心他在戰場上出意外，還提前設下重重防範？以他之見，實在有點杞人憂天，這種不靠譜的想法定是出自小樓公子。

「好，不要太刻意，榮勇看似隨和，實則一身傲骨，過了，恐他不悅。麥子是過了明路的，其他人就算了，既是本分事，無須分太細。」

池榮勇雖然沈穩，到底還是年輕，難免氣盛，雖說他答應了小樓會特別注意自己的安全，也收下了以小樓名義送的麥子做親衛，但如果安排太多，雖知是好意，或許會以為自身能力被質疑，因而不喜。

見識過他的不卑不亢、堅持原則，玄朗不想節外生枝，讓他多心。

「這個，用不用告訴小樓公子？」

阿金為自己主子抱不平，處處為小樓公子著想，連幕後英雄都做上了。

「不用，你別多嘴。」

「您若不說，小樓公子哪知道您做了什麼。」

「她不需要知道這些，只需要知道結果就好。」

玄朗微露警告，瞥了阿金一眼，只要池榮勇一切安好，小樓不知道他背後的安排又如何？若是池榮勇出了問題，他安排得再多，還不是一樣沒用？

「返程的事情安排了？」

百草城的條件畢竟簡陋，距北遼騎兵也太近了些，他不想小樓在此多逗留。

「都準備好了，隨時可以啟程。」

「二哥，你一定要記好我的話，上了戰場，千萬莫要好勇鬥狠……凡事三思而後行，切莫貪功，活著才是最重要的。你一定不能出事，你若是騙我，我就再也不理你了。」

榮嬌拉著池榮勇的袖子，叮囑加威脅，軟硬兼施，她還是不放心，道理都明白，感情上卻無法放下。

「好，我記住了。」

無論她說什麼，池榮勇都點頭稱是，不管叮囑多少次，他都好脾氣地應下。

「小樓，榮勇的耳朵要磨出繭了。」

一旁的玄朗看著兩兄妹情深，難捨難分的架勢，一開始含笑不語，越看越受不了。

沒必要好到這個程度吧？他絕對不會承認自己羨慕嫉妒加泛酸——特別是擱在一旁的青布包袱，尤其刺眼。

他知道包袱裡裝的是什麼，一件配戰袍的大紅披風、兩件夏袍、五雙襪子。

小樓這幾日藉口路上累了要休息，將自己關在屋裡，與她的丫鬟綠殳沒日沒夜趕做出來，要給池榮勇的。

為何只有她二哥的，沒大哥的呢？玄朗忍了又忍，才沒開口問。

榮嬌戀戀不捨離開百草城，一步三回頭，三步一揮手，那座城，還是距她越來越遠，城門前的人影越來越小，直到在視線裡徹底消失。

「小樓，有別離就有相見，少則幾個月，多則一年半載，會再見面的。」

玄朗看不得她泫然欲泣的樣子，策馬挨在她的身側，輕聲勸慰。

「我知道，就是……控制不住。」

榮嬌連連眨眼，想要將眼淚憋回去，流過淚的墨玉眼猶如水洗般澄澈，又長又翹的睫毛如小扇子似的，玄朗的心尖好似被搧過一陣風，酥癢微涼。

修長的手指失控地撫上她微紅的眼角，低低輕喃。「眼睛哭腫了……」

榮嬌身子一僵，表情凝滯在臉上，迷惑中透著不安。「大哥？」

「愛哭鬼。」

玄朗低低笑了聲，打趣道，溫熱的手指迅速畫過榮嬌的眼角，指尖帶走一抹濕意，態度自然，語氣輕鬆。

榮嬌覺得自己想多了，擦眼淚的舉動，應該是順手為之。是她疏忽了——自從玄朗知曉了全部的秘密後，在他面前，她的心態在不知不覺間有些放鬆，言行舉止間就少了幾分警惕，偶爾會流露出些許的女兒性情。

「誰是愛哭鬼了？一時失態而已，豈不聞人生苦別離。」

她只是不願意與二哥分離，更擔心兜兜轉轉，事情還是會回到前世的軌跡上，這顆患得患失飄浮在半空的心，誰能明白？豈是幾滴眼淚所能表達的？

可二哥說了，鐵馬金戈是他的夙願，他會注意的，若真不幸應夢，亦是命中注定，果真如此，更應該恣意而為，方不枉來世一遭。

「嗯，有道理，這裡沒有愛哭鬼，只有個喜歡拿淚水洗眼睛的小樓公子。」

含笑的眼底隱藏著淡淡的寵溺，玄朗開著玩笑，沒有人發現他的尷尬與不自在，而且因為緊張，捏韁繩的手指指節因用力而略顯發白。

天知道剛才他發覺自己的手不知不覺間撫上小樓的臉時，內心是多麼震驚，被自己的魯莽嚇了一跳。

他居然不知自己的手是怎麼放上去的，再被小樓帶著不解的眼神盯上，他的心跳瞬間變快，莫名慌亂，好在他素來鎮定，不露痕跡地掩飾了過去。

這樣可不行，小樓年紀小，將他當作大哥信賴，沒有別的心思，若是因自己行事魯莽嚇著她，就得不償失了。

他得慢慢來，不著急，張開網，等著小丫頭慢慢主動靠近，鑽進他編織的天羅地網裡……

「大哥。」

榮嬌嬌瞋地瞪了他一眼。玄朗是故意的，她也不知道這人是怎麼回事，越來越喜歡逗弄她，剛認識時還以為他是溫和寬厚的，如今發現他氣質溫潤不假，但喜歡開玩笑，且專愛與她開玩笑。

「大哥，你與二哥是不是有秘密？」分離時，兩人的眼神與交談內容，似乎透著古怪。

「何以見得？」玄朗反問，小丫頭挺敏銳的，自己哭得唏哩嘩啦，居然還能觀察到他與榮勇的情形。

「我看到的啊，你們的表情好奇怪。」似笑非笑，似喜非喜，二哥對他似恭敬又似提醒，總之好複雜，她還從來沒在二哥臉上見過如此複雜的表情。

「算不上是秘密，榮勇應承了我一件事。」玄朗露出高深莫測又暢快的笑意，那天的談話，最終是放低姿態許下承諾的他贏了，池榮勇心裡不痛快是一定的，畢竟是親了十幾年的妹妹呢，可以理解，可以理解。

「什麼事呀？我看二哥好像心疼又後悔似的……」榮嬌蹙起眉頭。「若是令二哥太為難，大哥，你能不能……」

不讓二哥去做了？意思十分明顯。
玄朗卻搖頭。「不能，君子一言，駟馬難追，絕無反悔。」
「我能不能幫忙？」她願意為二哥分憂。
「暫時不方便透露，不過，有妳幫忙，進展會更快。」
玄朗將得逞的笑意隱藏在心底，小傢伙自己跑上門來可，可不是他居心不良引誘的。
「要我做什麼？」
「不急，到時再告訴妳。」玄朗老神在在，魚兒咬餌了，要更有耐心。「別事到臨頭找藉口推辭。」
「當然不會，我怎麼會是那種人？」榮嬌被他的語氣刺激了。「再說，二哥不是外人，他的事就是我的事，上刀山、下火海，保證不皺眉頭。」
「這是跟誰學的，一套一套的？」玄朗樂了。「有妳在，我能讓他上刀山、下火海？還是捨得讓妳去？不為難，是好事，他只是一時想不開，妳呀，放心吧，乖。」
「搞什麼嘛，神秘兮兮的。走了！」
榮嬌不滿地瞪了他一眼，策馬先行，生怕玄朗看到她紅了的耳尖。
又說「乖」，又是這種口氣，低沈輕柔，彷彿是含在舌尖唇瓣間，似語非語，似說非說，有種蠱惑人心的魔力，讓人聽之全身發軟。
榮嬌真希望自己的聽覺不要太好，兩人不要靠得太近，最好她什麼都沒聽到，就不會好像懷揣了隻小兔子似，蹦得心跳加快。

是玄朗不一樣了，還是她哪裡出了問題？

回程的路與來時不同。

榮嬌一行來時，選了到百草城最近的路線，一路行色匆匆，恨不能打尖住宿都在馬上；回程時心情不同，不像來時那般惶恐不安，一路南下，暖風正熏，有玄朗陪同，遊山玩水，不亦樂乎。

反正也不急，給欒嬤嬤捎過平安信了，生意有李忠坐鎮，她只須趕在春闈後小哥哥離京前，能回去就可以。

而且玄朗每到一處都有正事要辦，榮嬌不好催促，畢竟玄朗是為了陪她去百草城才改變行程，耽誤了自己的事情，她抱歉還來不及，哪好意思催？

更重要的是，跟著玄朗不但能學到豐富知識，還認識了許多有趣的人。玄朗交遊甚廣，一路走下來，他的朋友也都認識了榮嬌，比如大青山馬場的場主，有好馬良駒；照雪莊的玉莊主，掌握著北境、西境的藥材資源；打過浮綠劍、挽銀鈎、索寒槍的兵器鑄造師大家等等，每位朋友都不吝嗇地送上各式見面禮。

榮嬌尤喜師大家送的短劍，比常規的劍短上一截，比匕首又長出數寸，很特別的尺寸。

都說重劍無鋒，大巧不工，這把短劍卻有著重劍的氣質，扁而寬，與尋常短劍的細窄靈動恰是相反，看上去有種笨笨的稚拙；劍柄卻打造得極為精緻，布滿了精美的花紋，簡潔中透著貴氣，在劍柄處重複出現，細看有些像改良過的家族徽記。

榮嬌一眼就愛上這種樸拙又在細節講究的感覺，揮揮手腕，挽了幾個劍花，霞明劍照霜，秋水澄不流，精鍘無與儔，不能繞指柔，莫過如是。

她越看越喜，總覺得眼前的劍有種莫名的熟悉，扁寬的樣式、透著狂野貴氣的花紋，雖是初見，卻有似曾相識之感，握劍在手，彷彿感覺到自己的心能感受劍的喜悅。

「公子，時候不早，該就寢了。」綠殳頗有些無可奈何。「這東西都已經是您的了，它又不會長腿跑了，您明天早上再看行不行？」

姑娘真是愛極了這把短劍，翻來覆去看多少遍了，她提醒幾次該休息了，姑娘硬是沒放下手裡的東西。

「知道了……」

榮嬌懶洋洋地應著，還在端詳，越看越覺得熟悉。奇怪，她在哪裡見過這把劍？在哥哥那裡見過？還是前世？她遍尋記憶也沒找出線索。

這種熟悉感從何而來呢？越想越不明白，或許她應該去問問玄朗，看他知不知道這柄劍的來歷，劍柄上的花紋有沒有別的象徵。

不管怎樣，綠殳說得對，這柄劍已經是她的了，隨時隨地想看就看，沒必要秉燭達旦，她有的是時間慢慢找答案。

夜裡，她又作夢了，很久沒有出現過的光怪陸離夢境，突然又闖進腦海。

那是屬於樓滿袖的夢。

她已經很久沒有作過與樓滿袖有關的夢了。

去百草城的途中，擔心二哥，經常失眠，偶爾入眠，總夢到前世的種種，二哥的遭遇反覆出現，每次都哭著醒來。

遇見玄朗之後，說出自己壓抑的心事，就很少作夢了。回程的這段路上，再無夢來，每夜好眠。

可是師大家送的這把劍，似乎喚醒了某些沈睡的記憶。

她一夜多夢，夢裡是許多看不清面孔的人，許多聲音在說著什麼，聽不清，只看到無數的嘴巴張張合合，有女人、有男人、也有孩子……

然後那把劍突兀地出現，迎面劈來，榮嬌只覺得腦袋被劈開兩半，無法忍受的痛感襲來，她大喊道：「不！不要！」

第八十三章

次日一早，榮嬌頂著大黑眼圈，臉色白得像紙片，腳步虛浮地出現在餐桌前。

「小樓，昨晚沒睡好嗎？」玄朗擔心地問道。

「嗯，作夢了。」

榮嬌捏揉著太陽穴，頭好痛啊……昨晚到底夢了什麼她都忘記了，唯獨最後的畫面，那柄短劍迎面劈來，把自己腦袋劈成了兩半。

不是作夢嗎？頭好痛啊，真像劈開了似的……

「把手給我。」

玄朗顧不上吃飯，先拉了她的手腕過來，在餐桌上直接診起脈來。

榮嬌一手撐著腦袋懨懨地閉著眼，任他作為。

奇怪……玄朗收回手。脈象沒異常，只是略有虛浮，應是失眠導致，些許不舒服，補一覺就好了；可小樓神色不似作偽，臉色蒼白得不像話，她素來好強，若不是痛得難以忍受，也不會在人前流露軟弱。

「嗯……」

榮嬌只覺得頭痛得更厲害了，早知道這般嚴重，她就不出來用餐了。

「是沒睡好，並無大礙，我先送妳回房，等下用些安神助眠的藥，好好睡一覺，我們今天哪裡也不去。」玄朗按下心底的疑惑，寬慰道。

榮嬌扶著他的手臂，勉強站起身來，只覺得天旋地轉，兩腿一軟，險些栽倒。

「小樓！」玄朗眼疾手快，一把攬住她的肩頭，將人半摟在懷裡。「怎麼了？」

「沒事，起急了，暈……」榮嬌唇色慘白，努力深呼吸，緩解頭痛。

「來，小心點，我送妳回去。」

玄朗眉頭微皺，看她強忍頭痛的模樣，甚是心疼。

榮嬌頭痛，顧不上其他，閉著眼，手指輪番揉捏著兩邊的太陽穴，靠在他懷裡，任由他半摟半抱地將自己送回房間。

綠殳服侍著榮嬌躺到床上，廚房送來助眠鎮痛的湯藥，服了藥後，慢慢地睡了過去。

只是臉色依舊蒼白，即使睡著了，眉頭也緊蹙著。

玄朗守在床前，小心地從被子裡拿出她的胳膊，再次將手指搭在脈門處。

綠殳見他表情嚴肅，也跟著緊張起來，忐忑不安地望著玄朗。

「想說就說吧，妳家公子說過妳不是啞巴。」

玄朗擔憂榮嬌的身體，眼下她處於半昏厥狀態，她的情況，做為貼身丫鬟的綠殳應該最清楚。

綠殳僵住，小臉煞白——玄公子是何意思？他知道多少？

驚慌失措好一會兒，對主子的關心還是占了上風。既然玄公子說是姑娘告訴他的，應該不假，屋裡沒外人，不會被別人聽到，遂小聲問道：「玄公子，不會有事吧？她好久沒犯頭疼了。」

好久沒犯了？玄朗聞此言，微皺眉頭。「她以前有過頭疼的老毛病？」

難道是這一陣子奔波辛苦，導致舊疾犯了？不應該啊……若是舊疾，脈象上當有顯示，可從診脈來看除了氣虛之外，並無其他症狀。

「也算不上是舊疾，公子自小身子弱，前年底大病一場，去年春天才好，病好之後經常作噩夢，醒了有時會頭疼。」綠殳想起那場幾乎要了小姐性命的大病，仍是心有餘悸。「大夫說是體虛思慮太過引發的，吃了湯藥，後來沒再犯過。」

「可知用過哪些藥方？」

「都是些平常安神的藥，方子是嬤嬤收著，詳情不清楚。」

「妳家公子昨日可有反常之處？有沒有說過什麼？」

若是思慮過甚引起的，為何是昨晚？

小樓最大的憂慮是池榮勇，若有思慮，也該在百草城復發才合情理，現在她已釋然，哪裡還會思慮太過？

反常之處？綠殳仔細回想，沒有啊，返程以後，公子的精神一直不錯，每天興致勃勃的，昨日陪玄公子外出見客，回來時興高采烈的，臨睡前還拿著大師送的短劍愛不釋手……

短劍?!綠殳忽然想起榮嬌昨晚的話，不由面露遲疑。「公子說了些話……」

公子說她對那把短劍有種莫名其妙的熟悉感，算不算反常？

對短劍似曾相識？

玄朗一愣，她確實表現得極為歡喜，他只當是合了眼緣，難道還有別的原因不成？

「妳家公子以前見過這柄劍？」

這不大可能，雖說池府也是將門，未必藏有大師的作品，而那柄短劍樣式尺寸皆非常規，應是符合某人的喜好或要求特別訂製的。

「公子沒見過，還說要向您打聽劍的來歷。」

綠殳臉色不好看，劍是凶器，莫非這把劍是大凶之物，才引得姑娘發病？

「把劍拿來我看看。」

難道小樓的問題出在短劍上？

榮嬌睡到下午，醒來後精神略好，頭部仍舊隱痛，只是比早上時有所緩解，玄朗見脈象平和，心裡稍微放鬆。

入了夜，前半夜還好，後半夜，榮嬌又開始作噩夢，還是如昨天一般，無數破碎場景在腦中閃現，無數的聲音與面孔一股腦兒地湧來，她越想辨識，越是攪和成一團，最後那把劍又是當頭一劈，又被劈醒。

榮嬌頭痛一日重過一日，夜裡噩夢連連，不過三天便病倒了。

最令玄朗擔憂不解的是，她的脈象一派正常，與健康之人相比，除了虛弱失眠外，脈象不見半分異樣，找不出是何原因導致頭疼。

助眠的藥，藥效越來越小，到後來即便喝了藥，也只得淺眠半刻，沒多久就會醒來，頭痛欲裂，無法入眠。

「玄公子，求您快想想辦法啊！」

六神無主的綠殳把玄朗當成靠山，幸虧有玄公子在，若是沒有他，單請大夫就是難題，公子的身分也會暴露。

等等，綠殳的腦中飛快地閃過一個被自己忽略的細節，大夫、把脈、公子……

這些線索飛快地串在一起，她後知後覺，驚悚地發現一個事實——她們主僕一直隱藏的秘密已經曝光。

玄朗公子既精通醫術，怎麼可能從脈象上分不出男女？那公子是姑娘的秘密，早暴露了?!綠殳雙腿發軟，腦子裡一片空白——玄公子知道姑娘是姑娘了！

榮嬌被頭痛折磨得容色憔悴，吃不下、睡不好，本就單薄的身子迅速瘦成皮包骨，尤其是那張小臉，下巴尖了，彷彿只剩一雙又黑又大的眼睛。

以往總是從容的玄朗，眉宇罕見地帶上幾分焦慮與戾氣。小樓到底怎麼了？以他的醫術，居然找不出半點原由。

這種眼睜睜看著心愛之人受折磨，卻無計可施的滋味，玄朗從未嚐過，幾令他發狂，恨不能以身相替。

曾經瀕死的重病、連續不斷的噩夢、數十年前的舊劍……這些會有什麼關聯呢？是導致小樓發病的源頭嗎？

玄朗半跪在床頭，動作輕揉地按摩著她的頭部。她頭痛起來時躺也不是，坐也不是，恨不得將腦袋摘了去，藥石罔效，唯一稍微能緩解的是他的按摩，於是他日夜守在床前，不分晝夜幫她緩解痛感。

可這畢竟解決不了問題，玄朗盯著面前慘白的小臉，心裡塞滿千頭萬緒，頭一次開始懷疑自己的醫術，或許真有些疑難雜症是他不曾聽聞的？

「玄公子，阿金大哥回來了。」

綠殳的稟告打斷他的思緒。

「快叫他進來。」

玄朗精神一振，起身向外室走去，不知找到人沒有……

阿金身畔站著一位鶴髮童顏的老道人，玄朗一見此人，緊繃了數日的臉上露出若有若無的喜意，顧不得寒暄，抓著老道就往內室拽。「你可來了！」

正要行禮的老道一時不防，被他趔趔趄趄地拉進屋裡。

「快點，把脈。」

松明子從未見過玄朗這般失措，沒承想有生之年竟然有機會親眼見到泰山倒在自己面前，有心取笑兩句，但見他面帶焦急，還是識趣地壓下了，坐到床前，先是仔細察看榮嬌的面色，然後伸手把脈。

玄朗站在他身旁，緊盯他的神情，眼底是毫不掩飾的緊張與期待。

隨著時間的流逝，松明子的長壽眉越皺越緊，他面露疑色，抬眼看了看玄朗，又換了榮嬌另一條胳膊，按在內關上再次診脈。

玄朗盯著他，眼底失望之色愈見濃烈。

松明子站起身來，一言不發，衝玄朗使個眼色，率先出去。

「不是病。」松明子看著玄朗道：「你應該知道。」

憑他的醫術，不會連有沒有病的脈象都分辨不出來。

「請你來不是為了看病。」玄朗語氣清冷。

「貧道以為公子覺得貧道的醫術比較高明些。」

松明子本想開個玩笑，習慣了他溫文儒雅地掌握全局，對他此時的冷冽氣勢不適應，誰知話音剛落，玄朗的臉色更難看幾分。「看出什麼了？」

「不大確定，需要先問問情況，不知公子對那位……嗯……」松明子不確定應該怎麼稱呼，床上躺著的明明是個姑娘，阿金卻說是公子的弟弟病了……

「小樓公子。」在沒有徵得榮嬌同意前，不會有其他人知曉她的秘密，雖然對松明子是沒辦法隱瞞。

「小樓公子，不知公子對他了解多少？」松明子從善如流，管他是小樓公子還是小樓姑娘，總之公子說什麼就是什麼。

玄朗皺眉。「有話直說，別賣關子。」

松明子見他已處於暴躁邊緣，不敢再撩撥他，直言道：「或是離魂症，或是鬼附身，或是神魂不融洽……嘖嘖，老道這回也開了眼……」

「如何能解？」

雖然已有猜測，聽到松明子之言仍有片刻的驚詫，竟然是真的——可不管是否匪夷所思，他只關心怎麼能救治好小樓，至於到底是什麼鬼，視為病源即可。

「你、你就這個反應?!」松明子跳腳，老道撞鬼不是頭一回，卻是頭一遭看到如此淡定的家屬……哦，不是家屬。

「你想要什麼反應？」玄朗淡淡地掃他一眼。「害怕？驚慌失措？哭喊著跪求道爺救命？」嗤笑一聲。「別廢話，詳細說。」

「我懷疑……她身體裡有兩個不同的魂魄。」

饒是玄朗見多識廣，也被松明子的猜測嚇了一跳。「這就是常說的鬼附身？」

「不是鬼附身。」松明子搖頭。「鬼附身的情形不同，若是鬼上身，必定會與本身神魂互噬，除非一方徹底落敗消失，否則絕不會相安無事；而且，她近期都與你在一起，你身上的龍煞氣是所有鬼魂的剋星，所以不是鬼，只是魂魄不穩。」

「雙魂又是怎麼回事？」

他的小樓不僅僅是小樓，還是別人？玄朗一想到這個，心裡說不出是什麼滋味。

「人有神魂，身體只是容器，人死而神魂不滅，按正常說，一具身體只能裝載一個神魂。」松明子決定從頭講，理順自己的思路。他也有點亂，畢竟眼前的現象只聽說過，沒碰過實例。

「能同時擁有雙魂而相安無事的，要麼是出於原主自願，如主人同意客人留宿家中；要麼是原主不知道有另一道神魂的存在，所謂樑上有君子，主人尚不知……」

「現在的狀況是主人突然醒了，發現來了蟊賊，進行驅趕，另一方不肯退卻，兩者對攻？」這豈不是說小樓現在非但痛苦，還處於極度危險之中？

「不，若真是你死我活的對抗，就不僅是頭痛了。」松明子持不同意見。「都過了好幾天了，小樓公子還好端端的……」

玄朗想揍他，這還叫好端端的?!人都瘦成一把骨頭，頭痛起來想摘腦袋！

「沒癡沒傻也沒死，更沒有變成另外一個人，這不是好端端的？」

松明子被他陰鬱的眼神戳得全身發寒。得，沒好端端的，情況很嚴重，嚴重到人快要掛了，這總可以了吧？

「估計小樓公子身上的雙魂已經極為罕見地融合在一起，準確地說，她現在這種情況不叫雙魂，是合而為一的新生了，所以，平時接觸的小樓公子就是小樓公子的本人。」

見玄朗真惱了，松明子適可而止，不敢再胡亂打趣，急忙把自己的猜測及判斷說出。

「她曾經在大病之後有過噩夢與頭痛的經歷，應該是雙魂融合時產生的不適反應。」

「你是說後來的魂魄趁她重病之際，用了某些手段搶占了她的身體？」

「不是，應該是瀕死之際，神魂出竅、離體消散之時，有了某些巧遇，消散部分與另外的神魂相融，又重新活了過來。」

「那她現在是怎麼回事？」

慰。

玄朗鬆了口氣，雖然自己不介意，但知道喜歡的小樓就是真實的小樓時，還是莫名欣慰。

「應該是受到強烈刺激，神魂不穩導致的頭痛。為今之計，必須先安魂，之後再想法子解開她的心結，才能將隱患徹底解除。」

「盡快開始，需要準備什麼？」

玄朗一刻也不想耽擱，這些天看著小樓受折磨，他的心都要疼碎了，反正事情沒解決，松明子也別想走。

「不用，尋常東西也沒用。」松明子露出肉疼的表情。「老道壓箱底的寶物啊……這回的香火錢，你可得多給些。」

玄朗與松明子的對話，除了他兩人外，沒有第三者知曉，松明子使了哪些手段、開的何種藥方，除了玄朗亦無人知曉。

榮嬌只覺得自己陷在團團黑暗之中，能看到遠處天邊的星點，但越想靠近，頭就痛得越凶，腦子裡好像塞進了一幅撕碎的畫卷，似乎若能將碎片拼湊完整，就能擺脫痛楚，只是她越是急於按圖索驥，越痛到無法忍受。

自己被撕裂成了涇渭分明的兩半，一半清楚地感受著無邊的痛，一半對此束手無策，想幫忙，卻總被一層看不到、摸不著的牆阻攔，無論怎樣努力，都無法穿透……

第八十四章

榮嬌清楚發生在自己身上的一切，在疼痛的邊緣，外界的情形也模糊地出現。她聽到綠殳擔心害怕的哭泣，她看到玄朗眼底的焦灼，日夜待在自己的床邊，那雙溫暖的手幾乎沒離開過她的頭頸，一直在小心而輕柔地按摩著，不知疲倦……

他身上的味道很好聞，山泉翠竹的清涼與鮮綠中，神奇地透著淡淡如陽光般的暖意，這清涼的暖意充盈在身體四周，配合著頭部的按摩，痛感彷彿減弱了一分。

慢慢地，就在她以為自己會在疼痛中死去時，痛感竟逐漸削弱，而原本將她隔開、那層看不到的屏障似乎在消散，她的身體也奇蹟般開始重合，以隱約可見的速度變得更為凝實，好像無數個自己在不斷地疊加，莫名地讓榮嬌想起那年雪後，哥哥們帶自己堆雪人的情景。

二哥說雪堆要壓實，不能是軟的，這樣堆出來的雪人才不會塌。於是二哥負責運，小哥哥負責堆，她負責拍打雪堆，小哥哥加一鏟雪，她跟在後面用寬木鏟使勁拍打，將新蓋上的雪拍壓嚴實，一層層鬆軟的雪不斷堆上來，雪堆在變大變高的同時，保持著堅硬的姿態……

所以，她現在就是那個不斷變大的雪人堆嗎？想起雪人堆好時，她圍著雪人，拉著哥哥們的袖子，歡笑著，榮嬌想笑了。好久沒有這般高興了呢，她很少那樣恣意放縱地大笑，在她兩世的人生裡，都是屈指可數的……

「雪人……」

她忽然就笑出了聲音，然後醒了。

沒有雪人，沒有哥哥們，映入眼簾的是一雙溫柔擔憂的雙眸，有著極為漂亮的薄薄眼瞼，眼尾微微上揚，眸光如暮春傍晚的風，和煦中含著憂鬱。

榮嬌慢慢睜大眼睛，輕輕眨了眨。

眉若刀鋒，鼻似懸膽，素來潤澤的薄唇有幾處乾裂，她微蹙眉，視線移動，是玄朗那張熟悉的臉，卻又有些變化，臉頰瘦削，眼底泛青，彷彿經風雪蹂躪的青松，高潔依舊，卻因憔悴而生出一種頹廢之美。

這樣的玄朗，她從未見過，意識也處於恢復之中，一時有些愣怔。

「小樓。」

玄朗幽黑的眼睛突然亮了，那瞬間亮起的光彩，如朝陽跳出海面，迸射著無比的燦爛與欣喜，彷彿明亮的光線落在他臉上、眼中，愉快地閃耀著。

他的手撫上她蒼白的小臉，溫暖的手指觸到她微涼的肌膚，低啞地喊她的名字，目光深深地望進她眼底，好似萬物皆消退，眼前、心中只有她，她即是天地。

綠殳像隻怕被遺棄的小貓，一刻不離榮嬌的身畔。

榮嬌問起病症時，她搖頭不知，只有一樣記得清楚。「您不能多思勞神，要靜養，想知道什麼，您問玄朗公子。」

要不要提醒姑娘玄公子已經知道她是女兒身了？可之前是玄公子給姑娘診脈看病，以姑娘的聰明自會想到，但姑娘對玄公子的態度沒有改變，或許姑娘另有打算，做丫鬟的，還是聽姑娘的吧！

主僕兩人有默契地忽略此事，而另一位當事人，更是坦然。

「有什麼要問我的？」

兩人正說著話，一道清淺含笑的嗓音響起，是玄朗。

聲音傳進來，腳步卻在門外止住了。

「大哥，怎麼不進來？」

榮嬌清醒之後，頭就不痛了，按照松明子的叮囑臥床靜養，用安神湯，將養即可。

玄朗不像她病時那樣日夜不離，每天都是白天過來，早中晚把脈兼陪她吃飯，榮嬌這番折騰瘦了許多，胃口也不好，玄朗費心思擬了合她口味又利於補身養神的單子，吩咐廚房精心準備。

「感覺如何？睡得好嗎？」

綠殳奉茶，取了案枕放到暖榻的小几上，玄朗坐在暖榻的另一側，這是每日必有的診脈時間。

「很好，沒有作夢。」

他的手指指腹暖而柔韌，神情平和，榮嬌從他收得微緊的下頷判定他有點緊張。其實每次診脈的時候，他都不如表現出來的那般輕鬆，不自覺有些極其微細的小動作洩漏了他的擔心。

榮嬌的笑容軟軟的，透著絲甜意。

綠殳說松明子只給她喝了碗符水，但她知道這不是全部。初醒時，乍聽玄朗請了位離山的老道來給她治病，又聽綠殳誇讚道長的仙家手段，榮嬌的心嚇得停跳了幾拍——精通仙家手段的道士？天哪，玄朗是請他來捉鬼還是看病的？

榮嬌那一刻真是全身僵冷，找不到自己的手腳，只有一個念頭：被看穿了！

她小心翼翼隱藏著的秘密，誰都不敢告訴的秘密，在最親近的哥哥們與嬤嬤面前都沒有勇氣吐露半分的秘密，驟然因一場病被一個老道看穿，惶恐如泥石流般將她沒頂掩埋。

榮嬌以為等著自己的會是熊熊燃燒的怒火，結果什麼事情也沒有，綠殳以為她又發病了，急吼吼地找來玄朗，玄朗衝進來時那滿臉的焦灼慌亂與擔心，瞬間就安撫了她——原來沒事。

其實，秘密或許已不是秘密。

醒來的當晚，她發現自己脖子上多了條非玉非金的項鏈，乍看是繫了紅繩，仔細一看卻不是常見的絲繩，柔韌而結實，是她從未見過的材質。

項墜是塊黑漆漆的圓柱，似木質，入手輕飄飄的沒有分量，上面刻滿了繁複的花紋，榮嬌拿在手裡仔細嗅過又放到嘴邊用舌頭舔，確認是桃木。

桃木乃辟邪之物，再看那些花紋，凌亂潦草，更像是層層疊疊的符。

這不是她的東西，唯一的可能是生病後神智不清時別人幫她戴上的，這個別人，只能是玄朗。

更奇怪的是，她不知道這條項鏈是怎麼戴到脖上的，那條鏈子居然沒有接頭，拿在手裡對著鏡子找，竟沒有找到接合的部分，鏈子與項墜嚴絲合縫連在一起。

她試著取下來，卻發現項鏈長度小於自己的頭圍，不能直接摘下來，那是怎麼戴上去的呢？

榮嬌百思不得其解，卻不想佯作不知，脖子上多了條原本不屬於自己的東西，若是連問都不問一聲，不符合常理。

她先問綠殳，綠殳的答案卻完全不在狀態內。「哦，是玄公子給您戴的，他有說過。」相較於綠殳，玄朗的答案有幾分避重就輕。「是我求的，那是桃木平安符，妳這陣子七災八病的，求個心安。」

她欲細問，玄朗就岔開話題。「乖，別想太多，妳現在不宜多思多慮，安心戴著，大哥不會害妳，過幾日妳養好精神，我再慢慢告訴妳。」

玄朗神色坦然，榮嬌在他的神態裡沒有發現半分的異常，心虛的她提出要向松明子道長當面道謝，卻得知道長已經離開，不知前往何處尋訪仙蹤。

榮嬌忐忑不安了半天，只好放下心思，安靜地補覺養神，調理身體。

在玄朗心裡，他的小樓是最重要的，以他的敏銳與體貼豈能不知榮嬌的心思，故而見她的精神好些，不待她開口，主動找了個合適的機會挑起話題。

「小樓，我有個小小的好奇……」

彼時夕陽正好，兩人分坐在窗前的暖榻下，軒窗半開，輕暖的風若有若無地拂來，西邊天空鋪滿發光的橙色，映得半邊天空明麗澄淨。

「好奇什麼？」大哥不像是好奇心強的人呢！

「暮靄生深樹，斜陽下小樓。小樓是隨口取的，還是意有所指？」

當時她迅速地報出自己的名號，不似臨時起意，倒好像早有準備。

「不記得了。」縈嬌沒在意，以為他是觸景生情。

「哦，不會湊巧從這句而出吧？」

「不是，是獨立小樓風滿袖，平林新月人歸後。」

說完，她卻有小小的失神。獨立小樓風滿袖？那是樓滿袖？是這個原因嗎？

玄朗沒有錯失她的失神，獨立小樓風滿袖，小樓，樓滿袖……再結合縈嬌之前的反常，他要從這七個字中找出關鍵，重新排列組合，並非難事。

「嗯，這句意境頗佳。」玄朗微頓，閒閒起了新話題。「那把劍，妳很喜歡？」

說到劍，縈嬌眼底的笑意微微凝滯，她這次頭痛，與劍有關，有什麼原因，眼前彷彿又要升起團團迷霧。

「不要急，過猶不及，事緩則圓。」玄朗的聲音如一道清泉，成功安撫了縈嬌的躁氣。

「時機未到，不要逼自己。我們小樓這麼好，就算這柄劍與妳有緣，一定是善緣。」

善緣？或許吧，夢裡被這把劍不知劈了多少回，真沒看出善緣在哪裡……挨劈的善緣，要多賤啊！

「這把劍的鑄造時間約在四十年前，據其尺寸與重量推測，應是為十歲以內的孩童量身訂製的。根據鑄造風格推論，」玄朗的神色如舊。「原主應是西柔人，西柔人多力大剛猛，素喜重劍，劍柄上的裝飾花紋，取自皇族族徽變形，只有皇室宗親才有資格使用。」

西柔皇族？榮嬌的腦中閃過富麗堂皇的房舍、金碧輝煌的大殿……樓滿袖曾見過這柄劍？這柄劍是她或她的熟人所有？玄朗說這些是什麼意思？他想知道什麼？或者他懷疑了？是想證實，還是想確認什麼？

榮嬌知道自己不該這樣想，他為自己做得夠多了，身體卻不自覺地警覺戒備，原先斜倚在靠枕上的脊背不覺間挺直。

這種變化看在玄朗眼裡，一顆心彷彿被她的小手掐了一把，又酸又痲，小樓對他還是沒完全放下心防，他做得還是不夠好……

「小樓，大哥說過，不管何時，妳不想說的事情，我永遠不會問。妳喜歡什麼就做什麼，只要妳高興，做喜歡的自己就好，小樓公子也好，池家榮嬌也罷，都不重要……願意怎樣就怎樣，隨妳的心意就好。在我面前，永遠不須害怕，不需要顧忌，更無須對我解釋。」

「大哥……」榮嬌驚訝而感動，玄朗的這番話出乎她的意料。「我……」

「噓。」

玄朗拿過她擱在膝上的小手，將她冰涼的小手握在自己溫暖的掌心中。「在我眼裡，妳就是妳，是最好的，獨一無二的……妳想要的答案，我會幫妳一起找，以後，妳所有要做的事，我都會陪妳一起。」

夕陽下的談話如何結束的，榮嬌記不得了，腦子裡只有玄朗那雙幽黑的、浸滿了綿綿情意的清眸，她只記得，自己似乎快要溺斃在那雙眼睛裡。

類似的話，二哥、小哥哥不止說過一次，可是滋味卻完全不同。

他的話、他的眼神、他溫暖寬厚的手掌，在這一刻，全都變得與往日不同，心跳得厲害，那是一種無法用言語來形容的雀躍，明明慌到不行，卻又有一股難以言喻的輕快和愉悅。

榮嬌覺得自己好像又病了，不是上次那種難忍的頭痛，而是有著些許陶醉的暈眩，那種醺醺的滋味，當真妙不可言。

次日再見玄朗，她在他的眼神裡看出些別的內容，在這樣的注視下，忽然就生出些許的侷促，玄朗看出來了，心情極好地笑了。

所以，他的小樓，對他也不是沒有感覺的……

天氣真好，他的小丫頭嬌羞低頭，裝模作樣地把玩著手裡的毛筆，那小小的不自在似乎讓空氣中多了一絲曖昧，玄公子的心情越發地好。

「來，讓我看看妳的字，長進了沒有？」

「別看。」

榮嬌來不及將桌上的紙收起，玄朗已經欺身上前，伸臂將她面前攤開的紙張取到手裡。

長眸微凝。紙上墨色新鮮的字，分明寫了西柔、樓滿袖、短劍……西柔，真與她有關係？難道那一個，竟是樓滿袖？

「對西柔有興趣？」玄朗含笑問道，眉宇間不動聲色。「那是個風土人情與大夏完全不同的地方，妳若是想，我們一起去看看，西柔的王城很宏偉、很有特色。」

「大哥去過嗎？」

榮嬌聽他的描述，好奇的同時又有種小小的自豪，彷彿他的讚美令她驕傲。

但這是完全不應出現的感覺——她從未與西柔有過交集，西柔王城如何，與她何干？

感覺到她的否定，忽然有一股淡淡的悲傷湧上，榮嬌臉色微頓。這是她的身體，情緒由她控制，何來悲傷？悲傷是她的，還是樓滿袖的？

「以前去過……」

榮嬌不懂，自己現在是誰？是池榮嬌，還是樓滿袖？抑或兩個都是？

玄朗的黑眸中閃過舊時的刀光劍影，再抬眼，長眸裡漾起一片明亮的笑意。「是個好地方。」

也是個危險的地方。

「大哥，你曾說過西柔國姓為樓，那你知道宗室裡有沒有一個叫樓滿袖的？」

如果她是樓滿袖，至少得知道自己是誰吧？

「有。」對於她的問題，玄朗將記憶裡關於樓滿袖的事道出。「她是上一代西柔王的女兒，英武過人，曾有西柔第一貴女之稱。生母在其五歲時難產而死，有一同胞兄長，更具體的資料須再打探。」

西柔公主，同胞哥哥？榮嬌眼前閃過模糊的片段，一個音色年輕的男子讓她喝茶……

「那這位公主現在多大了？」

上一代西柔王的公主，年紀應該不小了吧？滎嬌曾聽說，當代西柔王登基有十多年了。

「如果她還活著的話，算起來應該是三十多了吧！」玄朗盤算著。「十幾年前，西柔朝廷動盪得厲害，宗室王親死了不少，上代西柔王也是那時駕崩的。」

第八十五章

「十幾年前？」

榮嬌難以置信，樓滿袖十多年前就死了？

「我記得如此，畢竟年歲遠了些，又是鄰國之事，回頭我讓阿金去查。」十多年前的西柔資料應該還能查到一些。

「謝謝大哥。」

榮嬌故意避開他的眼神，生怕在他的眼底看到探詢。無論是小樓還是榮嬌，對死去多年的異國公主有興趣，這種異常，很難解釋。

「小傻瓜，又客氣了。」玄朗修長的手指親暱地點了點她的鼻尖。「對我，不須道謝。」

任何時候，任何事，為妳，都是應該的。

溫暖的指尖畫過她微涼的鼻尖，榮嬌有一點小小的羞澀，面頰熱了熱，落在玄朗眼中，剛補回一些豐潤的白皙小臉上，那抹粉意迷人至極。

「大、大哥，我們何時動身？」

他的眼光太過灼灼，榮嬌不自在地移開了目光。

「不急，再等兩日。」

好。

松明子說了，她的情況不能勞神，雖說有千年桃木符貼身養神安魂，還是多休養幾日最好。

「我已經好了。」榮嬌豈不知他逗留的原因是因為自己，急忙出聲分辯。「大哥，我想早點回去。你看，生意不能都推給李掌櫃，還有嬤嬤，肯定是望眼欲穿，再說小哥哥春闈結束後要跟先生外出遊歷……」

榮嬌本是為了轉移話題，可扳著指頭一數，發現牽掛的人事很多，還有池府，萬一有意外，繡春假扮的自己未必能應付。

「真的好了，我可以坐馬車，大哥的事情向來多，也不能耽誤啊！」

她容貌嬌俏，因為有求於他，不自覺地用撒嬌的語氣與他纏磨，這種感覺對於他來說新鮮又心動，如在夢裡，心便不自覺軟下來，勉強點頭。「好吧，不過，行程要聽我安排。」

「遵命。」

榮嬌喜孜孜地點著小腦袋，本來行程也是他做主的，她完全沒有意見。

玄朗答應她次日啟程的要求後，又磨蹭了片刻，在她的催促下戀戀不捨地回去，找阿金吩咐啟程的準備。

阿金正著急，公子拋下正事不管，只陪小樓公子，來回若干天，緊急要務積累許多，本來他晚上還會處理一部分，自從小樓公子病了後，公子諸事不理，一心只做心疼幼弟的好大哥。

還好小樓公子痊癒了。阿金長舒了口氣，一聽要啟程，自然是歡喜至極。

公子這種慣孩子的狀態不對，放任自流是不安全的，等回了都城，事情一多，小樓公子也有自己的事情要忙，就回歸常態了。

可阿金說不出是什麼滋味，總覺得隨著小樓公子在主子心中的分量越來越重，對公子的影響越深，未必是好現象。公子對世上的人事物向來雲淡風輕，唯獨對小樓公子無法保持一向的從容。

但公子，是不能有軟肋的，一旦有了軟肋，被外人得知會生出多少風險——有了軟肋的公子，就不是以往無堅不摧、沒有弱點的公子了。

阿金平心而論，小樓公子很好，但若他有可能成為公子的弱點，阿金就覺得不好了，最好大家回去之後各忙各的，來往不要太頻繁，如以往那般，對誰都好。

小樓公子只是普通人，與公子來往甚密，未必是好事，這個道理，他相信公子是懂的，卻依舊我行我素，為何？他想不通。

「哥佬幫還沒有清理乾淨？」

在阿金的報告裡，玄朗沒有聽到哥佬幫的消息。

在棲城時，他要求的是徹底剷除，雖然需要些時間，按說現在已經該有個結果了。

「逃走了幫主和兩個核心幫眾。」阿金的臉上露出愧色。「這三人逃到都城，隱匿不露形跡，咱們的人正在巡查。」

「誰在後邊？」

玄朗語氣冷淡。阿金親自指揮，但他的人連一個江湖幫派都掃不乾淨，這是不可能的，能讓對方逃到大樑城沒了蹤跡，一定是這個哥佬幫後面還有人，而且還不是一般的人。

一個小小的江湖幫派，居然能在大樑城躲過他手下的搜尋，哼，想來來頭不小。

「尚未最終確認，哥佬幫做的是人口生意，上、下九流都能扯上關係，逐一調查須花費時間，只能確定哥佬幫背後有人，應該是某位大人物，從繳獲的帳本來看，哥佬幫每年收益的大部分都是流往都城的。」

江湖幫派與官場中人有所牽扯是常情，哥佬幫是某個貴人斂財的工具也不奇怪，何況據分析，哥佬幫的成立是有人在背後扶持操縱，讓正道不方便做的事，透過江湖幫派來處理。哥佬幫喜做人口生意，此舉除了能快速斂財，還能將人控制在手裡，替他們搜集情報，網羅隱私……」

「公子，若是如此，幕後人所圖非小。」阿金瞇起了眼睛，臉上露出興奮，正閒得發慌，居然有條大魚送上門來。「屬下這就加派人手，盡快查出那個楊幫主的底細，敲開他的嘴，看看背後到底是誰。」

「不妥。」玄朗淡笑。「打草驚蛇，逼得緊，防他殺人滅口。」

「可是那幾個傢伙藏得深……」

阿金覺得窩火，總歸這幾個人一日未抓到，他金大人身上的這個污點就一日擦不去。

「追得緊，對方不敢露面，不如讓他們主動尋你。」

任誰無故被挑了老窩，必定是要查原因、找仇家的，幕後之人不會輕易善罷甘休——

「公子，明天休息一天吧？」

綠殳滿面焦慮，看姑娘的臉色就知疼得厲害，這種狀況還怎麼趕路？

「不用。」

榮嬌也沒想到，臨睡前忽然來了癸水，腹部冷痛得厲害，明明已是初夏，居然手腳冰涼，全身瑟瑟發抖。

好在綠殳有經驗，隨身的包袱裡帶著女性用品，雖然事發突然，一陣慌亂之後，已迅速處理妥當。

「可是，您這樣子，不適合趕路。」

綠殳跺腳，真是該死，都是她不好，明明知道姑娘已經來了初潮，怎麼就沒在這方面多留意呢？

在玄朗家拜年時出的糗，榮嬌埋在心底，跟誰都沒有說，也就瞞下了她天癸已至的消息，欒嬤嬤與貼身丫鬟都將她第二次的癸水誤以為是初潮。

而現在，她怎麼好意思跟玄朗開口？何況為她的事情，已經耽誤了他的行程。

「沒事，馬車裡躺著一樣可以休息。」

「好吧，若是難受得緊，您不要忍著。」

綠殳想到若無原因提出停留兩天，玄公子必定是要相詢，他是個男人，又不是姑娘的親大哥，確實有些難以啟齒。

一夜淺眠，主僕兩人都沒睡好，次日醒來，榮嬌又是臉色發白。

「小樓，今天暫停一天可好？我有點事情要處理。」
綠殳正猶豫要不要與玄朗提起，用完早膳，玄朗卻先提出自己有事要辦。
「大哥安排就好，我聽大哥的。」
她略顯蒼白的小臉，清亮的眼眸有著淡淡的倦意，玄朗看了不由暗暗自責。都是他不好，昨天就該跟她說有事要停幾日再走的，明明猜到她在這幾天或許身子會不適……是他沒拿捏好，女孩子這幾日不能勞累，他明明是知道的。
玄朗見縈嬌臉色與精神都不好，吩咐綠殳好生服侍。
阿金很莫名，用完早飯正準備安排啟程，公子忽然說要在此逗留幾日。
「去找處好宅子，好生佈置，我們午後搬過去。」
原本在此處只宿一夜，挑間好的客棧，湊合一夜，等到下一處再好好歇息，沒承想人算不如天算，既然如此，就不方便繼續住客棧了。
「公子，可還有別的吩咐？」阿金站著沒動，眼巴巴繼續等指令。
「王三那邊，如何了？」等來的卻是另一句風馬牛不相及的詢問。
「已布局，張網以待。」怎麼說到王豐禮了？轉折要不要太大？
「先別收網，等我們回都城。」
小樓現在不在，若是動了王豐禮，萬一壞了她的空城計就不好了，暫且等幾日吧，反正池縈勇已同意將這事交給他解決了。

終於回來了。

大樑城高大壯觀的城門越來越近，猶如一隻巨獸昂首於天地之間，不愧是大夏的國都，海內獨尊的第一城。

榮嬌在夏天靜謐祥和的黃昏中進了大樑城的城門。

玄朗與阿金等人，在城外二十里處的岔路與他們一行道別，玄朗要去西山別院，暫不回城。

榮嬌心底不捨，但想到他陪自己這麼久，確實會有很多事要做，即便他把自己送到芙蓉街，還是得走。所以，習慣真是個可怕的東西。榮嬌自嘲，習慣了玄朗的相伴，聽到他說要提前分別，回家的喜悅十分減掉了三分。

待接風宴過去後，天色已晚，榮嬌好好泡了個澡，趿著軟緞便鞋，只著中衣，披散著頭髮坐在床頭，思量李忠的話。

藥鋪局面已打開，計劃再開一間，米鋪那邊也不錯；城南別院內，欒嬤嬤除了擔心之外，一切都好，池府沒有派人去過；曉陽居的岐伯來問過，留話要她回來後抽空過去看帳目。

唯一不好的，是池三少。

榮嬌想起李掌櫃提起小哥哥時那副怨氣滿腹的表情，很頭疼。小哥哥的氣到現在還沒消，每回見了李掌櫃就沒好臉色，似乎認定就是在他們這一夥人的慫恿與縱容下，她才有膽子偷偷跑到百草城。

榮嬌猜小哥哥會不高興，原想時間長了，他的火氣消得差不多了，看到自己好端端地回來，罵幾句就夠了，如今看來還在生氣，後果還是會很嚴重。

唉，榮嬌不敢拖延，若小哥哥知道自己回來了卻沒在第一時間內與他聯絡……嗯，熊熊大火就更難撲滅了。

小樓公子。

榮嬌回到芙蓉街沒多久，池榮厚就收到署名為小樓公子的邀請函，道是自己遠行歸來，擺下小宴，誠邀三少蒞臨。

這個壞丫頭，總算回來了！

池榮厚的眼睛掃過精美花箋上那熟悉的字體，只覺得壓在胸口的重石終於搬走了，總算能長舒一口氣。

自從知道這個小丫頭偷偷跑去百草城找二哥，他的心就沒放下過，立刻託人給二哥送信。他得信太晚，知道後追過去也來不及，才強忍著留在都城等信。

一邊要完成先生交代的課業，一邊擔心她和二哥，生生被逼得消瘦憔悴，好在後來二哥來信，說是嬌嬌已經平安抵達他那裡，事情已解決，她不日內將啟程返家，讓他放心；且嬌嬌在路上遇到玄朗，幸得他相護，回程亦有玄朗同路，讓他勿念。

收到信，池榮厚的心放下一半。沒事就好，平安回來就好，雖然玄朗那人有些高深莫測，總歸是相熟之人，況且對榮嬌很好。

可算是等到她平安而歸了！

這個丫頭，看他怎麼收拾她！這回一定要好好教訓，不然以後再來一次偷跑，他三少爺得減十年壽！

拿定主意要教育妹妹的池榮厚，次日一大早就趕到芙蓉街。他到的時候，榮嬌正在用早飯，見到一向陽光燦爛的小哥哥忽然化身為二哥的冰山模樣，俊顏冷淡，神色不明地注視著她，立馬懵了。

她心虛膽怯，急忙站起來，怯生生地小聲道：「小、小哥哥……」

池榮厚沒說話，淡淡地瞅著她。瘦了，太瘦了，本來就沒幾兩肉，這回更只剩骨頭了。

池榮厚的心就疼了，嬌嬌從未遠行過，出門不易，路上辛苦，不知小丫頭是怎麼熬過來的，聞刀、綠殳是死人嗎？明知道趕路辛苦，還不好好照顧她？

「小哥哥，你、你吃早飯了沒？要不要喝碗粥？」

榮嬌自知做錯事，這趟跑出去，一來一回，煎熬最久的一定是小哥哥，早有挨訓的準備，也知道自己做得過了，小哥哥肯定氣大了，不會像以往那般好糊弄，撒個嬌、說幾句軟話，他就放過自己了。

池三少見妹妹覥著小臉，低聲下氣，一副知錯認錯、認打認罰的小模樣，再看看她瘦成巴掌大的小臉，心疼氣惱，滿腹的怒如洩了氣的氣球，不覺就癟了下去，哪裡還捨得訓斥她？

唉，真是拿她沒辦法，池榮厚暗嘆一聲。

第八十六章

榮嬌以為的電閃雷鳴根本沒有發生，小哥哥只是狠狠瞪了她一會兒，說了句「下不為例」，就坐下喝粥了。

居然沒有罵她？就這樣過關了?!

榮嬌有幾分難以置信，這是小哥哥嗎？她都做好了迎接暴風雨的準備，小哥哥這次怎麼這般好說話？難道發生了什麼她不知道的事情？

榮嬌狐疑探究的眼神上上下下掃著，池榮厚也不揭穿她，老神在在，任她打量。

嬌嬌可算回來了，妹妹大了，太不省心了，鬼心眼多了不說，還有頂小樓公子的帽子，想往外跑就往跑，真是拿她沒辦法。

池三少喝著茶，莫名有些感慨。二哥在信裡說，嬌嬌的親事，他拜託給玄朗處理，讓他安心跟著先生去遊歷；若是在出發前玄朗未曾找他，應是沒處理妥當，時機未到，他只管安心跟先生去，玄朗視小樓為親人，讓他放心。

二哥何時與玄朗有交情了？他們是第一次見面吧？二哥居然就請他來處理嬌嬌的親事？

嬌嬌越長越大，身材與眉眼都長開了，扮男子露馬腳的地方會越來越多，二哥怎敢篤定他會一直視小樓為親人？萬一哪天嬌嬌被他識破……還是二哥已將詳情告知與他？

「二哥與玄朗有單獨會面嗎？」池榮厚不放心。

「不知道呀！」榮嬌搖頭，她沒注意這個。「不過，二哥對他印象很好，說你們都不在的時候，讓我有事找他。」

不像你，淨說人壞話，還讓我跟他保持距離。

池榮厚輕哼。那是什麼表情？不就是要說他眼光不行，他嫌棄的人，二哥卻覺得好？

「妳個小壞蛋！」他狠狠瞪了妹妹一眼，玄朗這個腹黑的，嬌嬌不過與他同行幾天，就學會暗諷了。

「小哥哥再過個五、六天就得走了，妳怎麼打算？」池榮厚相信玄朗不會害榮嬌，不過總歸是外人。「現在是大嫂管家，嬌嬌若是想回府，我讓她派人去別院接嬌嬌。」

康氏「重病」的原因，池萬林沒有瞞著，畢竟三個兒子都是康氏所出，若是沒有合理的原因就剝奪康氏管家權，將其禁足，兒子們囿於孝道，雖不會與他翻臉，終歸會父子離心。所以池萬林將康氏放印子錢的證據擺在桌面上，證據確鑿，如此處置保留了康氏的臉面，並不過分。

「不用，外面自由，不想回去。」榮嬌毫不遲疑地拒絕了小哥哥的提議，不管換了誰當家，她都不想再回池府，最好池府永遠忘記她的存在。「藥鋪要再擴一間鋪面，很忙，回府不方便。」

現在兩間鋪子都賺錢，但這些遠遠不夠。

「行，隨妳。」

池榮厚之前也猶豫，一方面覺得她這樣在外面晃蕩，扮做男子做生意，總歸不妥，二哥與自己都不在都城，實在不放心，但真的回府去住，也是各種不方便，大嫂鄒氏也不是好相與的。

「妳幫我約玄朗，人家把妳一路護送回來，答謝宴總該有的。」

既然要暫時把嬌嬌託付給他照應，一路又蒙他照顧，於情於理，他這個做三哥的不能失禮。

「不用謝，都不是外人。」

榮嬌沒在意，隨口答道。玄朗剛回城，各項事務肯定積累了一堆，小哥哥馬上就要離京遠遊，事情也少不了，兩人都忙，沒必要特地約頓飯了。

何況她還沒回別院呢，再不回去，嬤嬤一定會忍不住找過來。

「咦？」池榮厚聽了她隨意的語氣有點意外。「嬌嬌，義兄與親哥還是有區別的，該謝還是要謝，不能失禮。」

他的意思榮嬌懂……唉，小哥哥真是小氣鬼。

榮嬌吐吐舌頭扮個鬼臉，他怎麼就看玄朗不順眼，明明二哥與玄朗相處得不錯啊？

「好啦，我知道了，我問問啊，這一路，耽誤人家不少的工夫，他平常都很忙的，不知道有沒有空，人家不會挑這個刺的。」

人家……他……

池榮厚覺得妹妹軟軟甜甜、一口一個人家的，頗刺耳，再細想也沒什麼不對，不叫人家叫玄朗，他也未必聽得入耳。

「什麼人家、人家的？」他還是表達了一下不滿。「沒名字啊？挑不挑刺是他的事，請不請是我們的事。」

「好，我今天就給玄公子捎信，池三少要請他吃飯，看他幾時方便，最好是在這三、五日內，過時不候。」榮嬌笑得狡黠。

「妳故意的吧？」

這個丫頭一點虧也不吃，池榮厚失笑，眼裡滿是寵溺。妹妹在笑他呢——既有誠意請客，時間本應主隨客便，哪有指定要在這三、五日內的？

「我有說錯嗎？難道小哥哥你能為了請玄朗公子延後啟程時間？」

榮嬌壞笑。

與小哥哥鬥嘴的感覺太好了，她看著小哥哥明朗燦爛的俊顏，心裡滿滿的感動與幸福，真好。

夜色已深，榮嬌還在燈下忙碌，纏枝銀燭檯上滿滿點著五根蠟燭，將她的桌子照得明亮，桌子上攤著一包包打開的草藥，散發濃郁的草藥味。

榮嬌時而拿起一片切薄的根莖放到嘴裡嚐味道，時而拿起一片處理完好的葉子放在鼻子下聞著，時而拿起筆在旁邊的紙上勾勾劃劃，表情認真而投入。

「姑娘，歇一會兒，用些宵夜。」欒嬤嬤端著托盤走了進來。

「嬤嬤，有什麼好吃的？」

的。

榮嬌放下手裡的筆，伸了個懶腰，笑咪咪問道，有嬤嬤在身邊太好了，每天都有好吃的。

「紅豆湯，還有核桃小餅。」

欒嬤嬤將托盤放到暖榻的小几上，紅纓端水過來給榮嬌淨手。

「姑娘，已經晚了，用完宵夜就歇下，留到明天再做。」她慈愛地看著榮嬌，用白瓷小碗盛了紅豆湯給她。

「好，聽嬤嬤的。」

榮嬌接過碗舀了半勺，紅豆湯熬得火候很足，加了冰糖，濃糯香甜，非常好喝。大大的杏眼舒服地微眯起來，她小口小口地喝著，乖巧地聽從欒嬤嬤的建議。

自從回來後，榮嬌一直很聽話，嬤嬤說的她基本都聽，不為別的，短短數月，嬤嬤蒼老許多，臉上皺紋多了，兩鬢邊的白髮也多了——這一切都是因她而生。

「核桃小餅不要多吃，一個就夠了，別積了食。」

欒嬤嬤見榮嬌答應，欣慰之餘，馬上生出新的擔心。就要睡了，宵夜不能多用，一碗紅豆湯、一個小餅足夠了，吃多了睡下，胃要不舒服了。

榮嬌笑咪咪地邊吃邊聽嬤嬤嘮叨，順便撒個小嬌。嗯，愛死這種感覺了，有嬤嬤在的地方，才是她的家啊！

用完宵夜，榮嬌果然沒有再去研究那堆草藥，任由丫鬟將攤在桌面的東西收拾好，乖乖地洗漱泡澡，然後上床睡覺。

欒嬤嬤對她的配合極是滿意，笑咪咪地問明了早餐想吃的東西，就滅了燭火，亮了小夜燈，掩了門退下去休息。

榮嬌躺在床上，一時卻難以入眠。

回來這幾天，一直陷在歸家重逢的忙亂中，心是安穩的，又是飄浮的，思緒未曾有時間沈澱。

自己新研究的藥方，是以玄朗之前給她治病時開的方子為基方，做了調整，要在自家鋪子裡用，於情於理都要知會玄朗，徵得他的同意。

她想起返程時頭痛的日子，綠殳說，那些天是玄朗與她輪番服侍自己，值夜的幾乎都是玄朗，因為她夜裡病症更重，玄朗精通醫術又熟悉她的病案，比綠殳更適合。

衣不解帶治病侍疾，請了離山的松明子道長，還有她脖項上的桃木符……那些來不及細想的相處，一幕幕在腦海中閃現，榮嬌的手無意識地摩挲著頸前的桃木符，覺得自己的心跳得快而亂。

那日她給玄朗寫了信，轉告小哥哥要約宴請客的意思，玄朗回話，道他正好要到莊先生府上為先生送行，屆時正好與小哥哥約談，無須單獨約時間，也不需要她作陪。

她只知道這兩人見過面，實際談了什麼卻無從得知，小哥哥自從那天之後，再提起玄朗，表情就莫名古怪，問他還不承認，一口咬定是她眼神不好，看錯了。

夏日的天氣，素來陰晴不定。

上午麗日晴空，用過午飯，不知從哪裡冒出來的陰雲迅速遮擋藍天，雨意不需要醞釀，便化成水滴而落。

榮嬌在芙蓉街將事情處理完畢，原本計劃今天回別院，沒想到被這場雨耽誤了行程。

雨天無事，取了本藥書看。她現在對識藥、製藥特別有興趣，不單是因為生意，是她發現自己在這方面挺有天賦，她改的方子，徐郎中都大力讚賞。

「公子，玄公子來了。」綠殳推門進來，帶進來一股濕漉漉的雨氣。

玄朗？他怎麼在這時來了？榮嬌急忙站起身來。「快請。」

「請來這裡，還是書房？」

因為書房經常要見客，佈置得較符合小樓公子的形象，若是無事，榮嬌不喜歡待在那裡，而是會來這處更合她心意的小起居間。

「這裡吧，下雨天省得來回折騰。」

榮嬌看了一眼外頭下得正急的雨，不想挪地方，玄朗不算外人，這間小起居室佈置得女孩子氣了一些，也無須遮掩。

綠殳領命出去，榮嬌起身歸攏桌上的書本，暗忖玄朗突然上門的原因。

「大哥。」

自城外一別，數日不見，榮嬌覺得看到他再次出現的感覺，挺好、挺激動的。

「小樓……」

夢中的人兒俏生生地站在自己眼前，眉眼帶笑，嬌軟地喊著大哥，玄朗覺得自己空落了多日的心終於補全了。他幾乎要用盡全身的力量，才不至於不管不顧地將這個人兒抱進懷裡。

他素來不知思念的滋味如何，也從來不知自己竟會如此地想念一個人，這種甜蜜又折磨人的感覺，是他從未有過的。

外面風雨交加，玄朗雖打著傘，白色外袍的肩頭還是濕了一片，髮梢也被打濕。

「大哥先擦擦。綠殳，快去找件合適的衣服來……」

榮嬌吩咐著，拿著乾淨的棉巾給玄朗擦頭髮。原本是要讓他自己來的，但濕髮在後背處，自己擦不方便，榮嬌沒多想，直接動手，邊擦邊問：「大哥，發生什麼事了？怎麼下雨天過來了？忙完了嗎？還是順路過來？」

玄朗眼底泛著濃濃的笑意與寵溺，看她如一隻歡快的小鳥般在身邊忙碌著，嘰嘰喳喳的，一個問題接著一個問題，心情大好。

他早想來了，那些亂七八糟的事情哪有她重要？

「大哥？」

榮嬌問了半天，見玄朗含笑不語，任由她嘮叨，像嬤嬤似的。

每回自己回家，嬤嬤也總是這般絮叨，榮嬌突然覺得臉有些發燙。他是嫌自己太囉嗦又不好直接說出來吧？心裡有那麼一點失落，她其實不是嘴碎的人，只有對自己人才會話多……

「怎麼了？」

身邊的小黃鶯忽然沒了聲響，玄朗一怔，剛才還高興著，這會兒怎麼又不那麼高興了？莫非是自己來得太唐突？

「小樓，妳……大哥打擾妳了？」

明明見到自己的那一刻，小臉都放著光。

「沒有啊，大哥怎麼會打擾到我？我剛才問你，你都不理我。」

榮嬌沒注意自己明明是一本正經地解釋，偏偏語氣帶了嬌嗔。

玄朗的心情更好了。她還小，有些事他怕說早了嚇著她，因此雖然她兩個哥哥都知曉他的心事，也應允所求——想到池榮厚那不情不願又敢怒不敢言的模樣，玄朗頗有點罪惡感，莫非他是惡人，巧取豪奪了？

但不管池三少心裡的不痛快，反正他是勢在必得，誰的意見都不重要，除非是眼前的人兒。

玄朗不敢想，若是他所想並非小樓所願，若是她拒絕，自己該怎麼辦……想來是會強求的吧，讓她不能離開自己，哪怕是用逼的。

「是我不好。」

他迅速道歉，抬手將榮嬌拿著棉巾的手蓋在自己的肩頭，微轉頭，眸光溫柔地凝視面前的人。

「沒、沒……」

榮嬌只是隨口說說，對上他認真的歉意，還有那雙幽黑得彷彿漩渦般的眼眸，不知應該說什麼，頓時有點手足無措。
「大哥，你看到我改的藥方了吧？」
榮嬌素來是轉移話題的高手，一摸不著情勢，立即換話題，將自己的小手縮得更小，企圖從他的手掌下脫逃。
「看了，改得很好。」
玄朗看穿她的想法，目光微轉，瞥向自己的肩頭，那隻軟軟的小手被他的大掌完全蓋住的感覺實在美妙，他捨不得放開。
「妳是怎麼想到把星星草與安眠花放在一起的？這兩者的藥效大致相同，一般甚少有人會同時放這兩種藥；不過這樣一改，對體虛的老年人助眠效果就更好了，有試過方子嗎？」
他不動聲色地將那隻小手蓋得更嚴實，慢條斯理與她討論起藥方來，榮嬌果然吃驚地睜大眼睛。「大哥你真行，你怎麼知道那對老年人更有助眠效果？」
她這個藥，就是要賣給生活優渥的老太太們，徐郎中都沒想到，他居然一下子就看出來了。

第八十七章

玄朗精通醫術，說起藥方來，自然有無數話題。

棨嬙對此有興趣，難得遇到同道中人，況且又是玄朗，自然是越說越多，越說越興奮，不知不覺間就忘記了時間。

下雨陰天，夜色來得早，等綠殳輕手輕腳地進來點燭時，促膝長談的兩個人這才驚覺竟然聊到了天黑。

棨嬙有些懊惱，玄朗素來忙碌，自己竟拉著他說了一個下午的藥方，甚至忘了問他為何而來。

「大哥，又耽誤你時間了。」

「不會。」玄朗微笑，與她在一起的時間，怎麼能叫耽誤呢？

「大哥找我有事？」

「不是問藥方能不能用嗎？剛開始就說了，隨便妳用。」

較之棨嬙的忐忑，玄朗含笑的表情散發著暖暖的溫和。

藥方？

「你來，就是來回覆這個的？」

棨嬙瞪大眼睛，毫不掩飾自己的吃驚。他冒雨前來，盤桓了一個下午，只為了親自來回覆這微不足道的小事？

「不然呢？」對上縈嬌的難以置信，玄朗笑笑，聲音低緩柔和。「還有，來看看妳。」

他想她了，從城外分別的那一刻就開始了，看著她的馬車駛向與自己不同的方向，他忽然體會了什麼叫不捨，瞬間生出策馬追去的衝動是那般強烈，拚盡全力才能克制。

原來，心裡有了人，就想與她時時刻刻在一起，分開了會想念，見不到時，心裡會發慌、會惦記；與她在一起時，心跳會加快，忘了時間與所有其他事物，全世界只剩下一個她，只要看著她，聽她說話，看她笑，心就圓滿，再無遺憾。

「哦……」

縈嬌呆呆地不知所措，是說他小題大做，還是應該說謝謝他來看她？這些回答似乎都挺傻的。

「大哥留下來用晚飯吧？」

她躊躇了一會兒，看看沈下來的天，忽然靈機一動，不著痕跡地轉了話題。

「好。」

玄朗答得有些慢。理智告訴他應該走了，自己逗留的時間夠長了，再不走，越難離開，可心底又有個聲音在慫恿著，沒什麼，就一頓飯嘛，吃完飯就走，用不了多長時間的，她現在是小樓公子，留下來不會損了她的閨譽……

何況，這個時候才想到她的閨譽，不是太晚了嗎？

縈嬌理解不了玄朗的猶豫不決，不就是吃飯嗎，難道他還有事情要忙？

「大哥，一頓飯耽誤不了多長時間，外面下雨，就在這裡將就一頓吧？」

下雨，對了，下雨天、留客天，玄朗似乎找到了說服自己的理由。「好，那就叨擾了。」

用完餐，玄朗再三壓抑著心底的渴望，在縈嬙的挽留中，冒雨衝進夜色。

若是繼續逗留下去，他不確定自己是不是會拿下雨為藉口，求她留宿。

不是他矯情，既知小樓是誰，便沒辦法做到若無其事與她同宿一宅，這不是出門在外、事急從權，他不願縱容自己的貪戀，給小樓的清白埋下隱患。

只是，他再也等不得了，再也忍受不了她在名義上還屬於另一個男人

「王三那邊進展得如何？」

他喚阿金進來，劈頭問道。

「啊？」

阿金愣了，公子出門回來，濕衣服沒換，匆匆忙忙讓人叫他過來，還以為出了十萬火急的事，沒想到居然是這一樁。

「你不知道？」阿金的遲疑看在玄朗眼中，本就不悅的心情越發不喜。

「不是。」

阿金一激靈，忙打起精神。「進展順利，韓將軍府的三小姐、丁尚書府的七小姐，都與王豐禮巧遇過。」

他有點看不懂公子對此事的安排，看架勢，公子是想給王豐禮作媒？接二連三為他製造

各種偶遇，可王、池兩家不是有婚約嗎？池家兄弟與小樓公子交情莫逆，公子不停地給王三介紹美嬌娘，這是在尋由頭幫忙退親？

「如何？」

玄朗語氣冷淡，他雖不喜王豐禮與榮嬌有所糾葛，卻沒打算隨便給他找個女人，毀他終身幸福。退親是必然的，契機也定是為了王豐禮，不能壞了池大小姐的名聲，可即便這樣，也盡可能幫他找個合心意的。

「妾有情，貌似郎無意……」

「丁七吧，丁家門第與王家相當，王三不是喜歡紅袖添香嗎？與丁七正好琴瑟和鳴。」

玄朗覺得自己一天也不想等了，一想到小樓的生辰八字與另一個男子合在一處，他就憋了一肚子火，她已經回來了，這門親事該退了。

「是。」

阿金想了想，覺得須討個準話。「公子，要到什麼程度？若是王家拿與池府的親事做藉口……」

是大庭廣眾之下有了肢體接觸，還是要抓姦在床？萬一王家不願意承認，到時拿王三已有婚約說事，池大小姐豈不是被推到風口浪尖上了？

「不留餘地，若是池大小姐被牽扯進來，你自裁吧！」

玄朗沒好氣。以阿金的手段，安排這點小事怎麼可能出紕漏？這小子是好奇心又不安分了，在變著法子套他的話。

「辦好了，自會告訴你原因。」

解決了池、王親事，小樓就是自由身了，嗯，他們之間就沒有別的阻礙了，只須讓小樓明白他的心意就好。

池家兄弟都不反對，至於池萬林，玄朗壓根兒就沒考慮過——輪得到他不同意嗎？

李掌櫃說完新藥鋪籌備之事，面有遲疑，欲言又止。

「怎麼了李叔？」榮嬌看出他今日不對勁，看她的時候，莫名有些憐惜與心疼。「你我之間，還有什麼須顧忌的？」

李掌櫃之所以猶豫，不是不想說，而是擔心說了這件事後對她產生的影響。

「也沒什麼……昨天聽到一則傳言，不知真假……」

或許是他想多了，當初二少爺讓自己多關注王侍郎府上以及王三公子的動靜，也許是為別的原因，與大小姐無關；只是坊間曾傳過王三與池大小姐訂親的謠傳，一提及此事，二少爺臉色難看，卻沒有否認。

「昨日聽客人說，王侍郎府上的三公子王豐禮，與丁尚書府的七小姐訂親了……」

「王豐禮與丁七小姐，訂親？」

榮嬌眨了眨眼睛，訂親？他倆？那王豐禮與她、與池家……

消息太過突然，腦子有點亂。

「是。」李掌櫃仔細察看她的臉色，見她除了驚訝不解之外，沒有傷心失落或痛苦，不由推翻自己的猜測，是他想多了，大小姐與王三沒有關係。

「詳情說來聽聽。」王豐禮不是與她訂親了嗎？怎麼又與丁七訂親了？那就是與她退親了？為什麼訂親、退親都沒人知會她？身為當事人，榮嬌覺得自己活得太低調了也不行。

不過，壓在頭上的親事突然間作廢了，感覺要不要太開心？

「戲文裡的老套路，小姐落水，公子相救，衣衫不整，肌膚相親，眾目睽睽，以身相許。」李忠簡要概括。「聽說王家藉王三已有婚約推辭，丁七小姐羞忿，道出兩人早有私情，向王三索要所贈香囊，意欲出家。」

還有這樣的好事……這算好事吧？

事情來得太突然，感覺像作夢，也就是說，王豐禮的桃花債陰差陽錯地解了她的圍？懸在心裡的巨石，不知不覺間被不相干的人幫忙搬開了？

榮嬌像聽故事似的，好半天才把自己代進去。咦，不行，需要確認清楚，別是李掌櫃搞錯了，白高興一場。

聞刀沒費功夫就問到了確切消息。

消息屬實，已過納吉之禮，年內有望完婚。

哥哥們拚力要退掉的親事，前世毀了他們兄妹的這樁親事，沈重又難以擺脫的枷鎖，居然就這樣解脫了……

自始至終，沒有半點關於池大小姐的謠言傳出，伴隨著這樁婚事的，更多的是王三以往的風流債，以及丁七對王三的傾慕舊事。之前與王府傳出結親謠言的池府，彷彿被看熱鬧的人齊齊遺忘了。

銀燭高燃，燈下公子手持書冊，姿態清雅高貴。

阿金老老實實立在一旁，手垂身側，兩隻眼睛卻骨碌碌地轉著心思。

「公子……」他小聲地試探著喚了一聲。

玄朗彷彿未聞，修長的手指翻了一頁書，讀得入神。

「公子……」阿金不死心，又喚了聲。

「說。」玄朗沒看他，清淺的嗓音吝嗇又乾脆地給了一個字。

「公子，王三的事情已經完美收場，各方皆大歡喜……」

所以，公子是不是忘記了什麼？阿金雙目炯炯有神，如小狗般看著玄朗。

「皆大歡喜？」玄朗的心神還在書上，漫不經心道：「之前不還說王三不樂意？」

「他那是死矯情。」阿金頗為嫌棄與不屑。「明明是個臭雞蛋，還怪蒼蠅來叮他。現場又不只他一個男人，就他搶著跳；荷塘不過齊腰身，他不救，丁七也不會有事……還說不能對不起池家大小姐，明知道自己是有主的，還收小姑娘的香囊、情詩，吃著碗裡，惦記著鍋裡。」

「說什麼呢？他算什麼東西？說他就說他，扯池大小姐做什麼?!」

玄朗不悅，小樓與王三沒有關係，不要將他倆扯到一起，他不愛聽。

「是。」

阿金納悶，怎麼一言不合，說惱就惱了？把自己的話重想了一遍，他明明是在討伐王三，立場沒錯啊？

「說王家的退親。」

「王來山的幕僚避人耳目地去了趟京東大營拜會池萬林，接著王夫人謝氏派人去池府探望康氏，王家又請了官媒去丁府說親，想來這嬤嬤是去送取庚帖的。」

玄朗此刻的心情很是糾結，按說他費了一番心思，成功地幫池大小姐退了親，小樓在無聲無息中恢復自由身，心情自是極為愉悅；可聽到王府對她的輕慢，又極為惱火，他心中如珍似寶的小姑娘，池、王兩家竟敢如此對待？

「公子，您的意思是……」

阿金摸不著頭腦，公子您這是高興還是不高興？怎麼這段時間總是陰晴不定、忽喜忽惱，脾氣古怪得很。

「王家素來清貴，不知家風如何？王三風流，聽說王大人也是個情種？」

他不高興了，所以讓他不高興的王家就得出點倒楣事才好。

「對，他在外面養了個外室，生了個小兒子，極是寵愛。」

王家自詡詩書之家，風流是才子的特色之一，他家幾個兒子最是憐香惜玉不過，內宅嬌妻美妾丫鬟俏，外頭紅顏知己不在少數。王來山年輕時也是風流才子，只不過年紀大了又是朝中重臣，要顧及自身，不如早年那般無所顧忌。

而他那個外室原是倚翠樓的頭牌，當初入幕之賓著實不少，後來說是從良了，卻沒人知道為她贖身的是王來山。

「血脈流落在外，終不是正經事，幫他送回府吧！」

玄朗的神色很冷，他最厭惡的就是這種事，明明家中有妻有子，為何還要在外面拈花惹草，自己快活就罷了，卻製造出一條生命來受苦？

「王三若要出仕，打發得遠點，我不想在都城看到他。」

居然敢將小樓棄若敝屣，明明是王家的過錯要退親，難道不該給個交代嗎？就算不能聲張，私底下也應該有所表示。

玄朗覺得自己的小樓受了委屈，這口氣不能不出！

還有，池萬林為何如此痛快地接受？就算他不看重這個女兒，畢竟是唯一的嫡女，代表著池家和自己的臉面，沒理由給王家大開方便之門。

池萬林與王來山的後面一定有個共同的人物，因此池萬林不在乎自己被王家打臉。

「去查查，池萬林與王來山後面是誰。」

玄朗篤定，一定有這麼一個人存在。

自從年初，聖體時不時有點小恙，朝野看似平靜，內裡卻詭譎多變，波濤洶湧，可能上位的皇子或明或暗都不安分起來，小動作時有發生。

在那把椅子面前，哪有人倫親情？

歷來要坐上那把椅子，不都是踩著至親骨肉的性命，蹚過血河，才能成功的嗎？如今上這般好命的，有野心的親兄弟們互掐，死絕了，最後剩下他一個撿漏的，手上也不是那麼乾淨，生在皇家，若真的乾淨如白紙，怎麼可能安然無恙地長大成人？

爭搶是常態，不出手才有問題。

玄朗沒再說話，心思又回到了手中的書冊上。隨便鬧，隨便鬥，別惹到他就好。

阿金覷了覷玄朗的臉色，似乎心情還是不怎麼好呢，原先想問的話到了喉嚨又換了。

「公子，小樓公子的新鋪要開了，您看要準備什麼樣的開業賀禮？」

「你消息倒是靈通。」

聽他提到小樓，玄朗的臉色回暖了幾分，語氣聽不出喜怒。

前天的信上還說有兩處地方，舉棋不定，昨天說已經確定了，阿金的消息也不晚，居然只比他晚一天知道。

不講理的他忘記了，阿金之所以會有榮嬌的消息，不正是奉他這個主子之命嗎？

「那個……今天上午偶遇李掌櫃，聽說定了太清路的鋪面。」

阿金趕緊和盤托出，若是主子不知道，他又知情不報，罪過可大了。

「嗯，賀禮是要好好選選。」

玄朗眼底泛起了笑意，小樓的新鋪子開業，送什麼適合？

第八十八章

榮嬌以品茶為名，給王豐禮下帖子，約他在曉陽居會面。

事關己身，聞刀的消息雖可靠，終究不如直接接觸王豐禮這個當事人來得更靠譜。

數月不見，王豐禮清減許多，天青色長衫在身，越顯身形修長，眉宇間籠罩的那一抹鬱色，別有一番魅惑。

這廝，也有副好皮相，難怪桃花不斷，驕貴如丁七為了得到他，不惜自毀清白名聲。

寒暄之後，榮嬌輕笑。「小樓出了趟遠門，積了一堆瑣事，早幾日剛忙完，又怕王兄不方便。」

王三俊臉一紅，神色不自在。「你也聽說了？見笑了……」

「這麼說，坊間的傳聞是真的了？」榮嬌認真地泡著茶，不甚在意地問道：「三公子真與丁七小姐喜結連理了？」

王豐禮接過茶盅，有些愣怔。「……是。」

「哦。」榮嬌呷了口茶，帶著少年人特有的直率。「上次，我記得您說……是將門之女？」

丁尚書府歷代文人，所謂將門之女顯然是另有其人。

「我退親了。」

王豐禮明白他的未盡之意，上次他宴請小樓時，曾說自己訂親了，未婚妻出自將門。

「抱歉，是我失言。」

這句應答，就是她今天約客的目的，這下似乎可以端茶送客了。

「無事，我做得，你還說不得？」王豐禮自嘲失笑。「背信棄義的薄倖之人，挨罵是應該的。」

這樣頹廢又有點自暴自棄的王三，縈嬌很不熟悉，訕笑了兩聲。「那個……三公子也別難過，這一番兜兜轉轉，或許丁七小姐才是與你有緣的人。」

看上去他好像不願意退親？千萬別想不開！娶丁七就對了，不要對已經退了的親事念念不忘。

「有緣？」王豐禮自嘲一笑。「小樓，我是個不折不扣的混蛋，明明有婚約在身，明明知道她動的什麼心思，還自以為是，要扮憐香惜玉的好人……早知道會鬧到這種地步，她的死活與我何干？」

「三公子，請喝茶，這是我從安化帶回的黑禪茶，味道還不錯。」

縈嬌沒想到一向儒雅的王豐禮突然要與自己談心，她可不想聽他關於退親再訂親的心思，她要確定的只有婚約作廢這件事而已。

「小樓，你們很像……」

「誰？」

縈嬌一驚，誰與誰很像？

「小樓，你相信人有前生後世嗎？」他的目光投在半空中，彷彿自言自語。「我曾作過一個夢，真實得猶如親身經歷，我以為不管是真是假，我欠的我還，沒想到……卻是更對不起她。」

想起他不同意退親時，父親說的話，王豐禮只覺得自己是個提線木偶——不對，是自己沒用，若是他在與丁七初相識時就義正詞嚴地拒絕，便不會有後面的種種。不忍她傷心，就要傷害另一個人嗎？

「這個……三公子莫自責，那種情形下，總歸不能見死不救吧？」千萬不要後悔退親啊！「誰也不知你們訂過親，於她，應該也是無礙的吧？既然她家毫無聲息地接受退親，想來是默認了，不會怪你的。」

王豐禮慘然一笑。「或許吧……」

池大小姐，或許自始至終都不曾知道有過這樁親事。

「我想這輩子好好待她的。」他垂著頭，靜靜看著白瓷碗裡褐紅色的茶湯，語氣輕不可聞。「我沒想要退親，我以為這一次她還是會嫁給我。她性子綿軟，人又不聰明，被人欺負了也不知道還擊；我都想好了，娶她後，房裡不再有其他人，省得她受委屈，外頭的鶯鶯燕燕也都斷了乾淨，不想她聽說未婚夫婿風流好色……」

榮嬌猛然聽到他的這番傾訴，略有些尷尬，雖然清楚他不知自己身分，但當面聽他傾訴，還是心情複雜。前世的那些恨意早在她重生之初就決定放下，不恨他也不恨王家，卻不想再與他們有所糾葛。

當然，她更不想聽到王豐禮這番心事，既然打算善待她，又怎會與丁七攪和在一起？不改風流本色，還好意思一往情深？

「沒想到三公子用情至深，是那位小姐沒福緣，三公子把這份心思用到丁七小姐身上，不也是佳偶佳話嗎？」

榮嬌壓下心底的嘲諷，終究只是淡淡地勸解。

得到確認，榮嬌給遠在百草城的池榮勇寫信，將自己所知的情況詳細述說一番，最後還戲言，早知美人計好用，他們也應該用啊！

池榮勇接到信後，不由好笑。這個傻嬌嬌，她以為隨便抓一個人就能奏效嗎？身分不夠的，王三無非是多個妾而已，於婚事無半點妨礙；身分相當的也未必能成，操作不當，還可能讓王家以與池家有婚約為由，將榮嬌推到風口浪尖上。

而這個美人計，若是不能取代原本親事，會毀了另一個女孩子的名節，雖然入甕的一定是願者上鈎，自己也有貪念，但是這點貪念也是人之常情，不足以賠上清白與一輩子的幸福。

還有王豐禮，娶妻當娶賢，一輩子的大事，總不能胡亂塞人給他。

總而言之，要退親，要無聲無息地退親，不能讓嬌嬌被人非議，也不能隨便將兩個人湊成一對。

不過英王殿下果然是英王殿下，這件令他們為難的事情，對他，簡直太簡單，不過數十天，就輕而易舉地解決了。

早在榮嬌的信到來之前，池榮勇已從別的途徑收到玄朗的通知，及至收到榮嬌的信，他放鬆之餘，又生出新的擔心——玄朗這般神通廣大，能好好待嬌嬌吧？不會欺負妹妹吧？要不要提醒妹妹多長個心眼？

當初他答應玄朗的是，若是榮嬌喜歡，做哥哥的不反對；若榮嬌不喜歡，玄朗也不能強求。

那個傻丫頭，到現在恐怕還不知道她所謂的好大哥打的是什麼主意吧？還是說，她對玄朗也生了小兒女心思？

池榮勇患得患失，難得失眠了一夜，輾轉反側之後，決定還是不捅破這層紙，但提醒還是要的，別傻乎乎地引狼入室。

榮嬌讀著二哥的來信，頗有些忍俊不禁。二哥說她年歲漸大，扮男子易露馬腳，不要掉以輕心，芙蓉街要少住，生意上的事交給李忠，自己做幕後東家即可；玄朗雖是義兄，然男女有別，必要的距離還是要保持……

素來話少的二哥倒是不吝筆墨，不過她同意，現在真的不大適合扮男人了。

榮嬌低頭看看自己的胸口。這幾個月在嬤嬤的餵養下，個頭高了，腰身細了，身體已由平直發育成前凸後翹，特別是胸前的小包子一路茁壯，已經有了饅頭大小，雖不是那種又白又胖的大饅頭，不過輕薄的夏衫穿在身上，那明顯的山峰想視而不見也不可能。

洗澡時，她看著自己的身體，都會驚訝變化之大，肌膚那麼白皙柔滑，腰那麼細，自己用雙手掐來，纖不盈握，胸前的高聳又這般羞人，她的身體竟在不知不覺間有如此神奇的變化。

她感嘆著，又不禁面紅耳赤，似乎對這種變化是歡喜的……

不過，扮男子確實不像了，縈嬌有點沮喪。

二哥不說，她自己也早有發現，這段時間甚少以小樓的身分在外行走，從別院到芙蓉街，來回都是坐馬車，廂簾遮得嚴實；曉陽居也幾乎不去了，有事都是差聞刀、綠殳跑腿。

實際上，需要跑腿的機會也不多，之所以分派他倆差事，是為了讓這對有情人多些私下相處的時間。

沒錯，聞刀看上綠殳了，開口求到了欒嬤嬤那裡，請嬤嬤幫忙試探縈嬌的口風，畢竟大小姐身邊的大丫鬟，不是想娶就能娶到的。

縈嬌對此也樂見其成，聞刀那點小心思，她早就看出來了，也就綠殳那個傻的，還以為聞刀對她的各種照應是怕她露餡，壞了大小姐的事，其實是想娶她回家當媳婦呢！

男大當婚，女大當嫁，丫鬟大了，總是要許人的。

縈嬌叫了欒嬤嬤一起商量身邊幾個丫鬟的終身大事，綠殳、紅纓幾個已經十七歲了，確實應該嫁了。

她有點自責，丫鬟這麼大了，自己這個做主子的，居然半點沒想到她們該許配人家，應該放出去嫁了。

「嬤嬤，綠殳她們的身契在我這裡，還是在府裡？」

「都在您這裡，不過，她們幾個都是家生子，要許配人家，娘老子那裡應該知會。」

紅纓是二少爺乳娘的女兒，原先是在池榮勇院裡當差，榮嬌被發配到三省居時，二少爺派她過去服侍榮嬌，當時是連身契一塊兒給的。

至於青鈎與繡春是三少給的，唯獨綠殳，初時是由府裡按規矩安排到三省居的，後來欒嬤嬤見她為人老實、品性好，才慢慢調教她。

安排她到榮嬌身邊服侍時，三少從康氏那裡使手段要來身契；雖說真要背叛，有賣身契也未必能攔得住，但放到身邊服侍，總得有些拿捏。

「那妳就先與她們私下裡聊聊，看有沒有自己中意的，綠殳就不用管了，聞刀那小子倒是個手快的。」

榮嬌心情很好，前世她的丫鬟被康氏陸續要走，許嫁給誰她一無所知，跟她嫁到王府的，也沒落得好下場。這一世，她要幫她們選好良人，備一份豐厚的嫁妝，歡歡喜喜、體體面面地出嫁。

「也不能同時嫁了，姑娘身邊總得留人。繡春年紀小，不急於一時，青鈎心裡沒人，抽空讓她回家一趟，看看她娘老子那裡有沒有別的打算。」

姑娘真是孩子心性，哪有說嫁就馬上都嫁出去的？一等的大丫鬟都嫁了，全換上新人，哪能服侍周到？欒嬤嬤不贊成。「要嫁就先嫁綠殳一個，紅纓那個丫頭，二少爺不回來，她估計是不會鬆口的……」

確切地說，二少爺不娶妻，她是不會嫁別人的；或許二少爺娶妻了，她還會等，紅纓本是丫鬟，不曾妄想做二少的妻。

「嬤嬤有時間多勸勸她吧，二哥說過這輩子不納妾，沒機會的，耗著沒用。」

二哥說不納妾，就是不會納妾，可他也不可能娶丫鬟為妻——關鍵是二哥對紅纓無意，若是有意，榮嬌覺得感情真到了那種程度，就算二哥不能許以妻位，只能做妾，也不會再娶妻室壓她一頭。

問題是，二哥從來就沒對紅纓上過心。

唉，榮嬌嘆氣。「若紅纓不是我的丫鬟或許還有可能……」

不管二哥將來納不納妾，紅纓是她的貼身大丫鬟，這就注定二哥不會收她。以二哥對自己的疼愛，絕對不會讓她陷入哥哥將妹妹的大丫鬟收房的口舌是非之中。

但願紅纓自己早日放下，走出來。

「東家，這是這個月的帳簿。」

李忠將帳本放到桌上，笑咪咪地坐下。「東家，神枕安神丹賣得極好，供不應求，您看每月放的量要不要加大點？」

「不用，還是預約登記，每月三十瓶，物以稀為貴。」榮嬌不為所動。

「可是咱是開藥鋪的，病人有需求……」

李掌櫃自認是良心店鋪、良心掌櫃，睡不著的滋味不好受，明明有好藥，偏不賣，這是不是無良商家？

「可以買別的呀，咱店裡不還有好睡寶嗎？」

店裡不是只有一種助眠安神的藥丸，真睡不著，必須要吃藥，這種藥丸買不到可以買那種，本來這神枕丹就不是要量產多賣的。

「那怎麼能一樣？」李掌櫃無奈，東家是故意的吧？「好睡寶與神枕丹怎麼能相提並論？在那些鐘鼎高門的老封君眼裡，好睡寶可是平頭百姓用的賤藥，看不上。」

十瓶好睡寶的價錢還不夠買一粒神枕丹的，神枕丹是鎮店的獨家藥，好睡寶雖然效果不錯，價格上卻相差許多，一個備受豪門老夫人推崇，一個是平民老太太的首選。

榮嬌輕笑，當初玄朗建議的這個策略是挺不錯的，其實神枕丹與好睡寶這兩味藥，主藥是相同的，只在配料上略有差別，其成本與藥效也只有細微的差別，倒是價格，一個天，一個地。

「越難得的、有錢也難買的，才是好東西。信我的沒錯，若真是做足了量供應，過不了多久就不會吃香了。」

人的心思都是這樣，特別是那些有錢有閒有地位、閒得無聊睡不著覺的老太太們，要什麼有什麼，吃個藥也要比，越少見罕有，不越顯自己身分高貴？

「就好像現在這樣，有價無市，每個月吊著，就是最好。」

李忠眨眨眼，怎麼覺得自家大小姐的模樣，很像玄朗公子？

「好，聽東家的。眼瞅著入秋了，東家您是不是該問那位神醫要幾個滋補的方子？咱家補藥類的丸劑不多。」

李忠不知道所謂的神醫其實就是榮嬌自己，榮嬌也沒打算告訴他。

「好，回頭我問問，問題不大。」

當然沒問題，她早就想到了，該準備的都備好了。

「李掌櫃，我有個想法，咱們開間只售滋補品的鋪面，你看如何？」

這個想法在腦子裡轉悠有段日子了，一般人沒事不喜歡到藥鋪，畢竟不是什麼好去處。那天，欒嬤嬤隨口嘀咕了兩句，說是自家開藥鋪大有好處，省得煮碗麥芽參茶還得去藥鋪配材料，像抓藥似的，感覺不吉利。

榮嬌當即眼睛一亮。對呀，看病抓藥畢竟不是好事，但日常的調理滋補，沒必要一定去藥鋪啊，若是有間專門的店面賣補品藥材，再配上獨門的滋補丸藥與補膏，會不會受歡迎呢？

第八十九章

專賣補品的藥鋪？嗯，不是藥鋪，是鋪子。

李掌櫃一臉疑色。這行嗎？滋補的藥材素來是在藥鋪裡賣，他沒見過單獨拿出來，只賣這類藥的鋪子，這能行嗎？

「當然行啊！」

榮嬌仔細想過，需要進補的人太多了，大戶人家的廚房裡都會配一、兩個懂藥膳的廚娘，就連尋常人家也有秋冬進補的常識。

可是，那不一樣啊！李掌櫃有不同意見。「補藥不能亂吃，有道是虛不受補，專賣補品，且不說有沒有人買，若是吃出問題來……」

是藥三分毒，要是補錯了，那可是了不得的大事。

「所以也需要坐堂大夫。」榮嬌已經過深思熟慮，與李掌櫃細說。「圍繞滋補養生，設一個保健大夫……」

動了這個念頭不止一、兩天，她想得很周全，說得自己口乾舌燥，聽眾卻沒反應。

「李掌櫃？」榮嬌拿起茶碗喝了幾口涼茶潤嗓，見李忠只顧發呆。

他贊成還是不贊成？好歹給個反應，大家再商量，木著臉發呆是什麼意思？「李掌櫃，你覺得呢？」

榮嬌提高了嗓音，心頭升起愧疚，難道是她這個甩手東家太剝削，把李掌櫃壓榨得連睡覺時間都沒有？疲憊得說話間就睡著了？

「啊，東家。」李掌櫃回過神，一改剛才的愣怔，兩眼放光，神情激動。「好，太好！沒意見，我一點意見也沒有！」

「你覺得可行？」

「可行！」

李掌櫃腦袋轉得飛快，迅速計算此事的利弊，新的事物總需要被接受的時間，唯一遺憾的是這想法來得有點晚，萬事籌備齊全至少要兩個月，秋天早過完了，還好有冬天。

「不急，準備周全些。」

李掌櫃向來是妥當人，過了適才的激動，慢慢緩神，他覺得主意好，更要冷靜理智地考慮如何運作。

「入冬能開起來就行，正好趕過年這一波。」

榮嬌想起今年正月時玄朗送給自己的各種補氣血的滋補藥材，腦中靈光閃現。「若是年禮送補品呢？」

若是他們的補品好，包裝精緻，是不是可以取代部分補藥？畢竟送年禮，除了人參、燕窩、鹿茸、雪蓮這樣的名貴藥材，其他藥品類的名頭不好，甚少有人會選。

年禮？李掌櫃若有所思，這又是一個新方向，若是真能做好了，眼前再次閃現白花花的銀子……

「東家，您要從神醫那裡多求點真貨，有了鎮店的寶貝，咱才有底氣。」

單憑一個專賣滋補藥的想法是不成的，隨便一家藥鋪若有心，都能單獨劃出一片區域另開一扇門，也能叫專賣。做生意，形式照學、生搬硬套非常容易，要想別人難以超越，重在獨門。

「放心，包你滿意。」

榮嬌很有信心，她背後雖然沒有神醫，但是有玄朗啊，玄朗比神醫還管用，而且及時方便。

玄朗現在是她的鄰居，芙蓉街左右兩邊的房子居然都被他買下了，換言之，他現在住在她隔壁。

他最近不常出遠門，只要榮嬌住到芙蓉街，他一般都在，他很喜歡包力圖家的做的飯菜，經常過來蹭飯。

榮嬌於是主動提出將人送給他，一直是他在幫她，難得有他需要的時候，哪裡會吝嗇？玄朗卻搖頭婉拒。「君子不奪人所愛，何況還是為了口腹之慾？」

待榮嬌再提，玄朗笑著打趣。「怎麼，是嫌我來的次數多了，不想讓我蹭飯，才非要把人送給我？下回我交伙食費行不行？」

如此，榮嬌也無話可說。她沒覺得玄朗來得勤，當然更不知道他是醉翁之意不在酒，不管她家的飯合不合他的口味，他不是為飯而來，是為人。

聽說她來，能推的事情他必是全推了，擠出時間來陪她；實在推不了的，至少晚上這頓飯是必須要與她一起用的。
他恨不能時時刻刻與她在一起，只可惜他的心意，她現在還不懂。
榮嬌習慣了與他一起吃飯，也沒有「食不言、寢不語」的規矩，有話就說，無話就靜靜用餐，若是聊到興起，吃飯講話兩不誤。
有次欒嬤嬤問起綠殳，榮嬌在芙蓉街的情況，她吐露了一點，欒嬤嬤聽後，詳細地詢問了他們的神情語氣、談的話題，刨根問底之後卻漫不經心地道，沒什麼，玄公子不是外人。轉身又吩咐綠殳，要寸步不離姑娘左右，特別是玄公子在時，布菜、盛飯的要勤快點。
可是，用餐時不需要我布菜啊……綠殳表示姑娘和玄公子都不需要，平常都是他們互相布菜的。
欒嬤嬤聽了，表情有些古怪。互相布菜？玄公子到底知不知道姑娘是女兒身？如果知道，他這是什麼意思？
之前王家與丁家的事鬧得沸沸揚揚，欒嬤嬤在別院裡也聽說了，私下裡問榮嬌，才知王家已退親，欒嬤嬤一時悲喜交加，既為退了親事高興，又惱恨因為這樁親事，姑娘好端端地揹上曾被退親的污點，也不知道將來再說婆家，會不會受影響。
那個玄公子，年紀雖大了些，人倒是不錯，對姑娘也是極好的……
女大十八變，眼瞅著榮嬌一天天出落成少女模樣，在欒嬤嬤心裡，她的親事就成了一樁難解的心事。

包力圖家的做紅燒魚很拿手，榮嬌挾了一筷子魚肉給玄朗。「大哥，謝謝你家的魚哦！」

說是玄朗過來蹭飯，實際上他總帶食材過來，但凡榮嬌來，家裡的食材全部由玄朗提供，新鮮、種類多，所以，誰蹭誰家的飯，真不好說呢！

「喜歡吃，明天多送些過來。」

玄朗沒理她的道謝，說多少次了，不用謝、不用謝，她非記不住，他也懶得糾正了。

「給妳。」

一隻剝好的蝦放入她的碟盤中，榮嬌喜歡吃蝦蟹，卻懶得去殼，除了欒嬤嬤之外，又不喜歡別人剝的，寧願選擇不吃。

玄朗發現她這個矯情的小毛病後，不著痕跡地承擔了剝殼的責任，榮嬌從一開始不好意思拒絕，到後來習以為常，反正他不是外人。

「大哥，等下幫我看看方子？」

榮嬌想起李掌櫃的建議，早做了準備，甚至成品的補膏也做了幾小罐，這次都帶過來，想讓玄朗幫忙把關。

「好。」玄朗手指靈活地剝著蝦殼，抬頭微微一笑。「又有什麼新研究？」

這個小丫頭，在藥道上的天賦確實了得，聰慧好學、舉一反三的能力常令他驚喜。

「保密。」

榮嬌挾起蝦，翹著下巴故意賣關子。新鮮的白灼蝦，鮮美至極，她吃得眉開眼笑，完全忘記了自己一會兒要與他討論，何來的保密之說？

用完飯，她拉著玄朗去小起居室，桌上擺了一排的瓶瓶罐罐。「大哥你先看這個。」將幾張紙遞到玄朗手裡。「這是成品，請神醫檢驗。」

玄朗笑笑，伸手摸摸她的頭頂，認真看配方，在她的講解下，挨個兒取嚐瓶罐中的膏品。

「咦？」怎麼還有這個？

「怎麼樣？哪裡不對嗎？味道不好？」

榮嬌見他的表情與方才不同，急忙追問。這都是費心弄出來，準備用作鎮店之寶的。

「……」

玄朗瞥了她一眼，那張粉嫩嫩的小臉滿是緊張，小嘴微張著，清澈純淨的大眼睛一片天真無邪，他有些心虛地移開了自己的目光。「無事，這罐補膏味道有些甜了。」

甜了？榮嬌有些狐疑，會有多甜，要這種表情？

他不是喜歡吃甜嗎？況且，熬製時用的冰糖、蜂蜜都是有定量的，怎麼會甜呢？

她動手挖了半勺細品，咂嘴，還行啊，一點點的甜……

「這樣還甜嗎？」榮嬌歪頭，有點迷惑。「這裡面沒放糖，是藥材本身的味道……奇怪，我只放了一點點仙靈脾，應該不會有甜味的。」

仙靈脾。

玄朗聽她在那裡小聲嘀咕著，又蘸了一點蜜褐色膏體，伸出粉粉的小舌頭，放在舌尖細細品味著。

這個磨人精，到底知不知道自己在說什麼？

看她仔細地咂著粉嫩的小嘴，一副百思不得其解的模樣，玄朗只覺得嗓子發乾，喉結不由自主地上下滑動，做了幾下吞嚥的動作——

她現在身材長開了，雖然還是穿著男裝，甚至特意選了寬袍大袖，也沒束腰帶，但舉手投足間，曲線還是若隱若現，特別是胸部，那優美圓潤的風光，衣料完全遮掩不住。

即便他努力地克制，目光還是不受控制地飄移到她身上，好在他慣來是掩飾情緒的高手，滎嬌從未發現他不動聲色的表情下，竟藏著如火般的灼灼熱情。

「這個是誰要的？」

是哪個該死的要她配的藥？若是李忠……玄朗覺得自己有必要找他談談，不能為了做生意賺錢，什麼事都往老闆身上推。

「沒有誰呀，剛才不都告訴你了，是我為新鋪子準備的。」滎嬌隨口應答，心思還在口感上糾結。「大哥你覺得這個口感不好？不算甜吧？我覺得男子可能不會喜歡偏甜味的，沒放糖……你幫我看看配方？要不然是熬製的火候再減兩分？」

滎嬌掃了一眼案桌，沒看到乾淨的手帕，於是將自己之前蘸了補膏的手指放到嘴邊舔了舔，然後從散放的幾張配方中找出想要的那張，用兩根手指拈了遞給玄朗。

如花瓣的紅唇，粉紅的小舌可愛地探到唇邊，舔舐著白細的手指……明明是不經意的小動作，卻將玄朗蠱惑得忘了一切，只能呆呆地盯著她，無意識地抿緊了薄唇，突然有些羨慕她指尖的膏……

「大哥。」

榮嬌見玄朗看似盯著自己，卻又一副魂不守舍的模樣，對他的心不在焉很是不滿，伸出手指戳了戳他的胸口，嬌嗔道：「玄朗，你有沒有在聽？」

玄朗看著那隻不客氣的小手，食指與中指間還拈著那張配方，心裡忽然又甜又軟，彷彿她那幾下在他心間戳開了幾口清泉，汩汩地冒著甜水。

長眸微挑，眸光裡已經瀲灩成一片，大手看似去取她手裡的紙，卻連紙帶那隻小手一併蓋在自己的胸口。「怎麼想起要配這個方子？」

聲音帶著微微的笑意與縱容，似乎好奇中又有一絲若有若無的愜意。

「開店用呀！」榮嬌有點奇怪地看了他一眼，小手在他的掌心裡拱了拱。「別把我的配方弄壞了。」

「別動，老實回答問題……」

玄朗將那隻小手更嚴實地捂蓋在手中，覺得她軟軟的小手在自己掌心中拱來拱去，拱得他心都癢了。

「賺錢呀，你幫我看看——」不動就不動，榮嬌緊張自己的配方，忽略了手被他攥著。

「你看，既然是滋補，定要因人而異，女人滋補調理多半是補血補氣、滋陰養顏、美白祛斑之類的；而男人則簡單，最想要的肯定是補腎壯陽，所以我特意研究了兩種補膏，一個普通版，一個特殊版，剛才你嚐的這個就是特殊版的。」

玄朗聽她侃侃而談，眸中暗光流轉，暗自磨牙，這個小傢伙是不把他當外人，還是不把他當男人？

「所以，妳這個特殊版的就加了仙靈脾……」

「對呀，既然號稱壯陽，加一點料更能看出效果；不過，我用的分量很安全，絕對不會有副作用，就算超量服用，頂多是需求強烈，就算不節制，對身體也沒有損傷的，與尋常的壯陽藥不同，沒有縱慾過度而脫陽的問題。」

玄朗低著頭，看她的小嘴巴張張合合，神色認真，完全沒有意識到自己在一個男人面前說什麼壯陽縱慾有何不妥，忽然就有些口乾舌燥，有種想要用自己的唇把那張小嘴堵上的衝動。

「我說得對吧？我與李掌櫃討論過了，這種補膏一定會大受歡迎的……大哥你覺得呢？若是需要，你會不會買？」

上一刻還在討論補膏的配方，下一刻，榮嬌便將他當成客戶調查。與李掌櫃討論過了？玄朗眸色一變，她還與李忠討論這些？

「不好，肯定不買。」

他幾乎是磨著牙、冷著臉，從齒縫裡擠出這幾個字。

「哪裡不好了？」榮嬌追問，他是第一個嚐的人，居然覺得不好？有問題當然要改，不然怎麼賣？

「哪裡都不好。」玄朗也不知道自己怎麼了，衝動之下就冒出這句。

「哪裡都不好？我覺得還成啊，藥性、藥量我都試過很多次了，你看有哪些不妥？還是熬製的問題？」

對上榮嬌垮下的小臉，玄朗立刻後悔了，暗嘆了一聲，苦笑道：「不是，也沒那麼不好，是我不好。」一語調裡是滿滿的無奈與寵溺。

他該怎麼跟她說，不是配方與補膏的問題，而是他自己的心在作怪？

「你不好？」榮嬌微怔，與他有什麼關係？閃著迷惑的眸子。「大哥，你是安慰我，太刻意了吧？」

「不是，配方沒有問題，是我有問題。」

燈光迷濛，他的眼睛卻亮如燦星，手用力握緊了她的，貼在自己心口，目光溫柔如水，濃烈似火——

這樣的玄朗令榮嬌陌生而不安，目光微轉，看到放在他心口、被他的大手完全包裹的小手，他的手比往日更燙，燙得她的心尖都在顫抖……

第九十章

玄朗垂眸定定地望著面前嬌小的人兒，縈嬌也抬頭看他，視線相對，周圍的一切忽然就安靜下來，彷彿連時間都靜止了。

「小樓……」玄朗眸光微斂，丹鳳長眸裡跳躍著不知名的灼熱，他深深地凝視著縈嬌，聲音低低的，帶著幾分嘶啞。「小樓，我……」

另一隻指節分明的大手受了蠱惑般，不受控制地撫上縈嬌的側臉，略有些粗糙的指尖、指腹輕柔地摩挲著她白皙細膩的臉頰。

一切好像都要脫離了控制……

縈嬌垂下眼眸，但很快地抬起眼皮，漆黑如玉的雙眸彷彿剛從清澈的泉水中洗過似的，明亮又透著淡濛濛的水氣。

這樣是不對的。

現在的玄朗她有些看不懂，曖昧讓縈嬌本能地感到不安，還有那麼一丁點的抗拒。

「噓。」

玄朗看到她似乎恢復了清明的眼神，哪裡不知她在想什麼，便不想讓她那張小嘴說出些煞風景的話。

他很喜歡聽她講話，她說什麼他都喜歡聽，只是現在這一刻，他不確定她會說出令他心動美妙的甜言蜜語，還是會潑涼水降溫。

「別說話，聽我說……」

他聲音低啞深沈，彷彿是從胸腔直接傳到榮嬌的耳朵裡，令她有些茫然，又有些陌生的悸動。

素來溫和無害，無限包容她的玄朗，忽然就有了幾分莫名的侵略性。

「說、說什麼？」

榮嬌覺得自己好像靠在一座火山前，玄朗離她太近了，他身上的熱源源不斷地傳過來，似乎將她的小臉熏蒸得紅成一片。

「感覺到了嗎？」

玄朗的嗓子啞得不像話，用力克制著要將面前的小人兒摟進懷裡的衝動。

「什、什麼？」

玄朗熱熱的鼻息撲在她的額頭，榮嬌覺得自己腦袋暈乎乎的，全身好像被火燒了似的，從頭髮到腳後跟都是滾燙的。

「它，跳得快嗎……」

玄朗將榮嬌的小手更緊地貼在自己的心口上。

豈止是跳得快，心如擂鼓。

撲通、撲通，隔著衣料，榮嬌的掌心也能清晰地感受到他的心跳，急促而激烈，她的手微微動了動，掌下的身體隨著她的動作微微僵了一下，肌肉似乎緊繃得更厲害了。

榮嬌想撤退，玄朗卻將她的柔荑更緊地握住。

這不是表白的好時機，他知道，但他無法再忍了。

得到池榮勇、池榮厚的應允，又成功地解決了王豐禮這個麻煩後，玄朗每天都在想自己應該怎麼向小樓表白，是先不說，等待著日久生情，還是近水樓臺先得月，早早將她的心與人訂下來……

左思右想，患得患失，總想找一個最恰當的時機向小樓吐露心意，給她留下最難忘、最美好的記憶；但不知是他要求太高，還是過於猶豫，每次見到她時，總有一股表白的衝動，卻總在最後關頭，覺得當時有著這樣、那樣的缺憾，便又強硬地克制下來，將心裡話憋了回去。

每回半夜糾結得輾轉難眠時，玄朗對自己強大的克制力都是又愛又恨的。

可他忘記了一點，在一次次的會面中，感情只會越來越濃烈，如發酵的葡萄酒，時間越久，越發醇香濃郁，直到再也無法壓抑的瞬間。

「我……」

他幽黑深沈的眼睛彷彿有著莫大吸力的漩渦，榮嬌被牽引著、蠱惑著，不由自主地輕啟櫻唇，弱弱地吐出一個如小貓哼哼的字眼。

「昨晚沒睡好……」

玄朗的唇角含著一抹軟如春水的笑容，若是榮嬌抬頭，就會發現他的眼是那麼亮，蘊含的情意是那麼濃，如化不開的蜜糖。

邊。

「前天也是，從百草城回來後，一直在失眠。」

聲音低啞輕緩，彷彿還帶著一股委屈，熱熱的氣息隨著他嘴巴的張合，灑在縈嬌的耳邊。

「怎、怎麼了？」

那些熱氣噴在她小巧的耳邊，癢癢的，縈嬌想側頭躲開，他那隻扶著她臉頰的大手卻緊跟其上，調整了角度，依舊是將她紅透了的精緻小臉撫在指下。

心跳過速，夜夜失眠……他這是病了？

縈嬌腦子亂成一鍋粥，總覺得他自己精通醫術，有病自然會治，不會拖這麼長時間；另一方面又覺得他總是忙，身邊沒有親人，或許不愛惜身體，些許小病不當回事，三拖、兩拖的，病症真的嚴重了。

「小樓，我病了……」

小巧白嫩的耳朵如白胖的餃子般，玄朗忍不住將頭湊得更近些，薄唇幾乎就貼在她的耳朵上，似是委屈、似是撒嬌。「很嚴重，已病入膏肓……」

「病、病了？」

縈嬌耳邊熱熱癢癢的，整個人都酥了。

「嗯。」玄朗似是從鼻腔裡輕哼了一聲，低啞而性感。「妳二哥知道，我費了好大的勁求他應允解藥……」

想起與池二的鬥智鬥勇，雖然過程困難了些，不過最後的贏家是他；還有那個傲嬌彆扭的池三，不過最後還是鬆了口。

所以，那一點點小為難，與抱得美人歸相比，又算得了什麼呢？

「我二哥有解藥？他為難你了？」

二哥怎麼能這樣？玄朗又不是外人，他需要解藥還用得著求？憑彼此的交情，還不是一句話的事，用得著費好大勁？

榮嬌找回了一絲清明，聲音急切了兩分。「到底怎麼了？」

「妳說要幫忙的。」

玄朗提醒她，當日離開百草城時，她說過若是有事，願意幫忙出力的。

「我沒忘，你好好說。」

榮嬌清醒過來，想要推開他，玄朗長臂一伸，將她整個人結結實實地摟在懷裡，唇貼在她的耳邊，柔和帶著一絲啞意的聲音，彷彿要穿透到她的心裡。「相思入骨，唯妳能解……小樓，嬌嬌，我心悅妳……」

相思入骨，唯妳能解；小樓，嬌嬌，我心悅妳……

周圍的一切突然凝滯下來，榮嬌只覺得腦子裡一片空白，整個人呈呆懵狀，他剛才說什麼？

屋裡一片寂靜，紅燭輕輕爆了朵燭花，榮嬌聽到自己的心跳，卻找不到自己的意識。

玄朗，他說……

玄朗看不到懷中女孩的臉，也聽不到她的回應，心裡發慌。

他遲遲沒有表白，固然有追求完美的心意，更重要的是他擔心害怕，不確定小樓是否與自己心意相通，若是在小樓的心裡，他只是也永遠是義兄，那他的表白只會破壞兩人的相處，將她嚇跑……

一想到以後小樓會對他避之不及，連大哥也做不成，他就不敢開口。

「小樓……」

他撫著她纖巧的肩頭，將她輕輕送離自己的懷抱，急切地想要看到心上人的表情，可她偏偏低垂著頭，長長的睫毛垂斂，掩住了眼底的萬種風情。

「嬌嬌……」

滎嬌的沈默令玄朗越發不安，雙手托住她的面頰，指尖微微用力，目光執著地尋找她的視線。往日他愛極了她如蝴蝶羽翼般的長睫毛，此刻卻覺得這兩把黑黑的小扇子美雖美矣，卻不善解人意。

他的手有些微涼，她的臉很燙，兩種完全不同的感覺貼在一起，觸感竟是如此美妙，帶來心底的悸動。

滎嬌終於回過神來，他的手居然是涼的，掌心有著些許的汗意。

玄朗的手，即便是在嚴寒的冬天，也是溫暖乾燥的，現在居然是涼的，還出汗……所以，他是緊張嘍？

她覺得自己是不是要瘋了，在這個時候，她腦子裡居然還在想他的手溫如何，為發現他的緊張而歡喜——玄朗他對自己表白呢！

表白！

榮嬌終於找到重點，她一抬起頭，視線就落入那雙幽深的長眸中，他的眸光是前所未有的複雜，緊張、希冀、期待、喜悅、忐忑，還有一絲害怕，一攥住她的視線，便緊緊地纏繞上，不許她有絲毫的逃離與躲避。

在這樣的眸光下，她忽然更緊張了，彷彿被他眼裡的點點星火灼燒了全身，不會呼吸了，一動不動地望著他，似乎整個天地只剩下這雙眼睛與這個人。

「小樓，嫁我為妻，可好？」

他捧著她的面頰，深深地凝視著她，宛如沙漠中的旅人，急切地等待著她給予的甘霖。她的一句話，可以讓他生，可以讓他死。他心甘情願地將自己交付到她手裡，由她主宰自己的喜怒哀樂，因她的微笑而歡喜，為她的傷心而失落，他願意奉獻自己的所有，只為換她永遠的開顏……

「我……」

榮嬌眼前閃過最初的相識，閃過所有與他在一起的片段，原來他們之間已經有了這麼多的回憶，原來他對她的好，居然多到數不清。

霎時，她竟有種莫名的了悟——原來，她重生後的全新生活，每一次努力，都有他的陪伴與參與；每一次在她需要的時候，他都會出現在她身前，溫和而堅定地說：放心，一切有他……

沒有他的保護，她的路不可能走得如此順利，她想要守護的親人、二哥與小哥哥的命運，也是在他的幫助下有了不同的改變，雖然現在誰也不敢保證凶險已經避過，但至少已經不同了，不是嗎？

而這樣的玄朗，居然喜歡她。

榮嬌放空的腦子裡首先出現的是難以置信，接著湧起的是狂喜，然後才是羞澀。好像不可思議，又好像理當如此，他們可是連女孩子最私密的話題都曾經分享過，他還幫她遮掩過；她生病時，他衣不解帶日夜服侍，做了只有丈夫能做卻是許多丈夫不會做的事情，早已親密不可分。

她對他是那般地依戀，全心全意地信賴他，從未懷疑過他對自己的善意。她在他面前，是肆意嬌縱的，如在哥哥們面前一般，真實地笑、真實地惱，除了最初的那個假身分之外……

不，她對他，甚至比對哥哥們還多了一分親暱，她在他的面前，沒有一點秘密。

榮嬌想到脖項上戴著的桃木符，想到在自己被不明原因的頭痛折磨時，他差人去請離山的松明子道長來給她看病，如此詭異的事情，他居然安之若素。

他不問，盡自己所能地幫助她；他說，不管她是誰，永遠是他的小樓，她只要做自己願意做的自己就好……

榮嬌的眼睛蒙上了一層霧氣，這麼好的他，居然為她相思入骨，居然要娶她為妻。

原來，她也有這般好運氣，上天還是眷顧她的，不是嗎？

「好。」

她紅著臉，迎著他的目光輕輕地卻又清晰無比地吐出一個字。
她現在沒有婚約在身，男未娶，女未嫁，她願意嫁給他。
「小樓，小樓——」
這低低的一聲好，聽在玄朗耳中，不亞於天籟，在巨大的狂喜面前，他修長的身軀竟輕晃了一下，捧著她臉頰的雙手微微顫抖，向來如謫仙的他，在心上人面前也不過是凡夫俗子。「嬌嬌，謝謝……終我一生，必不相負……」
他的小樓答應嫁給他了！
滿溢而來的情感，咆哮著衝向全身的每一個器官，這一刻，他只想將她緊緊摟進懷裡，摟得更緊一些，恨不能揉進骨血之中。
「可是……」
被他緊箍在胸前，聽著他狂跳如鼓的心聲，榮嬌的心底竟生出小小的得意與虛榮，這種失控的神情出現在向來淡定的玄朗身上，全是因自己之故呢！
「怎麼了？」
玄朗笑容微凝，狂喜突然停滯，頗有些緊張地盯著她。剛才還是在雲端漫步，她的一個「可是」便可能令他落入深谷。
「可是，我說的不算呀！」
玄朗俊臉罕見地出現了愣怔，為何說的不算？
「我的親事，要哥哥們做主的……」榮嬌將頭埋在他的懷裡，有點羞答答地小聲回答道。

二哥對他的印象不錯，應該不會反對；小哥哥可是一直看他不順眼，估計不會輕易應允。

「哦？妳是說榮勇與榮厚？」

玄朗微挑眉，心裡的石頭落了下來，就知道會這樣，還好他有先見之明。

「嗯，我、我是沒問題啦……不過，必須哥哥們也同意的。」

她將自己發燙的小臉貼在他的衣衫上，滑軟薄涼的雲錦觸感極舒服，她忍不住多蹭了幾下。玄朗只覺得軟軟的小人兒在自己懷裡蹭來蹭去的，蹭得他的身心都軟了。

「別擔心，他們沒有意見。」有意見也沒用，已經全部被他拿下。

「我沒擔心……你怎麼知道他們沒意見？」

榮嬌剛想說誰擔心來著，好像她在恨嫁似的，忽然意識到他的語調太過篤定，他怎麼知道哥哥們沒有意見？

「我有妳的生辰八字，榮勇給的。」

玄朗在她的耳邊低笑，語調裡有著毫不掩飾的得意與竊喜，雖然過程來得艱難了些，不過最終還是讓池榮勇親自寫出來了。

他的笑聲就在耳邊，癢得如同羽毛拂過心尖，榮嬌情不自禁地縮了縮脖子，腦子糊裡糊塗的——二哥把她的生辰八字給了他？是她想的那個意思嗎？

「什麼時候？」

她怎麼不知道他倆何時私交這麼好了？二哥居然把她的生辰八字給他，這不是、不是意味著二哥是……

「在百草城的時候。」

玄朗的嘴角噙著一抹溫暖的笑意。「他覺得我還不錯，令人放心，能一輩子對他妹妹好，就答應了……」

在百草城的時候?!

榮嬌的臉更紅了，羞愧難當。那時二哥問她玄朗是否知曉了她的身分，她理直氣壯地否認，指天畫地說自己沒有露馬腳。

怪不得二哥當時的眼神與表情那般怪異，原來就在她跳著腳說玄朗不知道自己是女兒身時，這個人居然一聲不響地跑到二哥面前，說要娶她。

他……他是什麼時候有這個念頭的？

第九十一章

他居然在那個時候就想娶她了！

榮嬌的心又燙又甜，好像含了一口熱呼呼的桂花湯圓，甜甜綿綿的。

「你……你什麼時候……」她在他的懷裡抬起頭，想問他是從何時對自己有了別的想法，他不是一直將她當弟弟的嗎？

玄朗明白她的意思。

從什麼時候呢？知道她是池大小姐，還是知道她是女兒身時？還是更早一些？早到他們相識的那一天？

「很早……情不知所起，一往而深……」

他笑著低頭，她墨玉般的大眼睛裡倒映著小小的他，好像她的眼裡、心裡只有他一樣。

玄朗情不自禁地低頭，在她光潔白淨的額頭上印下一吻。

柔軟的唇停留在額頭，彷彿有股灼熱從緊貼的地方傳來，接著，流淌到四肢百骸，直竄入心臟，她整個人似乎都躁熱起來。

「那個，還有我小哥哥……」

榮嬌心裡發慌，他的氣息太燙、太急促，忽然有種慌亂的感覺，彷彿掉入陷阱的小獸，再不轉身逃開，就會身不由己。

「榮厚也同意的，他對我有點小誤會，但已經說開了。」

玄朗的唇離開了一點，略有些遺憾，目光下移，正落在她紅潤的小嘴上，看上去很好吃、很美味的樣子……心，不由蠢蠢欲動。

「可是……」氣氛微妙而曖昧，榮嬌覺得必須要說點什麼，不能任其繼續下去。「你怎麼可以瞞著我，先找我哥哥？」

哥哥們會怎麼看她？會不會覺得她太不檢點了？

「我想娶人家的妹妹，難道不應該主動？」

玄朗看她的模樣就知她又要鬧小彆扭了，拿出十分的耐心。「不告訴妳，是怕妳為難。」

「我有什麼好為難的？一點都沒把我放在眼裡……」

榮嬌小聲咕噥，他連招呼都不打，就跑到哥哥們面前亂講一通，若是哥哥們誤會她是同謀，故意知情不報呢？

「小傻瓜，就是把妳放在心上才這樣做的……」

玄朗只覺得她嬌嗔的模樣太可愛了，情不自禁地又湊上去親了親她的臉頰。「主意是我一個人拿的，妳哥哥們若不同意，也不會為難妳，我再繼續努力……總能爭取到他們的同意。」

「哼，你跟哥哥們說好了，就不怕我不同意？」

榮嬌傲嬌地哼了聲，有著小小的不滿，就這麼篤定她一定會答應？

「怕啊，所以才把最難的放在最後，排除了所有的干擾，我才能心無旁騖。」全心全力讓妳看到我的好，喜歡上我。

玄朗的心並不像他表現得那般氣定神閒，在心上人面前，在沒有得到她明確的回應之前，誰敢篤定她的心意與自己是相同的呢？

「那丁、王兩家的事？」

聽到他說排除所有的干擾，想到王豐禮對親事的態度，榮嬌的腦中忽然極快地閃過一個念頭——難道退親的事情，是他做的？

「那是榮勇給我的考驗，他說，他的妹妹不能有半分的不清不楚。」意即不能在身有婚約的前提下，還與他有男女私情。

玄朗毫不猶豫地將池二少供了出來，順便將自己捎上。在不確定榮嬌對此事的態度之前，還是不要急於表功，反正事情他有分，若有功，當然少不了他的，若是她不喜，這鍋就由池二少揹吧！

「嗯，謝謝你。」

榮嬌不是迂腐之人，打心底不願意與王豐禮扯在一起，玄朗手段溫和，成全了一對佳人，她只會感激他與二哥的用心。

「可是池府那邊……」

雖然他有二哥給的生辰八字，不過明面上她父母健在，親事自當由長輩做主，二哥給的，真論起來是不算數的。

「放心，交給我來辦。」

對於池府的長輩，玄朗早有打算，只是在此之前要與榮嬌先通聲氣。「小樓，有件事我不是有意瞞妳的……」於是吞吞吐吐地交代了自己的身分。

不是有意瞞著？對上他歉意的眼神，榮嬌在震驚之後便是不滿了，裝什麼無辜？還說不是有意瞞著的？那為什麼從來不說？

「妳、妳也沒問……」玄朗只覺委屈，之前他有想說過的，是她強調只論交情，不看家世，阻攔自己說出真實身分。

「怪我？」榮嬌的大眼睛頓時瞪得溜圓。

「不是，怪我……都是我的錯。」玄朗急忙搶先認錯。「是我不夠坦蕩，是我藏了私心，擔心妳知道了不願意理我。」

算你識相！

榮嬌狠瞪了他一眼，若是早知道他就是什麼英王，絕對是有多遠跑多遠。

「妳哥哥他們都知道的。」玄朗小聲替自己辯解。「再說，我相信小樓不會在乎身分背景的，這也不是什麼緊要事，一時就忘了……」

「我哥哥知道？」

榮嬌懷疑。二哥每次說起理想中的婆家，都是門第不高、人口簡單且規矩不多的人家，玄朗這樣的門第，他居然同意？

「我誠意十足地提親，哪裡會隱姓埋名？那也太不尊重了，妳哥哥少年英雄，豈是那種重視門第的凡夫俗子？」

玄朗提也不提池榮勇曾堅持齊大非偶這回事，反正最後他被自己說服了，過程就不必詳細解釋了。

也對，榮嬌覺得自己白問了，二哥既然同意，自然是不介意他的身分高低。

「你將來是要娶幾位王妃的吧？」

一想起前世王豐禮後院的那些女人，榮嬌就覺得頭痛。之前不覺得玄朗會有這方面的問題，畢竟不管是他西山的宅子還是隔壁的宅院，自從認識他的那天起，就沒見他身邊有女人服侍，所以在榮嬌的心目中，與他在一起，不會有女人的是非。

但若是英王就不同了，一正二側是鐵律，他現在沒有，不等於以後沒有，他不想要，不等於就可以不要。

榮嬌有點打退堂鼓了，玄朗再好，他若是王爺就不好了。

有了前世的經歷，今生今世，她要麼嫁個不喜歡的，縱使對方有妾，只要能遵守妻妾規矩，也能相敬如賓、白頭到老；要麼就是不嫁，她絕對不會嫁給一個自己喜歡的，然後又要眼看著他左擁右抱盡享齊人之福，還要通情達理，做出各種大度姿態，她做不到。

玄朗雖好，她也不願意，正因為他好，她心悅他，就更不會願意。

榮嬌眼中的光芒暗了，所以，人是不能貪心的，不是嗎？

過了今晚，她都不知道要怎麼面對玄朗了，再不可能坦然相對，為什麼要向前進了這一步呢？過了這條線，連義兄妹的假象也沒辦法繼續維持了……

胸口悶悶的，眼底發澀，很想哭一場。

「傻丫頭，妳哥哥那麼疼妳，怎麼捨得妳委屈？」玄朗看她悶悶不樂的模樣，心都軟成了一汪水。「都說了終生不負，只娶妳一個，我保證。」

什麼叫哥哥那麼疼她，不捨得讓她受委屈？榮嬌忽然羞惱起來。「原來是我哥哥逼你，你才答應的吧？被逼迫著許下的保證，能信嗎？」

其實還是想娶的吧？只不過眼下暫時覺得沒必要，以後有必要了是不是就會改變想法了？哥哥逼的？堂堂親王若要反悔，哥哥能奈他何？

榮嬌也不知道自己居然會在一瞬間就生出這麼多念頭，能想到那麼遠的事情上，心情頓時不好。

惹不起總能躲得起吧？她杏眼圓睜，兩手使勁將他推開，玄朗一個沒防備，竟被她逃出了自己的懷抱。

懷裡一空，他的心也好像空了一大塊，見她退到兩、三步遠的地方，小臉緊繃，身形體態都表露著明確的疏離，頓時就有些發慌。是他說錯什麼了嗎？小樓居然不相信他了？

「小樓，我沒有。」

他沒想過會娶別人，若是他想娶，以他的年紀還用等到現在，或者等到將來嗎？

仗著身高臂長，他向前一步，伸手又將她撈住。小樓可以覺得他做得不夠，可以要求他改，卻不可以對他戒備與疏遠，更不可以不信他。

「我想娶的只有妳，就算妳哥哥不提，妳我之間也不會再有其他人。」

玄朗有些懊惱，早知道她會想偏，還不如不提池榮勇，直接說自己就好，本來他就是這樣想的，與池榮勇提不提要求半點關係都沒有。

「你不想就可以了？若是被逼無奈呢？」

榮嬌彷彿鑽進了牛角尖。他不想就有用嗎？若是硬塞給他，他還能違抗皇命不成？他一直不娶則罷，若是娶了就是破了禁，再要拒絕也少了理由。

況且，以池家的身分，或許還不能做他的正妃，他說娶就是娶？側妃也是娶啊！

「不早了，我要休息了，你走吧……」

榮嬌垂著頭，怕自己忍不住哭出來。其實也沒有多喜歡啦，只是那麼一點點的喜歡，若是他不提，她或許還發現不了呢……

「妳不信我了？」

見她如同一隻炸了毛的貓，明明要伸出爪子撓他，卻又努力忍著，玄朗只覺得自己的心好像被一隻小手揉了又擰，心頭生出濃濃的無力。他可真笨，明明是在表白呀，只是想告訴她願得一人心，白首不相離的，怎麼倒把她弄得要哭了？

玄朗覺得自己也是瘋了，一方面心疼懊惱，一方面竟是歡喜的，看她直白地表達對自己可能會有別的女人的不滿，看她肆意發脾氣，他的心竟有種詭異的滿足感。

「我說不會再有別人，就一定不會有。」

玄朗不顧她的反抗，硬是將人圈在懷裡，捧著她的臉頰，讓她看自己的眼睛。「乖，此生有妳足矣。妳收拾一下，明後天回別院，安心等我安排。明天我會進宮請旨賜婚，池府那裡，妳什麼都不用管，若有人來接妳回府，妳高興就回去，不高興就只管隨自己的心意，不必委屈。」

他等不得了，既然確定了她的心意，再也不想多耽誤時間，只要她願意，其他的事情全由他來辦。

「可是，池大將軍——」

「交給我。」

他需要盡快訂下親事，不單是為自己日益濃烈的情，還有小樓安魂之事一日不徹底解決，他就一日沒辦法完全放心，唯恐某一天忽然出事。

只有兩人有了婚約，他才能帶她離開都城，前往西柔，否則池家那兩個愛妹如命的兄弟是不會讓小樓跟他走的，除非有非走不可的理由——

但，這個理由，他又如何能與他兩人明言呢？

池萬林向來是聰明識時務的，他用心經營了半輩子，將池家門第在父輩的基礎上又發揚光大了幾分，被今聖上委任為京東大營主帥。

池家非名門顯貴，他這個所謂的儒將處境尷尬，不為武將接受，不為文官所喜，有聖上在，他只做孤臣就好，不需要依附於誰，更不需要結黨營私。

只是一朝天子一朝臣，他無意中得知今上身患隱疾，隨時會駕崩之後，不得不考慮自己及池府的前程。

太子英年早逝，皇長孫留居東宮，繼任儲君人選撲朔迷離，為池府前途計量，必須有所選擇。

他很清楚，沒有左右逢源的可能，經過一番考察與思量，最後押了寶。

聯姻是上面的暗示，是為揣測聖意而為，卻非聖上授意。為此，他還對榮勇虛與委蛇，導致父子間暗生罅隙，及至王家退親，他雖聽從指示，二話不說退了親事，心裡終歸是有些不舒服。

雖然他有自知之明，池家的分量不能與丁家相比，池、王兩家的親事所知者甚少，池榮嬌不是他寵愛的女兒，退了就退了，話雖如此，直白的輕慢與捨棄卻像一巴掌搧在臉上。

卻是無可奈何，會被捨棄的，一定是價值不夠，這個道理，他深諳其道，並身體力行。已成棄子的榮嬌，若是榮勇在北境軍功顯赫，他想為榮嬌的親事做主，做父親的就賣他這個好；若是他表現一般，那就視需要聯姻，畢竟她嫡出大小姐的身分還是有幾分價值的。

但池萬林萬萬沒有想到，榮嬌的親事不用他打算，早有人惦記。

宣旨太監將明黃的聖旨遞到他手裡時，池萬林還是那一副大夢初醒的模樣——那個，聖旨上居然說他有女溫婉淑良，許為英王正妃。

英王殿下，大夏朝地位僅次於當今聖上的英王殿下，居然看上他的女兒了?!

宣旨太監是嘉帝身邊的心腹，池萬林也認得，見他完全高興過了頭，不以為意，笑咪咪地連聲恭喜，道這賜婚的旨意是英王殿下特意進宮求的，許以正妃之位，也是英王殿下堅持的。

「池大將軍，府上大喜呀！您可是英王殿下的泰山大人，以後還請多多關照！」

總管太監沒接池萬林的紅封，笑咪咪地帶人告辭。

池萬林倒是交了好運，明明生個病秧子，居然能讓英王看中了，那可是英王殿下——

不管聖上私底下是什麼心思，也不管英王為何要娶他家的閨女，至少明面上，池府是英王的岳家，他是英王的岳父，與英王沾上了邊，該占的便宜肯定是能占不少，生生將池家的門第抬高了一大截，只要他自己不折騰，就憑英王岳家的金字招牌，都城裡哪有人敢得罪他？

真是生了個好閨女！

總管太監羨慕地咂咂嘴，不過這婚旨宣得也怪，給池大小姐的，正主卻不在府裡，上頭居然交代，池大小姐不在沒關係，池大將軍與池府其他的主子到齊就可宣旨。

他當差出宮頒旨的次數也不少了，還是頭一回遇到不需要正主在場的。

第九十二章

「你怎麼來了？」

榮嬌訝異，原本說去碧雲寺說經的玄朗怎麼出現在城南別院裡？

「想妳了。」

玄朗的唇邊泛著一抹軟如春水的笑意，目光繾綣。

榮嬌被他的直言嚇了一跳，雖心頭甜軟，還是嬌瞋地瞪了他一眼。「大哥言重了。」

小眼神意思明晃晃的，這是在別院呢，嬤嬤就在旁邊，收斂點。

果然，欒嬤嬤聽了玄朗的回答，不著痕跡地觀察他的神情，又打量了榮嬌兩眼，神色不明。

玄朗彷彿沒看到榮嬌的警告，捧著茶碗，慢條斯理地品起來。

「茶好，水也不錯，妳泡的？」

「不是。大哥前來，可是有要事？」

榮嬌被他那副氣定神閒的模樣氣得暗自磨牙，眼風如小刀齊發——他來，她自是歡喜的，可是貿然跑到這裡，回頭嬤嬤盤問，她該怎麼回答？

玄朗被她嬌嗔的眼神逗得心頭發癢，表白過了與沒有捅破那層紙的感覺就是不一樣，原先三兩天不見還能忍著，現在他總算體會了一日不見、如隔三秋的滋味了。

絕對不是誇張，在她面前，他所有的自律都成了笑話，一天不見，相思難耐。

不過，玄朗向來不動聲色，人前永遠是一副雲淡風輕，即便內裡已焦灼難寧，面色卻與平常無甚區別。

「要事，自是有的……」

他從容放下茶杯，眼底的深情灼燙了榮嬌的心尖。

「什、什麼要事？」

榮嬌被他看得心虛臉燙，忙移開眼神，想到嬤嬤還在一旁，更是侷促不安，生怕他說出過火的話來。

「今日池府會接到旨意，兩、三日內會來接妳回去。」

玄朗輕笑，目光反覆描繪著她嬌美的唇形，如果欒嬤嬤不在，他是不是可以換一種方式來慶祝他們的婚旨？

「你已經——」

榮嬌又驚又喜，雀躍中有著難言的嬌羞。他那晚說過會盡快請旨賜婚，她自然是信他的，只是沒想到會這麼快。

「嗯。」玄朗深深凝視著她的眼睛，唇角勾起，聲音低柔。「我等不及……」

等不及要早一日將她納入自己的羽翼下，等不及將她與自己連在一起，早訂盟誓，從此後，她是他的小樓，他是她的玄朗，名正言順地在一起，誰也不能將他們分開。

甚至，他等不及要將她早日娶回家……

兩人的視線膠著在一起，屋裡很安靜，空氣中有微妙而曖昧的氣氛悄然形成。

「玄公子喝茶——」

一道溫和卻突兀的聲音插進來。

欒嬤嬤在旁邊狐疑了好一陣子，聽不懂他們在說什麼，心裡卻覺得這兩人不對勁，猶豫了片刻，保護姑娘的心情占了上風，在不確定公子何意之前，堅決不能放任自流。

「多謝嬤嬤。」玄朗收回視線，對欒嬤嬤溫和道：「我帶了些禮物過來，還請嬤嬤不要嫌棄。」

說完，意味深長地看了榮嬌一眼，從袖袋中取出一份禮單，遞給了欒嬤嬤。

「這些年辛苦妳了，些許薄禮，略表心意。」

小樓雖不得生母所喜，幸有疼愛她的嬤嬤相伴，玄朗對欒嬤嬤真心感謝，當然此舉亦有宣示主權之意，從此後，小樓最親的人就是他了。

「啊？」

欒嬤嬤很茫然，沒接禮單，反而看向榮嬌。

本來玄朗送禮物給她不足以大驚小怪，她雖為僕，卻是乳娘，只是玄公子的話，彷彿意有所指，照顧姑娘是她的本分，何來辛苦不辛苦？況且，玄公子有何立場說這句話？

「當不得玄公子的謝。」

欒嬤嬤感覺怪怪的，不自覺地拒絕，這東西不能收。

榮嬌笑著瞟了玄朗一眼，心情甚好。他這般看重嬤嬤，她自然是歡喜的，嬤嬤與她名為主僕，實則親如母女，若玄朗真把嬤嬤當成普通的乳娘下人，她肯定是不舒服的。

他禮待嬤嬤，重視她身邊的人，榮嬌覺得很受用。

「嬤嬤，給妳就拿著，不是外人，不用客氣。」

她這幾句話顯然取悅了玄朗，他含笑望著，眸光如碎星閃爍。「嬤嬤，妳家姑娘說了，我不是外人。」

什麼？欒嬤嬤腳步微顫，驚慌地望望榮嬌又看看玄朗，心頭生出一片倉皇。「玄公子，你——」

他知道姑娘是女兒身？

欒嬤嬤乍驚之下，神色慌亂，人卻偏移兩步，不自覺地站在了榮嬌身前，用身子擋住玄朗的目光，彷彿如受驚的母雞本能地要將雛雞掩在身後。

看到她的反應，玄朗收起了臉上的笑容，站起身來，衝欒嬤嬤施了一禮，神態認真而鄭重。「嬤嬤勿驚，小樓的身分我早就知曉。我心悅她，已經求得榮勇、榮厚同意，將她的終身託付於我，嬤嬤放心。池府應該已經接到賜婚的旨意，妳家姑娘是我未過門的妻子，我今日是特意來向嬤嬤報信並當面致謝，謝謝妳對嬌嬌的照顧。」

玄朗語調溫和沈穩，聽在欒嬤嬤耳邊，卻像是一道驚雷連著一道，不過炸響的是一連串的歡喜。少爺們將姑娘許給玄公子了？玄公子是個體貼可靠的，姑娘終身有靠，應該是天大的好事吧？她怎麼想哭呢，眼淚也忍不住。

欒嬤嬤回頭，淚眼婆娑地看著榮嬌粉嫩精緻的小臉，玄朗公子會一輩子對姑娘好吧？

等等，喜極而泣的欒嬤嬤忽然清明了幾分，他剛才說什麼？

「您說，賜婚？」

居然是賜婚，不是遣官媒來？

玄公子到底是誰，居然是請旨賜婚？齊大非偶，姑娘說過她最討厭後宅傾軋，不想過一入侯門深似海的日子，玄公子大張旗鼓地請婚，對姑娘是好還是不好？

對於請旨賜婚，榮嬌也有幾分不解。在她看來，玄朗向來不喜高調，他兩人既情意互生，哥哥們又都知情，私下裡將親事訂下就好。

以他的權勢，池萬林根本沒有拒絕的理由。

好吧，在這件事上，榮嬌倒希望他能仗勢欺人一把，尤其被欺壓的那個人是池萬林，她想想就覺得挺解氣的。

皇上賜婚，聽著是夠尊榮，不過會把她與他都推到風口浪尖上，他向來不愛張揚，而且因為身分敏感，韜光養晦也不是做做樣子，是真的萬事不上心。

玄朗笑著。「萬事不上心？事關妳，怎可能不上心？」

若是可以，他也不想去求什麼婚旨，將她推到人前去；可是以他的身分，若是成親不公開，反會讓人誤會了她的身分，被當成上不得檯面、沒有名分的女子，這實非他所願。

如果必定要被人知曉，還不如一開始就將她的身分抬高，英王正妃，不是隨便什麼人都敢非議的。

「還有，也是為了減少麻煩。池家明面上看起來不值得圖謀，與其私下訂親，徒增疑慮，不如坦蕩明言。」

「還有我這個人吧？」榮嬌神色不明地笑笑。「池大小姐自幼病弱，爹娘不喜，這樣的人選，也讓人放心吧？」

「我喜歡就好。」玄朗溫和地解釋著，小心地觀察著榮嬌的臉色，借袖子的掩飾，悄悄將她的小手握在了自己手中。「在我心裡，妳是最好的。」

榮嬌白了他一眼，用力撓了撓他的掌心。他說的是實情，以池府的門第以及池大小姐的名聲，他娶這樣的正妃，確實不會讓人忌憚。

他一直不娶妻，是自己不想，但在別人眼中，怕是不這樣想，擔心他將妻位閒置是別有圖謀，畢竟聯姻是男人們慣用的手段。

皇上體弱，東宮無主，諸皇子才能平庸，以他的身分、聲望與年紀，龍椅上的那位提防他，實屬正常，他再識時務，實力也著實令今上忌憚。

他請旨娶她，一舉數得，他倆可以喜結連理、心想事成，皇上可以放一部分心，不必擔心他岳家的實力。

玄朗被她一撓，只覺得彷彿有根軟軟的羽毛拂在他的心尖，眼底情不自禁地泛起柔柔的笑意，忍不住輕輕捏了捏她滑軟的小手。

「可是，為什麼要升池大將軍的官？」

榮嬌不解，她從未在玄朗面前掩飾過對池萬林的不喜歡。

玄朗微頓，還是決定將實情說出。「不是升，是明升暗降。副尚書是虛職，就算有我的面子在，不至於令他太難看，架空是必定的。京東大營主帥手握重兵，拱衛京畿，向來是由皇上的心腹擔任，從我請婚起，不管內裡如何，單看明面上他與我的關係，聖上不會再放心將這個位置委任給他。

「其次，他想法太多，竟然妄想從龍之功，任其發展，恐會招大禍患，放到兵部掛名，也能安分些。」

池萬林生了不該起的野心，再扯上他，不管是池萬林本人還是他後面的人，少不得會蠢蠢欲動，生出不該有的小心思。

嬌嬌是池萬林的女兒，這一點沒法改變，而且池家還有池榮勇與池榮厚，若池萬林惹出禍患，他與嬌嬌沒事——從來沒有岳父犯事，禍及女婿與出嫁女的，但他的兒子們卻是一榮俱榮，一損俱損。

他不能讓池萬林的私心毀了榮勇與榮厚，交出實權，升遷到兵部是第一步，若他還不知收斂，下一步就該回家養老。

「他站隊了？是誰？」

「是五皇子。」玄朗著迷般地揉捏她的小手。「不管是哪一個，現在局勢不明，池家沒有站隊的必要，我怕他行事差池，影響到榮勇、榮厚。」

若池萬林不貪，完全沒必要站隊，老老實實當他的孤臣，任哪一個皇子登上寶座，都不會把他怎麼樣，即便上位的是拉攏過並被他拒絕的，氣量小的，無非是罷了他的職，性命無憂。

奪嫡時，希望能拉攏到一切能收買的力量，真坐上那把椅子後，反倒會對那些孤臣、純臣格外看重；畢竟以己度人，能被自己收買，就能被別人收買，同理，若是純臣孤將，不能為他收買，亦不能為別人拉攏。

池家沒有顯赫的家底，也沒有盤根錯節的姻親，池萬林要是安分守己做純臣，任誰上位也會高看他一眼，何況還有池榮勇與池榮厚，這兩兄弟，一武一文，武可封帥，文能拜相，何愁池家門第不興？

玄朗趁眼前無人，拿起榮嬌的小手，放在唇邊親著。「妳不想回府，就不回去。新店籌備得如何？過些日子我想帶妳出趟遠門。」

不能再等了，既然早晚得走一趟，還是早去早安心。

「去哪裡？」

他溫熱的唇擦過她的指尖，榮嬌被他親得雙手無力，粉面一片嬌紅，聞言微怔。剛賜婚，正是備受關注的時候，出遠門能行嗎？

「去西柔。對外就說是帶妳去尋醫看病，所以要委屈妳了，妳要先病發一次，嗯，就說是因為被賜婚，大驚大喜之下，加重了病情。」玄朗輕笑，忍不住又親了親她的手背。「然後我就有理由帶妳去四處尋醫問藥，順便賺個情深意重的好名聲……」

「少來。」榮嬌不是那麼好糊弄的，嬌瞋地瞪他。「西柔何時不能去？以後也有機會的，你不說實話，才不成全你的好名聲呢！」

以後又不是沒時間，要這麼急？還讓她裝病？好吧，雖然她的形象一直是有病在身，常年臥床，突然被賜婚弄得重病不起，也合情理。
只是，他有什麼事瞞著她不成？
「沒有啊，我能有什麼事瞞著妳？」
玄朗不想說，而且這裡也不是說話之地。
「真沒有嗎？」榮嬌狐疑，繼而俏臉一板，嘟著小嘴道：「我最討厭別人瞞我、騙我，別想讓我原諒，就算原諒了，也會留下陰影。」
玄朗眼神微頓，想起上次池榮勇騙她的事情。
榮嬌說完這句話便緊盯著他的神色，他這微小的停頓自然落在了眼裡，心裡有數，嘴上繼續強調。「我還有生意要做，鋪子要開，西柔又不會長腿跑了，晚幾年再說吧！」
「生意可以拜託李掌櫃，他忙不過來，我可以給他找個助手。」玄朗避重就輕。
「你的身分去西柔方便嗎？」榮嬌趁玄朗沒注意，使勁將自己的手從他的手裡抽出來，背到身後，一本正經地說道：「或者，被聖上知曉，誤以為通敵叛國，怎麼辦？不行，不行，那豈不是會拖累我哥哥們？」
「小樓……」玄朗無奈低嘆，含笑的聲音裡滿是寵溺。「只擔心妳哥哥？」
雖然知道她是在開玩笑的，心裡還是有著小小的吃味，嫉妒他們兄妹的感情。
「誰叫你不坦白？」榮嬌嘟嘟嘴，一副幽怨的小模樣，語氣卻甚是堅決。「不說清楚我是不會去的。」
玄朗知道她生氣是假，認真的態度卻是真的，不敢再繼續敷衍了事，卻也不想說出實話，含笑道：「真不想去了？西柔是個好地方，有很多好玩、好吃的，讓我想想……嗯，炙小牛肉最是香嫩不過，還有，西柔的馬最烈……」

「大哥。」

榮嬌打斷了他的話，明亮清澈的大眼睛溫柔而堅定。玄朗對上她的視線，溫潤清淺的聲音停了下來，知道自己不能再含糊其辭了。

兩人四目相對了片刻，玄朗率先敗下陣來，溫暖的目光陪著小心。「小樓，我……」

「不能說嗎？」

她坐在那裡，容貌嬌俏，聲音甜甜糯糯的，尾音拖得又長又軟，不自覺地用了撒嬌的語氣，玄朗的心便軟了下來，原先的堅定鬆動了幾分。罷了，瞞著她或許也不對，畢竟這件事的關鍵在於她自己。

「也不是。」玄朗笑了笑，目光溫柔。「是我擔心。」

「怎麼了？」

榮嬌等了一會兒，見他欲言又止，不禁出言催問。

「小樓，我想與妳長長久久，白頭偕老。」

他不想出現任何意外，也不能接受任何原因導致小樓不在自己身邊，一切可能的隱患，他都要提前消除。

玄朗坐在那裡，清雅俊美、陽剛又溫潤，有一種驚為天人的仙姿，不落凡塵的高雅。幽深的眼眸蘊含著無盡的溫柔與寵溺，可以包容一切的力量，榮嬌在他幽黑的眼眸裡，看到兩個小小的自己，心裡不禁軟成一片汪洋，柔若無骨的小手主動握住他修長的大手，粉臉上暈起一層嬌羞的紅色。

「嗯，我也是。」

玄朗撐開她的小手，十指相扣，緊密地握在一起，喉結無意識地上下滑動了兩下，聲音低啞。「那個桃木符，只能解一時之急，若想一勞永逸，需要徹底了結前世恩怨。」

第九十三章

榮嬌身子一顫，心底最隱密的部分猝然被揭開，臉色白成一片，手腳冰冷，雙耳嗡嗡作響，宛若被逼到絕路的小獸，無助而倉皇。

玄朗心疼至極，再也顧不得欒嬤嬤會不會進來，長臂一伸，將那個小小軟軟的身子抱在懷裡。「小樓，別怕，有我在呢，不會有事的，保證不會有事的；只是松明子說怨氣不除，魂魄不穩，我太擔心了……我……」

懷裡的人縮成一團，乖乖地蜷在他的胸前，不聲不響，玄朗只覺得一顆心如在熱油裡炸，又痛又悔。是他太心急了，不應如此開門見山，應該更委婉迂迴些的。

都怪他，每逢碰上小樓的事就失了分寸，那些聰明睿智都不知道去了哪裡，傻笨得事後回想都會捂臉長嘆。

「你、你都知道了？」

他的懷抱溫暖寬厚，有一股混著檀香的好聞味道，令人安心。好一會兒，榮嬌才鎮定下來，小臉還是白的，腦袋卻清明了幾分，不知道應該說什麼，只悶在他的懷裡，頗有幾分逃避的意味。

「知道什麼？」玄朗輕笑，聲音像是從胸腔裡發出來的，透著難言的安心與溫暖。「就會多想，不是早就跟妳說過，妳就是妳，做妳喜歡的自己就好，自始至終，我認識的是妳，心悅的是妳，想娶的是妳，想要一輩子有妳相陪，天長地久在一起。」

「你不怕嗎？」

縈嬌想起上次自己病好後，擔心他會問，心中頗是忐忑，當時他確實說過類似的話，彼時她曾懷疑他意有所指，但他沒挑明，她自然沒有勇氣說破。

「小傻瓜。」玄朗幽幽低嘆，輕輕吻了吻她的頭頂。「怕啊，怕妳又會頭痛……上次險些被妳嚇死，那樣無措的煎熬，我不想再經歷。」

那種什麼也做不了，只能眼睜睜看著心愛的人受折磨，恨不能以身相替的無能為力，他不想再來第二次，所以才覺得去西柔的事越早越好，小樓的安好是最重要的，與這個相比，其他的都要往後排。

「松明子說，她有心願未了，戾氣未消，若被刺激，恐不是桃木符能壓制的，到時妳又會受罪。」

玄朗想起松明子的告誡，心頭沈悶。比起他的輕描淡寫，那老道長說得嚴重許多，不是受罪，而是會有性命之危。

自從松明子臨走前說了這番話，玄朗的心就未曾真正安穩過，神鬼之事本就莫測，又是發生在小樓身上，他不敢有半分輕忽。

在縈嬌的逼問下，玄朗將松明子的話避重就輕地轉述了一番，再次強調去西柔的必要——小樓沒有完整的記憶，不知雙魂之一的戾氣、怨氣之源，無法了其心願，助其和平融合。

玄朗想帶她去西柔，希望在那個熟悉的環境下，可以慢慢喚醒記憶，知道癥結之後，再來解決。

因為時間不定，他自是希望越早進行越好。

「不一定現在就去……」榮嬌遲疑，樓滿袖……哦，就是她自己，雖然記憶不完整，她的怨氣與心願，她卻是大致了解。

「我不想再等了。」

玄朗將人摟得更緊。他向來運籌帷幄、掌控全局，這種凡事不能自己控制的感受太糟糕了，他與最心愛的人頭上懸著一把利劍，隨時有可能落下來，每一刻的甜蜜快樂都像是偷來的，隨時要消失，這種狀況不知道則罷，知曉了豈能繼續縱容？

在他原先的規劃中，爭取池家兄弟同意，然後先退親再求娶，從此琴瑟和鳴，逍遙美滿，若是小樓願意，再給他生個兒子或女兒，這一生就此圓滿。

誰知松明子一席話將所有規劃打亂，他迅速調整，雷厲風行，退親、請婚旨，定下名分，便能理由充分地帶著小樓前往西柔。

誰敢保證到了那裡，一切順利？萬一好幾年沒有線索，小樓該怎麼辦？

玄朗向來不喜歡將命運交到不可知的意外手中，會危及性命卻懸而未決的事，絕不能放任。

「我大概知道一些。」榮嬌想起夢中的那些片段。「樓滿袖死於非命，她想知道是誰害了自己，為自己討回公道。」

這就是她滿含怨氣的執念吧？

「我們還是不要急於去西柔。」

她雖與玄朗有了婚約，與前世已迥然不同，但還沒到當年的那個關卡。她記得是自己及笄之後，小哥哥出了事，現在雖然沒有了引發事因的源頭，誰敢保證不會出現別的情況？至少她要等過了那個時機才能放心。

「我在那邊有些關係，之前也派了人手過去。小樓，我不敢冒險……」

玄朗清淺的嗓音帶了股鬱悶，他從未這般無助過，空有一身本領，派不上用場，只能任其拿捏住命門。

但凡有一線希望，他都不會放棄，去西柔，還有可能解決，不去，基本無望。

「不會有事的。」榮嬌的小腦袋撒嬌般地蹭了蹭他的胸口。「你不是說了，樓滿袖是皇室中人，就是去了西柔，沒有合適的機會，也難在她尋常出入的地方自由進出，不如派人去調查她的死因。放心，只要我不去多想，不會有事的。」

他臉上擔憂的神色讓榮嬌又甜蜜、又心酸，對於發生在自己身上這匪夷所思的事情，他一點也不在意，他在意的只是她好不好，以及隱患不除對她的害處。

他一心只想著她，卻不想想，以他的身分偷偷出現在西柔王城，若是暴露出去，會引起怎樣的軒然大波？

「小樓……」

玄朗素來不會猶豫不決，本來他拿定主意要去的，沒想到榮嬌不配合，再三反對，他承認，她說得亦有道理，只是，他還是那句話：不敢冒險。

萬一小樓有意外，大樑城到西柔王城有萬里之遙，屆時再想去，千里馬也來不及。

「不管，我的事，我最有數，就是去，也要先查出些線索，或有好的理由……至少也要成親後，還沒拜堂成親就同行，有損我的清白。」

看她鼓著臉，氣呼呼的模樣，玄朗明明是鬱悶的，聽她振振有辭說什麼未成親同行有損清譽，不由長眉高挑，噗哧一聲笑開了，語調裡是滿滿的寵溺與縱容。「妳呀，真是拿妳沒辦法。」

都同行多少回了，她早不說有損清白，現在已經是未婚夫妻了，這會兒卻想起拿名聲做幌子了。

他輕嘆苦笑，罷了，誰要他心裡、眼裡都是她呢？

「那就先成親。」

原本想著她還小，尚未及笄，等從西柔回來後，隱患解除，萬事無憂，那時再成親；既然她非要成親後才能去，那就早點娶了，名正言順更好。

「可我還沒及笄呢……」

榮嬌之前的理由只是託詞，並不是恨嫁，雖然她對嫁他是滿心歡喜的。

「無妨，也有嫁人後辦及笄禮的。」婆家給新媳婦辦及笄禮的也有，他特意查過。

「可是，哥哥們都不在。」

她出嫁，二哥、小哥哥怎麼能不在呢？誰來揹她上喜轎？

二哥一年半載回不來，小哥哥前些日子來信，也說莊先生遊興正濃，估計今年是不會回都城了。

「我給莊先生寫信，讓榮厚回來，三個月的時間，足夠準備的，我們年內成親。西柔那邊，我會讓人多方查尋。」

最好能製造正大光明去西柔的理由，若是隱姓埋名過去，一旦暴露，他不擔心別的，就怕帶著小樓不能全身而退，在西柔，想要他死的人不知凡幾。

若是只有他自己倒是不懼，他自信若是想走，西柔還沒有誰能將他留下，但帶著小樓，他不敢冒險，萬一有個閃失，他承受不起。

「我們先成親，成親後再去。我聽妳的，妳也聽我的，就這麼說定了，乖……」

最多三個月，年內一定成親。

榮嬌不知自己何時與他說好了先成親再去西柔的，明明是他自己定的，怎麼就變成了她提的，成親是去西柔的條件了？

他從來不會與她唱反調，都是縱容著她，這次卻很堅決，一口咬定了要盡快成親，不想等及笄之後了。

她撒嬌耍賴，他就好言好語地哄勸，她態度強硬，他就含笑不語，任她是發脾氣還是條理清楚地闡述反對意見，他也只是溫和地望著，那雙幽黑的長眸彷彿無邊無際的大海，包容著她的一切，然後，一切事情還是按照他的安排進行。

其實，榮嬌也不是不能接受，只是覺得太快了，而且哥哥們不在呀，她成親哥哥們缺席，就算嫁的是自己想嫁的人，也覺得不夠完美。

匆匆忙忙地成親，一定是不夠重視。誰成親不是從求娶到拜堂要拖上一年、兩年的，才能顯示女方的矜持、男方的鄭重？

一切從簡的，絕對都是有問題的。

玄朗對她的小脾氣全部笑納，輕飄飄地答覆她，沒有從簡，三書六禮一樣不少，屆時保證十里紅妝、風光大嫁。

榮嬌嗤笑，還十里紅妝呢，池府會給她準備十里紅妝？

「怎麼不會？」玄朗淡然一笑。「歷來嫁妝比照聘禮來，池萬林要面子。」不為女兒，為了他的面子，也會湊出像樣的嫁妝來。

「你故意的？」榮嬌瞥他一眼。「準備大張旗鼓地下聘？」

「親王成親有慣例可循，聘禮多少，禮部與宗人府會照章辦事。」他只不過會在此基礎上再多加一些就是。「放心，榮勇、榮厚還沒娶妻，我不會掏空池府家底的。嫁妝我都備好了，不過暫時先讓池大將軍為嫁女著急一番，也是有必要的。」算是幫她小小地出口惡氣。

「我不用你的嫁妝，哥哥們會準備的。」

他的體貼，榮嬌心領，不過哪有讓他聘禮、嫁妝都準備的道理？

哥哥們會準備？玄朗長眉微挑，一副理當如此的口吻。「所以呢，榮勇、榮厚都不在，我這個做大哥的責無旁貸。」

「你！」榮嬌側眸瞪他，以前怎不知他這般會狡辯？「既是以大哥身分準備嫁妝，還備聘禮幹麼？」

「那如何能一樣？」玄朗輕笑，眼底的笑意如糖水般氾濫。「聘禮與嫁妝，夫君與大哥，都是分內事，這兩者又不矛盾，說起來，還是我賺了。」

「你賺什麼了？」

見他笑得開心，榮嬌不明白他哪裡賺了，娶個媳婦，又是聘禮、又是嫁妝，備了兩份，虧得他家底厚。

「聘禮、嫁妝送過去，無非是走個過場，還是會原物返回的，還能娶回美嬌娘。」

玄朗長長的鳳眸中滿是笑意，說到「美嬌娘」三個字，刻意將聲音放柔，似乎是從舌尖上吐出來的，聽得榮嬌心中酥癢，水眸欲狠瞪他一眼，卻因為嬌羞而力度不夠，更像是嬌瞋的媚眼。

那斜睨的瀲灩風情，清純中透著嫵媚，似睨非睨、宜嗔宜喜的樣子，簡直攝魂奪魄，看得玄朗心漏掉了半拍。

「小樓，我想把婚期提前……」

「不行，我不急！」

「哎呀，姑娘，您這幾針又縫歪了……」欒嬤嬤有些嗔怪。「累了就先歇會兒，嬤嬤煮了紅豆甜湯。這是玄公子的襪子，您上點心，雖說穿在腳下，針走歪了也不好看。」

欒嬤嬤嘮叨著，將榮嬌剛縫的那幾針小心地拆了。

「嬤嬤。」榮嬌不滿。「不就是雙襪子嗎，妳再說，我就不做了。」

現在連嬤嬤與她都不是一個國的了，剛才若不是想到玄朗這個壞傢伙，她能走神嗎？不走神能把針線走歪了？能被嬤嬤嘮叨嗎？

嬤嬤居然為了玄朗說她？榮嬌表示，她傷心了！

「不做那怎麼行？玄公子的衣衫鞋襪，必須是姑娘親手做的。好姑娘，累了緩口氣，婚期急了些，新姑爺的衣裳旁人不好代勞，等忙過這陣子，成了親，以後有時間，慢慢做。」

欒嬤嬤細聲細氣地安撫著榮嬌。「玄公子體貼可靠，姑娘認識他時日已久，為人再清楚不過，對姑娘的心意也不作假，不管他的身分如何，必定會一直對姑娘好的，嫁給他，是頂好不過的歸宿。」

榮嬌聽嬤嬤嘴裡全是玄朗的好話，不由發笑。「嬤嬤，妳是真覺得他好，還是畏於權勢，被逼無奈的？」

之前是誰聽玄朗求娶，樂得滿臉開花，然後一得知他是英王，臉上的花瞬間如被秋霜打了，連連搖頭，頂著親王的壓力，明明都發抖了，還是堅持說出門不當、戶不對，齊大非偶？

「瞧姑娘說的什麼話。」嬤嬤臉一紅。「那還不是嬤嬤關心則亂，一時想岔了？玄公子與別人不一樣。」

想起當時的驚心動魄，欒嬤嬤覺得自己難以招架也是正常的，她就是個普通下人，哪禁得起這一齣齣的非比尋常，簡直比戲文裡還精彩呢！

玄朗公子突然登門，道是已知姑娘的身分，要求娶姑娘。

她雖吃驚，亦在意料之中，玄公子雖年長些，勝在沒有妻妾，頭次婚配，男人年紀大些也好，穩重會疼人，姑娘沒有父親疼愛，找個大幾歲的夫婿，最好不過。

欒嬤嬤即便見識不多，也知賜婚的恩典不是隨便什麼人都能有的，皇上日理萬機，哪有工夫作媒呀，既然玄朗說是有婚旨到池府，少不得要問問他府上何處、哪家子弟？

待聽到是英王殿下，欒嬤嬤立馬搖頭。不行不行，齊大非偶，姑娘高攀不起，態度之堅決令玄朗動容，越發敬重她對榮嬌的真心維護。

賜婚之後，城南這處小莊子也住不安穩，池府派人來接過兩回，皆被榮嬌以身體不適拒絕。

玄朗嫌閒人干擾，乾脆將人接進了王府，道是新房正在裝修，讓她來定樣子。

於是，欒嬤嬤等人一併跟著住進英王府，張羅繡嫁衣等事——在姑爺家繡嫁衣，這等離經叛道之事，欒嬤嬤居然毫無異議，天天盯著她給玄朗做衣服的進度。

到底她是誰的嬤嬤?!

——未完，待續，請看文創風521《嬌妻至上》4（完結篇）

寵妻指數★★★★

文創風 518-521 《嬌妻至上》 全套四冊 5/2陸續出版

撲朔迷離的重生之祕，唯妻是從的愛情守則／東堂桂

她雖是將軍府大小姐、嫡長女，
卻是爹娘不疼，連庶女都爬到她頭上！
要不是她大病一場重生醒來，現在還任人捏圓搓扁、委曲求全，
如今有機會改變命運，她絕不再傻傻等待，
只求能掙脫家的束縛……

池榮嬌這名字，據説是出生時祖父滿心歡喜，説幸得嬌嬌，取名榮嬌……
可為何大病重生之後，記憶裡只有父親不疼、母親憤恨、祖母不喜，
池家大小姐過得比家裡的下人還不如，連庶妹都敢欺負她的人！
病後重生讓她領悟，親情既然求之不得，那便不求了，
加上母親把她的婚事當籌碼，她更不想如從前那般委屈退讓，
總得適時保護自己、掙回嫡女的臉面，可她也是母親親生女兒，
為何三個哥哥都備受疼愛，只有她被冷落，甚至眾人也任她受母親折磨？
再者病癒之後，她腦子裡常冒出一些稀奇古怪的想法，
而夜裡，總有個自由奔放的身影在夢中出現，
彷彿身體裡還有另一個恣意的靈魂，教她嚮往著掙脱牢籠，
但現在的她身無分文也無一技之長，何來本錢離家？
只好先改裝出門瞧瞧有什麼賺錢門道，可錢還沒賺，就先惹禍了……

♥♡ 獨愛限定 ♡♥ 原價250元/本，**週年慶特價188元/本**

真心換深情指數★★★★

文創風 526-527 《吾妻不好馴》 全套二冊 6/6出版

嬌妻不給憐，纏夫偏要黏／岳微

聽聞夫君心中另有所屬？沒關係，她沒打算談情說愛；
老夫人跟大房不待見她？無所謂，她無意當賢良媳婦。
反正她嫁入高門僅是衝著「侯爺夫人」的頭銜，
哪曉得這枕邊人當初指名要娶她，竟是別有隱情……

歐汝知借屍還魂為商賈之女衛茉，
滿心滿眼就是為家族通敵罪狀翻案這等大事，
可從一名習武女將換成這副病秧子皮囊，
猶如虎落平陽，難展拳腳啊……
正當她不知該從何起頭時，
恰逢靖國侯趕著上門提親求娶她，
命運都向她伸出了橄欖枝，
她當然得把握機會，嫁入侯門！
所幸老天爺待她不薄啊，
這丈夫平時總小心翼翼地呵護她，還能替她治療寒毒，
更重要的是，他竟是替歐家翻案的同道中人！
遇上如此義氣相挺的良人，她再冷傲的心也被捂熱了……

♥♡ 獨愛限定 ♡♥ 原價250元/本，**週年慶特價188元/本**

你可能會喜歡

不只是說故事，還教妳過人生的另一種方式

帶妳品嚐愛情的單純美好

一穿越就遇上稀奇事?!

老闆～來一客甜味小品！

先下手為強才是真、男、人！

折扣懶人包

來來來！其他優惠照過來！

6折	75折
文創風001~290、花蝶001~1622 采花001~1264、橘子說001~1176	文創風291~517 橘子說1177~1248

最愛小狗章

5本100元： PUPPY001~354、小情書全系列
4本100元： PUPPY355~474

狗屋嚴選

找尋妳的羅曼蒂克
2017 狗屋 · 果樹 週年慶

週年慶大樂透！
限 · 時 · 抽 · 好 · 禮

抽獎資格 不管大本小本，只要上網訂購且付款完成後，系統會發e-mail給您，附上抽獎專用之流水編號，一本送一組，買愈多本，中獎機率愈高。

中獎公告 6/28（三）會在狗屋官網公布得獎名單，公布完即開始寄送！

抽獎項目

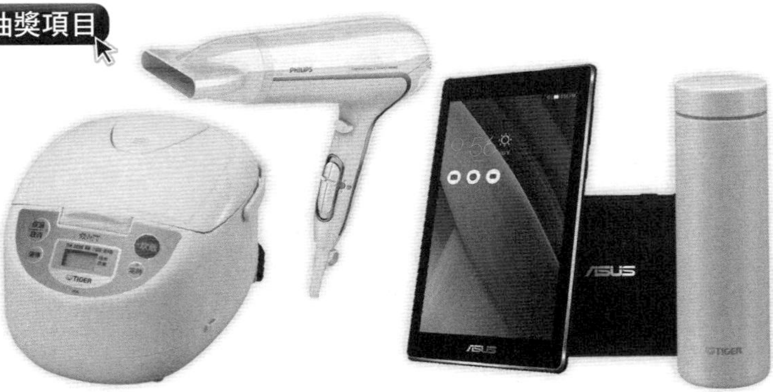

頭獎：【TIGER虎牌】10人份1鍋2享多功能電子鍋 ……………… **1** 名

二獎：【ASUS】ZenPad 7吋 4核心WiFi平板電腦（特務黑）……… **3** 名

三獎：【TIGER虎牌】500cc夢重力不鏽鋼保溫保冷杯（奶油白）… **3** 名

四獎：【PHILIPS 飛利浦】沙龍級護髮水潤負離子吹風機 ……… **1** 名

五獎：狗屋紅利金200元 ……………………………… **10** 名

搜尋 f 狗屋/果樹天地，限定活動等著你，贈書贈禮大方送

♥♡ 小叮嚀——

(1) 請於訂購後**兩日內**完成付款，最後訂購於**2017/6/14**前完成付款才算有效訂單喔！
(2) 活動期間親自至本社購買亦享有相同折扣，請先電話聯絡確認欲購書籍，以方便備書。
(3) 購書滿千元(含)以上免郵資，未滿千元郵資65元。
(4) 特賣書籍因出書時間較久，雖經擦拭、整理，仍有褪色或整飾痕跡，故難免不如新書亮麗。除缺頁、倒裝外無法換書，因實在無書可換，但一定會優先提供書況較良好的書給大家。若有個人原因需要換書，需自付來回郵資。
(5) 各書籍庫存不一，若遇缺書情形可選擇換書或退款。
(6) 歡迎海外讀者參與(郵資另計)，請上網訂購或是mail至love小姐信箱(love@doghouse.com.tw)詢問相關訊息。

狗屋 · 果樹有權修改優惠活動的實施權益及辦法。

2017年3月出版

琢玉成妻

文創風 499～500

玉不琢，不成器，
身分低微配不上他？
沒關係，待她將自己磨得發光發亮……

世態冷暖無常，兩情遠近不渝／畫淺眉

人家穿越是金枝玉葉，玉琢穿越是真的好累，
爹早逝、娘軟弱，還有個小弟要照顧，
她一面維持生計，一面和鄉里打好關係，這生活還算過得去，
但這田裡的稻子，總是長的不如意。
幸而上天眷顧，讓她結識了朝廷校尉鍾贛，
有了這貴人相助，她終於解決了收成問題。
日子漸漸寬裕，麻煩卻也接連而來，
先是鍾贛私下表露情意，可門第差距令她無法答應；
後是大戶威逼出嫁沖喜，仗勢欺人讓她滿是怒氣。
對前者，她逃之夭夭；對後者，她直言相拒，
無奈奶奶竟抬出孝字要迫她屈從，
好在他及時出手相助，讓她鬆了口氣，沒想到他卻乘機來個當眾求娶？!
既然他一片真心，她也不再逃避，
誰知半路殺出程咬金，朝他潑髒水，還要賴他負責做夫婿？!
哼！這般欺辱她的男人，她怎麼能不還點顏色？

2017年2月出版

冤家勾勾纏

文創風 497～498

上一世，他為了忠君令她抑鬱而終，
這一世，他誓言再不負她、傷她，
所有阻礙在他們之間的人，他都要一一除去……

願得一人心　白首不相離／紅葉飄香

即便她是身分尊貴的郡主，還有個皇帝舅舅又如何？
他身邊及心中最重要、最關心的人永遠不是她寧汐。
新婚之夜，他那青梅竹馬的表妹突然生病，還昏迷不醒，
他在表妹屋外守了一夜，而她則天真地認為兩人兄妹情深；
兩年後她懷孕了，尚在驚喜中就被表妹的一番話打蒙了，
表妹說自小在侯府長大，願意屈身給她夫君做妾，望她成全。
笑話，她為何要與其他女子分享丈夫？何況這人還是自己的摯友！
不料她拒絕後，表妹竟下藥生生打掉她的孩子，害得她再不能受孕！
為了安撫她，侯府將表妹遠嫁江南，呵，這算哪門子的懲罰？
於是，她與舒恒的夫妻緣分走到了盡頭，至死都是對相敬如冰的夫妻，
幸而上天垂憐，讓前世抑鬱而終的她重生回到了未嫁人前，
這一世，她不奢求潑天的富貴，也不奢望什麼情愛了，
只求能活得肆意些，想笑就笑，想哭就哭，不再委屈了自己便好，
無奈，只是這麼個小小的希望，竟也是求之卻不可得。
她不懂，他既不愛她，又何苦與她糾纏不清，甚至求了皇帝賜婚呢？

2017年2月出版

娘子押對寶

文創風491～492

這個時代的女子過得太拘束，
她想讓她們的生活也能海闊天空，
於是，大燕朝討論度最高的「公瑾女學館」就此開張……

同舟共濟，幸福可期／新綠

張木盼著能嫁個好郎君，不求大富大貴，只求兩廂情願，
只是前夫家一直死纏爛打，大有不弄死她不罷休的意味，
好不容易擇了個好姻緣，卻時不時冒出覬覦自家夫君的小娘子，
她要斬斷前夫這朵爛桃花，又要護住得來不易的家，
沒想到在古代經營婚姻竟這般不容易！
關於夫君吳陵，他是木匠丁二爺的徒弟兼養子，真實身分是個謎，
不過對張木來說，只要夫妻攜手並進，簡單過日子她便心滿意足，
尤其相公寵她護她，看似溫和俊秀，其實閨房之樂也參透不少，
她異想天開想經營女學館，他也把家當雙手奉上。
她本以為兩人風雨同舟，就沒有過不去的風浪，
豈料某天相公離家未歸，她這才明白他其實大有來頭，
他的深藏不露，原來是有一段不堪回首的過去──

喜逢好逑　並蒂成歡／半巧

2017年2月出版

貴妻揚進門

既然嫁與不嫁是兩難，又非得選條路走，
要不豁出去……跟那男人賭一把？

文創風 493 1

昏迷醒來竟穿越到古代，家徒四壁，還有弟妹要養?!
佟析秋連抱怨都省了，趕快賺銀子撐起門戶才是正經！
可親爹卻派繼母接他們進京，逼她嫁入鎮國侯府，
既然逃不了，不如交換條件，讓弟妹分府自立吧。
但侯府流言甚多，聽說她要嫁的亓三郎不光丟官還瘸腿毀容?!
這夫家是個坑啊……但為謀得生機，她也只好冒險一搏了！

文創風 494 2

說到成親這件事，亓三郎忍不住要誇自己娶得好，
當初他虎落平陽，差點被那口惡氣憋死，
好不容易相中喜歡的姑娘，當然要想辦法明媒正娶！
佟析秋果然沒讓他失望，雖然是個小財迷，
但智謀與他平分秋色，馭人更勝一籌，他的妻捨她其誰？
他打算日久天長地慢慢寵她，把她的心手到擒來～～

文創風 495 3

後宅危機四伏，朝堂也暗潮洶湧，
家裡小人打不完，奪嫡之火卻熊熊燒上侯府，
佟析秋被誣陷與皇子有染，險些丟了小命，
亓三郎大怒，決定替她討回公道，讓她的心牆瞬間瓦解——
他挺她信她，又堅持不納妾，這樣好的夫君上哪兒找？
她不能讓他獨自犯險，既然是禍躲不過，就一起面對吧！

文創風 496 4 完

自古天家無父子，太子露出狐狸尾巴，率軍逼宮，
亓三郎拚死救駕，保全侯府，陪著佟析秋平安生下龍鳳胎。
孰料日子才平靜不久，壞消息又接二連三地來——
大兒染上急症命在旦夕，隨後又與妻子分別被擄，下落不明！
種種證據指向東宮餘孽及府中內應，豈能原諒，
敢在虎口拔鬚？他一個都不會放過，統統等著見閻王吧！

為流浪貓狗加油 和貓寶貝 狗寶貝 廝守終生(一定要終生喔！)的幸福機會

對人來說，貓寶貝狗寶貝只是生活的一部分，但妳（你）對牠們來說，卻是生活的全部，領養前請一定要考慮清楚——

▲ 喜歡「愛的抱抱」的小女孩　黑美

性　　別：女生

品　　種：米克斯

年　　紀：1歲半

個　　性：溫柔、可愛、親人

健康狀況：身體健康，2016年8月已接種疫苗

目前住所：台中市霧峰區

本期資料來源：台灣認養地圖

『黑美』的故事：

某天，中途看見四隻小黑狗在國道下方路段的車潮間奔跑著，由於太過危險，便下車向路邊攤商詢問，這才知道是被人整箱遺棄的小幼犬。於是，中途將牠們帶回照顧，就這樣，被拋棄的四個孩子有了安身之所，黑美就是其中最溫順的一隻毛寶貝！

黑美的體型在中途的狗園中算是嬌小玲瓏，連頭都只有人掌心般的大小，接近小型犬，所以容易被幾隻調皮的狗兒逗弄。可是這並不影響她樂天派的性格，牠依舊很開朗，天天與其他同伴們在空地上奔跑、嬉戲，或是咬著不知從哪兒來的抹布、湯匙，不是把這些當寶貝一樣護著，就是和其他狗兒玩起你追我跑的搶奪遊戲，令人覺得有趣又可愛。

而每當看到有人接近時，黑美的神色會顯得額外興奮，但是在行動上卻很柔順——兩腳站起，貼在人的身上討抱，若此時你移動幾步，牠的小腳還是會貼在你身上，繼續移動牠的小步伐緊緊相隨，這樣的萌樣讓人都忍不住想多抱牠一會兒。因此，要是黑美非常輕柔的巴在你身上時，就表示牠想抱抱了！

溫和的黑美對人較倚賴，也較不適合狗園裡的群體生活，因此中途希望能替牠找到一個溫暖舒適，又充滿愛的家。如果有拔拔或麻麻願意給黑美一輩子「愛的抱抱」，請來信leader1998@gmail.com（陳小姐），或傳Line：leader1998，或是搜尋臉書專頁：狗狗山。

認養資格：

1. 認養者須年滿20歲，有獨立經濟能力，並獲得全家人的同意。
2. 須同意簽認養寵物切結書，並能讓中途瞭解黑美以後的生活環境。
3. 同意送養人日後之追蹤探訪，對待黑美不離不棄。
4. 同意讓黑美絕育，且不可長期關、綁著黑美，亦不可隨意放養。
5. 為讓中途對您有更深入的瞭解，中途會先有份線上問卷請您填寫。

來信請說明：

a. 個人基本資料：姓名、性別、年齡、家庭狀況、職業與經濟來源等。
b. 想認養黑美的理由。
c. 過去養寵物的經驗，及簡介一下您的飼養環境。
d. 若未來有當兵、結婚、懷孕、畢業、出國或搬家等計劃，將如何安置黑美？

文創風 520

嬌妻至上 3

國家圖書館出版品預行編目資料

嬌妻至上 / 東堂桂著. --
初版. -- 臺北市 : 狗屋, 2017.05
冊 ; 公分. --（文創風）
ISBN 978-986-328-725-4（第3冊：平裝）. --

857.7　　　　　106003599

著作者　東堂桂
編輯　張蕙芸
校對　沈毓萍　黃亭蓁
發行所　狗屋出版社有限公司
地址　台北市104中山區龍江路71巷15號1樓
電話　02-2776-5889～0
發行字號　局版台業字845號
法律顧問　蕭雄淋律師
總經銷　知遠文化事業有限公司
電話　02-2664-8800
初版　2017年5月
國際書碼　ISBN-13　978-986-328-725-4

本著作物由起點中文網（www.qidian.com）授權出版

定價250元
狗屋劃撥帳號：19001626
網址：love.doghouse.com.tw　E-mail：love@doghouse.com.tw